集英社オレンジ文庫

ハイランドの花嫁

偽りの令嬢は荒野で愛を抱く

森　りん

本書は書き下ろしです。

ハイランドの花嫁 *Contents*

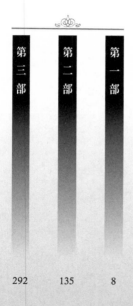

偽りの令嬢は
荒野で
愛を抱く
ハイランドの花嫁

シャーロット（16歳）

ノエル伯爵の婚外子。

アレクサンダー（25歳）

スコットランド、マケイブ領の領主。

ノエル伯爵　（41歳）

イングランドの貴族。

エリザベス（14歳）

ノエル伯爵の娘。シャーロットの異母妹。

アラン（27歳）

ノエル伯爵の家臣。

エリク（21歳）

アレクサンダーの従兄甥。

カイル（12歳）

アレクサンダーの甥。

マドック（52歳）

マケイブ領の家臣。

アリステア（18歳）

森に住んでいる謎の人物。

ローナ（25歳）

メルヴィル領の剣士。

ゴードン（32歳）

メルヴィル領の領主。

ダンカン

故人。アレクサンダーの兄。カイルの父。

キャサリン

故人。シャーロットの同母姉。

ジェームズ四世（27歳）

スコットランド王。

第一部

第一章　喪の邂逅

五年ぶりに戻ってきたブリテン島は、初夏だというのに薄寒かった。空一面を覆《おお》う薄い雲の向こうに太陽がすかして見えたが、周囲を暖めるほどの力はない。輝かしい日差しが辺り一面に降り注がれるパリの初夏とは大違いだ。

だが、二十一歳のアレクサンダー・マケイブにとって、この冷涼なる夏の空気は、故郷スコットランドを思い起こさせてむしろ心地よかった。うねるように連なる高地に鮮やかな緑の草地が広がり、泥炭層《でいたんそう》に濾《こ》されて琥珀《こはく》色となった水が川となって流れるハイランド。アザミとハリエニシダ咲く原野が広がる石と水の国。

馬に乗り、故郷へと向かう道すがら、アレクサンダーがその少女に出会ったのは偶然といってよかった。街道に連なる小さな村の教会に、墓地が併設してある。真新しい墓石の前に、一人の少女がうずくまっているのが見えた。毛織りの服の上で、燃えるような赤毛が揺れている。声をかけたのは深い意図があってのことではなかった。

「気分でも悪いのか」

アレクサンダーの声に、少女ははっとしたように顔を上げた。年の頃十二、三くらいだろうか、あどけなさの残る整った面輪《おもわ》には、すでに大人びた表情があった。緑の目がこちらをとらえて驚きの色をたたえている。突然声をかけられたのであるから無理もない。しかも、過酷な環境のハイランドで育ったアレクサンダーは、一般的なイングランド人と比べて驚くほど体格がいい。そこに黒く長いローブを着ているから、さぞ圧迫感があるのだろう。五年ほどパリに滞在していたが、全身からにじみ出る蛮骨《ばんこつ》さは消えようもなかった。

「……ちがいます」

彼女は小さな声で言った。彼女の目には涙はなかったが、それは泣き尽くした後だからなのかもしれない。まぶたは腫《は》れあがっていた。

「……では、目の前にある新しい墓のためか」

その問いに、少女は沈黙したが、まなざしは答えを物語っていた。

アレクサンダーは墓石に刻まれた名前を読み上げた。

「……キャサリン・ハワード」

「……姉です」

少女は墓石に目を向けるとつぶやいた。

「君の姉なら、まだ若いのだろうな」

「……二十歳《はたち》です。産褥死《さんじよくし》でした」

「そうか」

出産時に女性が亡くなるのは珍しくない。だが、年上の兄姉が亡くなる悲しみは、アレクサンダーも経験したばかりだった。

「俺も兄を亡くした。兄は氏族長の跡継ぎだったからな。それが亡くなったとなれば、予備である次男の俺が故郷に帰らねばならん」

自嘲《じちよう》の念が声にこもるのを、アレクサンダーは自覚せざるを得なかった。マケイブ氏族の次期氏族長として育ち、その期待に十分に応《こた》えていた兄、ダンカン。アレクサンダーは常にその予備であり、陰でしかなかった。だからこそ、フランスにいる親戚がパリへ留学しないか、と声をかけてきたときに、一も二もなくうなずいたのだ。それがこのような形で再び故郷に帰ることになるとは、思いもしなかった……。

「故郷……」

少女はつぶやいた。

「帰る場所が、あるんですね」

「君にもあるだろう」

「……」

「帰る場所がないのか」

少女は黙り込んだ。アレクサンダーは察した。姉のもとに身を寄せていたのだとすれば、その死は彼女の居場所の喪失を意味する。

ふと、アレクサンダーは思いついたことを口にしていた。

「一緒に来るか」

「……え？」

「俺の故郷だ」

マケイブは取り立てて豊かな氏族ではなかったが、身寄りのない少女一人を養うことはさして難しいことではないはずだった。

「……どこなの？」

「スコットランドだ」

少女が息をのむのがわかった。ブリテン島の北部にある国、スコットランド。

「……どんなところ？」

少女は明らかに興味を引かれた表情で尋《たず》ねてくる。

「ここよりずっと寒いし、山がちで肥沃《ひよく》な土地ではない。だが広がる空と、自由がある」

「自由……」

少女の声には渇望《かつぼう》にも似た響きがあった。

少女に請《こ》われるままに、アレクサンダーは話していた。スコットランドの中でも、特にハイランドと呼ばれる北西部、彼の故郷について。山に隔《へだ》たれた土地は人の行き来が難しく、地域ごとに血縁や地縁の者が集まり、一つの氏族をなす。氏族は、氏族長を中心に強固な結束を有した共同体として、ハイランドにいくつも存在する。そして、氏族はエディンバラのスコットランド王家に名目上従いつつも、高度な自治を獲得している。ヘンリー七世がランカスター家とヨーク家による王位をめぐる内乱を終結させ、王権のもと国が固められているイングランドとは対照的だ。

「……厳しい、荒々しいところですね」

少女はつぶやいた。

「でも、すてきだわ。本当にそんなところがあるなら……」

「……来るか?」

アレクサンダーはもう一度言った。少女の瞳がアレクサンダーを見つめている。

少女が口を開きかけたとき、ふいに怒声にも似た声が響いた。

「シャーロット!」

少女はびくりとして声のした方を向いた。教会の中から、従者の格好をした若い男が少女に向かって歩いてくる。

「誰と話をしている」

「……あの、わたし……」

おずおずと少女が言いかけたのを、アレクサンダーは遮《さえぎ》った。

「通りすがりの旅の者だ。この娘がうずくまっていたので、気分が悪いのかと声をかけただけだ」

若い男はずんずんと歩いてくると、アレクサンダーを遠慮のない目つきで眺め回した。薄汚れた衣装に、荷物を載せた馬を見て、ようやく納得がいったようだった。

「……そのゲール語訛《なま》りはスコットランド人か。本当に旅人のようだな」

「はじめからそう言っている」

「この方はこれから女子修道院に行かれる。何かあっては問題だからな」

男の言葉は、アレクサンダーを多少なりと驚かせるのに十分だった。

修道院に入るとは、この少女は貴族の娘なのだろうか。なんとなれば修道院に入るには、ある程度の資産が必要だ。しかし、目の前の少女に、貴族の娘のような華やかさはない。それに何より、一度修道院に入れば、基本的に終生俗世に出ることはないはずだ。

彼女に何らかの事情があるのは明らかだったが、アレクサンダーにそれを尋ねる権利はなかった。

男は少女の腕をとった。

「シャーロット。出発の時間だ。こんなところで油を売っている場合ではない」

シャーロットと呼ばれた少女は、おとなしく若い男の方へと歩を進めた。だが、ふと振り返ると、アレクサンダーを見た。

「ありがとう。修道院に行く前に、素敵なお話を聞けて楽しかったです」

そうして、あえかな笑みを浮かべた。

「きっと、あなたは素晴らしい氏族長になるのでしょうね。あなたのお兄様の予備などではなく」

アレクサンダーはその言葉に、目をみひらいた。それは、アレクサンダーがずっと心の内に秘めていた疑念を暴いたからだ。

亡くなった兄。父に、そして氏族の者に愛されていた、族長になるべく生まれついた兄。アレクサンダーは常に兄を見上げ、やがて眩《まぶ》しすぎて見つめることができなくなって、異国に逃げたのだ。にもかかわらず、運命は兄の足下にも及ばない自分を再び故郷に引き戻そうとしている。

「俺は」

とっさのことに、声がかすれた。少女は、しかしアレクサンダーの動揺に気づくこともない様子で歩を進め始めていた。

「だって、故郷のことを愛していらっしゃるから」

少女はそう言って、男に従って教会の前で待っていた馬車へと乗りこんでいった。馬車は教会の私道から街道へと向かい、そうしてゆっくりと揺れて進みながら、小さくなっていく。

「……そうだ」

アレクサンダーは、呻《うめ》くようにつぶやいた。

愛している。あの土地を。氷河に削られた地味薄い大地。赤いアザミと、黄色いハリエニシダの萌《も》える荒野。麦を植えることもできない泥炭の地。氏族の者は狩りをし、羊を放牧し、わずかにある畑にへばりつくようにしてライ麦とオーツ麦を育てる。フランスどころか、イングランドと比べても格段に貧しいあの大地。それなのに、アレクサンダーは自《みずか》ら望んで赴《おもむ》いた異国の地で、一日たりとも故郷を思い出さない日はなかった。アレクサンダーはハイランドを……そして氏族の者を愛していた。だからこそ、氏族を路頭に迷わせることのない氏族長になれるのか、自らに懐疑を抱かずにはいられなかった。

『素晴らしい氏族長になれる。兄の予備などではなく』

……彼女は、そう言った。

たまさかすれ違い、言葉を交わした男の故郷の話を聞き、何気なく言った言葉に違いない。大人びてはいたが、まだ子供に過ぎない少女の言葉。だがそれは、アレクサンダーが今、最も欲しかった言葉だった。

アレクサンダーは、遠ざかる馬車の背を見つめた。

修道院に入り、おそらく二度と会うことのないであろう少女の乗る馬車を。

第二章　白い結婚

四年後

ノエル伯爵の屋敷の客間に通されたシャーロットは、椅子に座ったまま落ち着きなくスカートのひだを握りこんだ。

ノエル伯爵の屋敷はは見事なものだ。ガラスの入った窓からは日の光が差し込み、白い壁を照らすと、その柔らかな反射で部屋全体がより明るくなる。それは鏡板《きょうばん》に彫られた装飾の陰影を浮かび上がらせ、壁に下げられた見事なタペストリーを際立《きわだ》たせた。

ヨークシャーでも指折りの名家であり、国王ヘンリー七世の信任も篤《あつ》いとされるデューリー家のノエル伯爵にふさわしい屋敷であると、それだけで喧伝《けんでん》するような部屋である。

しかし、シャーロットは、部屋の意匠《いしょう》を楽しむことなどとうていできなかった。

どうしてこんなところに来ることになったのか、未《いま》だによくわかってはいない。本来ならば、修道院で糸紡《いとつむ》ぎをしている時間のはずなのに。

シャーロットはため息をついて窓の向こうへと目をやった。

修道院での生活は、同じ時間の繰り返しだ。まだ日の出ない暗いうちから起き出しての祈禱《きとう》に始まり、賛課、一時課……と規則正しい祈りを捧げる。その合間に、刺繡や写本といった仕事を行い、一日の終わりに終課を捧げて眠りにつく。百年前もその生活は同じであったはずだし、五十年後も同じはずだ。十二歳の時に修道院に入れられ、以来四年間なじんだ暮らしは体に染《し》みこんでいる。わずかな楽しみは、厨房《ちゅうぼう》を借りて料理を作ることで、それは貴族の娘としては珍しい趣味だった。しかし、シャーロットの作る料理はそれなりに好評で、修道女たちも目をつぶってくれている。見習い修道女の期間も終わり、まもなく正式な修道女として誓いを立てるはずだ。そうすれば世俗とは完全に縁が切れ、心穏やかに祈りを捧げる日々がやってくる。シャーロットはそう思っていた。

二日前、アラン・アップルヤードが修道院にやってきたのは、特別なことではない。アランはシャーロットの後見人代理であり、一月《ひとつき》か二月《ふたつき》に一度シャーロットに面会にやってくる。彼はまもなく三十になろうという男であり、長くシャーロットの面倒を見てきてくれた。いかにも事務方という感じの線の細めの男で、口数も多くない。細かいところに気がまわり、意外と親切な人間であるのはわかっているのだが、打ち解けた感じは未だにしなかった。

「シャーロット。伯爵が屋敷においでになるようにと命じている。私と共に来なさい」

アランの言葉に、シャーロットは驚きの声を上げた。

「……伯爵が?」

アランはうなずいた。

「でも、どうして？」

「それは直接伯爵にききなさい」

そう言われれば、シャーロットは返す言葉がない。

ノエル伯爵。シャーロットの後見人。そして父であるはずの人間。修道院に入ってから、彼がシャーロットに接触してきたことはない。それが、今になってなぜ。

疑問に思いながら外出の支度《したく》をしようとしたが、そうではないとアランに止められた。外出ではない。修道院からは退去するというのだ。シャーロットはますます混乱した。

「でも、じゃあ、わたしはこれからどこに住むの？　だって、わたし、伯爵のお屋敷には住めないでしょう？」

「あなたは伯爵の娘だ。住めないと決まったわけではない」

「確かに娘かもしれないわ。でもわたしは庶子《しょし》よ」

シャーロットの言葉に、アランは不機嫌そうな表情になった。シャーロットはうつむいた。

庶子は正式に結婚していない男女の間に生まれた子供だ。カトリックの教義の下《もと》では、庶子の存在は忌むべきものだ。捨て置かれても異議は唱えられない。それでも、とりあえずノエル伯爵は、シャーロット母娘《おやこ》が暮らせる程度の面倒は見てくれていた。ノエル伯爵の使用人だった母は、領地の隅に家を与えられて、娘二人を育てることができたのだから。領地の村人と変わらぬ暮らしをしていた一家に変化が起きたのは、母が亡くなってからだ。姉のキャサリンとシャーロットの二人を引き取ったのはアランの父アーガイル・アップルヤードだった。アランと出会ったのもその頃だ。ノエル伯爵の家臣である彼は、野で自由気ままに育っていた二人に教育を施《ほどこ》した。しかるべき時に、最もふさわしい結婚ができるように。もっとも、それは徒労に終わったのであるが……。

シャーロットはわずかな身の回りのものを纏《まと》めると、四年間世話になった修道院長に別れを告げた。出発が遅くなったため、伯爵の屋敷に入る前に宿に一泊し、翌日に伯爵家の屋敷に到着した。塀に囲まれた屋敷は、外からは何も窺《うかが》うことができなかったが、ひとたび門をくぐれば、立派な石造りの建物を望むことができた。そうして、屋敷内に入り、大理石を敷き詰めた大きなホールを抜けて通された個室がこの部屋だ。案内してくれたアランはしばらくすると退出し、一人残されたシャーロットは所在なく座り込むしかない。そうなると、普段は考えたくもないことばかりが頭を巡った。

シャーロットは父の顔をよく覚えていない。それぐらい長いこと会っていなかった。

最後に会ったのは姉キャサリンの葬式の時だった。ふわふわの毛皮の縁取《ふちど》りがされた長衣を着ていた。それがとても立派だったので、父の顔よりも覚えているくらいだ。そして、彼が放った言葉が今でも耳に残っている。

『犬死にをしおって』

キャサリンは、父の勧《すす》めた結婚をいやがり、アップルヤード家を飛び出した。かつて村に住んでいたときに結婚を誓ったという若者と駆け落ちをしたのだ。当然アーガイル・アップルヤードは二人を探したが、見つけ出したときにはキャサリンは遠く離れた村で子を身ごもって一人でいた。アップルヤード家に戻る途中で出産と同時に亡くなったという。子もまた生き延びることはできなかった。キャサリンの夫は行方が知れない。

姉キャサリンのことを思うと、シャーロットは今も耐えがたい気持ちになる。

（……どうして、あんなことをしたの……？）

周囲に流されざるを得ない庶子という身分に対する不満なのか。それとも誓い合った愛ゆえなのか。二人きりの姉妹だったはずなのに、シャーロットを捨ててまで手に入れたかったものなのか。……なぜ。

四年前、キャサリンの墓を見ながら、シャーロットの心に去来したのは、大きな力の前では、人は無力なのだという諦念《ていねん》にも似た境地だった。もしも、キャサリンが父の勧める結婚を受け入れていたのならば、あのような無残な死を迎えることはなかったのではないだろうか……。

そうして父はシャーロットを修道院に入れた。キャサリンのように逃げて面倒を起こされてはたまらない、ということなのだろう。

高価なガラスの嵌《は》まった窓の向こうに、すうっとひばりが飛んでいくのが見えた。

(ひばりは自由でいいな)

シャーロットは思う。

(あんな風に自由だったら、どんな気持ちなんだろう)

ふと、部屋の外で人の気配がした。ホールを横切るいくつもの足音がして、扉が開いた。

「まあ」

扉の陰からひょっこりと顔を出して声を上げたのは、シャーロットより一つ二つ年下と思われる少女だった。淡紅色《たんこうしょく》の見事なドレスに、きれいに結い上げた金髪。飾り立てられた衣装も素晴らしいが、それ以上に本人そのものの美しさが際立《きわだ》っていた。目を引くのは、感情を豊かに表現している緑の目だ。シャーロットを遠慮なく興味深げに眺め回してくる。

「まあ、まあ、まあ。この人なのね、お父様が言っていたのは」

シャーロットの方へとゆっくりと歩いてきながら、彼女は言った。

「お嬢様、エリザベス様、そのような言い方は」

少女の後ろから、中年の女性がとがめるように囁《ささや》いた。

「あら、いいじゃない。だって、わたしの身代わりなんでしょう?」

「エリザベス様!」

エリザベスと呼ばれた少女の言葉に、シャーロットは目をぱちくりさせた。

(……身代わり？　この人の？)

どういう意味なのか、さっぱりわからず、シャーロットは目の前の令嬢を見つめ返した。

エリザベスは、シャーロットの視線を正面から受け止めながらも、ぶつぶつ言う。

「顔立ちは似てるような気がするわ。でも、わたし、こんなに地味かしら？」

「お嬢様は特別お美しくていらっしゃるのです。その上でさらにお美しくなるように美容も衣装も万事整えているのですから、敵《かな》う人などありませんよ」

中年女性はエリザベスの侍女らしい。機嫌をとるように言う。

「当たり前よ。でも、不細工な人がわたしの代わりになるなんて、いやだもの」

可愛い顔で、エリザベスはずけずけという。

「でも、わたしは金髪で、この人は赤毛よ。これはどうなのかしら」

「髪の色など、染めるなり脱色するなり何とでもなります」

「それはそうよね」

会話はシャーロットそっちのけで続いた。

「あなた、ぎりぎり合格ね。せめて出発前にはきれいに磨いてもらってね」

エリザベスはにっこりと笑うと、くるりときびすを返して部屋から出ていった。中年の侍女は、シャーロットを一瞥《いちべつ》したが、すぐにエリザベスに従って退出していった。

(……何？　なんなの？)

身代わり、と言っていた。自分は、あの令嬢の身代わりになるために呼ばれたのか。でも、いったい何の？　それに、そもそもあのエリザベスというのは……。

(……あ、そうか)

シャーロットは気づいた。見事な衣装に、ついて回る侍女。この屋敷の中を我が物顔で歩く姿。

(ノエル伯爵の、ご令嬢なんだわ)

ノエル伯爵に、娘がいるというのは聞いたことがあった。しかしシャーロットはこれまで意識してそのことを考えないようにしてきた。

では、彼女は、シャーロットの妹なのだ。母親の違う、もう一人の姉妹。

(それなのに、なんて違うんだろう)

父親は同じはずなのに、召使いにかしずかれ、思うままに振る舞う美しい妹。一方こちらは、少し前まで修道院にいて、古ぼけた黒いローブを身につけて小さく座り込んでいる。

毛織りのローブの襟《えり》が首にあたってちくちくした。不愉快だった。

と、扉がまた開いた。今度は小太りの中年男性が入ってきた。毛皮の裏打ちがされた上質なウプランドを着て、ベルベットに金の刺繍が施された帽子をかぶっている。その立派な衣装を着ている本人は、まさに中庸《ちゆうよう》としか言いようのない特徴のない顔立ちをしていて、小さな緑の目がシャーロットを眺めていた。後ろにはアランが控えている。

「そなたがイーディスの娘シャーロットか」

彼にそう問いかけられた。

「……はい」

シャーロットは答えた。

「ふむ。わたしがそなたの父だ。そなた、なぜここに呼ばれたかはまだ知らんな？」

父。ではこの男がノエル伯爵なのだ。

「存じません」

「よろしい。では、まず、これから申しつけるわたしの命《めい》に背《そむ》かないことを誓いなさい」

「……」

内容も知らずに、言うことを聞けという。あまりに無茶苦茶な言いぐさに、シャーロットは唖然として目の前の男を見つめた。

「キャサリンのように、見知らぬ男と逃げたり、あるいは命を絶つようなことがあっては困る」

「姉は」

シャーロットが異議を唱えようとしたとき、後ろにいたアランが遮《さえぎ》るように声を上げた。

「シャーロット。伯爵に返事をしなさい」

「アラン、でも」

「シャーロット」

　アランの声は厳しく響いた。シャーロットは思わず顔を背けた。ふと、窓の外が見えた。ガラス窓の向こうには美しく整えられた庭園が広がっている。それは富の象徴だ。耕す必要のない土地、何も生み出さぬ土地。畑にすれば何人かの人間を養えるであろうに、ただ目を楽しませるためだけに存在している。その庭のバラの花の周りに、小さな蝶が舞っているのが見えた。

（わたしたちみたいだ）

　花の周りでだけ生きることができる蝶。風が吹き、雨が降ればたちまち飛ぶことができなくなる。だが、キャサリンは嵐の中で飛ぼうとした。そうしてあえなく命を散らした。蝶は、蝶でしかない。ひばりのように力強い翼で自由に空を駆け巡ることはできない。

　そう思ったとたん、あらゆる力が体の中から抜けていくような気がした。

「……わかりました。背きません」

　シャーロットの言葉に、ノエル伯爵は満足げな笑みを浮かべた。

「素直でよい。では、そなたに命じよう。エリザベスの代わりに嫁《とつ》ぐのだ。スコットランドのハイランドへと」

「やっぱり、イングランドのお菓子は美味《おい》しいなあ。地元だと、どうもこの味が出ないのが悲しいよ」

エリク・マケイブは、宿で包んでもらったペストリーをぱくつきながら言う。エリクは成人を迎えたばかりであるが、飄々《ひょうひょう》とした雰囲気のせいか、年よりずっと若く見られることが多い。

「おまえは菓子ごときでイングランドに懐柔《かいじゅう》されるのか」

アレクサンダーはエリクを横目で見ながら言った。白いシャツに、プレードと呼ばれる格子《こうし》模様の毛織りの布を身に纏った、ハイランド地方では一般的な出《い》で立ちである。アレクサンダーもほぼ同じ格好だ。イングランドでは目を引くだろうが、気にしなかった。

「せっかく来たなら、なんだって楽しむ方がいいだろ。なかなかイングランドまで足を運ぶこともないんだからさ」

エリクは至極《しごく》満足げな表情で、指についたペストリーのかけらをなめた。

「それにアルは花嫁をもらうことでジェームズ王の信任を得たわけだから、まあ、懐柔されたようなものじゃない」

「エリク」

「お菓子のほうが罪は少ないよ。アルのお相手はイングランドの貴族の娘だろ」

「エリク」

「いいなあ、ノエル伯の娘は、評判の美人だっていうよ。まあ、君の妻にするにはちょっと若いみたいだけど」

「エリク、口を閉じろ」

「はいはい」

アレクサンダーは口数の多い従甥《いとこおい》を一喝《いっかつ》した。エディンバラから、イングランドのノエル伯爵の領地へと向かう途上である。アレクサンダーとエリクは、森の中の少し開けた場所で休憩中だった。

アレクサンダーは、フランスで自由七科を学んだところで大学を辞した。そのままであれば、神学を学び、聖職者となっていたかもしれない。そんな異郷から、再び戻った故郷のハイランドは、やはり荒々しい場所であり、同時に愛《いと》おしいところだった。日々書に向かい、ラテン語で討論を交わしていた日々は遠くなり、地を耕し、野を駆け巡る日々が続いた。ペンのインクの染みこんでいた手は、畑仕事をすることで土にまみれ、剣をふるうことで、硬い胼胝《たこ》ができた。背は高かったが細身だった彼は、日々の労働の末、筋肉は厚くなり、どこから見ても頑強な戦士となっていった。晩年の父は、兄ダンカンの死を悼《いた》み、城に籠《こ》もりがちだった。戦神カムロスの化身《けしん》とまで呼ばれた姿はすでにそこになく、なすべきことも滞《とどこお》りがちとなり、アレクサンダーが実務を担《にな》わざるを得なかった。

二年前に父が亡くなり、アレクサンダーは首領選定制度《タニストリー》を経《へ》て正式に氏族長となった。

今回、エディンバラ城に向かったのは、枢密院《すうみついん》に氏族長就任後のマケイブ氏族の秩序について報告するためであり、世襲的領地所有権を正式に認めてもらうためでもある。

マケイブ氏族が忠誠を誓う国王ジェームズ四世は、政治的には無能だった先代と異なり、名君の誉《ほま》れ高い。そのジェームズ王が、アレクサンダーに命じたのは、イングランドの貴族の娘を娶《めと》れ、ということであった。スコットランドの仇敵《きゅうてき》、イングランドの娘である。そこにはいくつもの思惑《おもわく》が見て取れるが、一つ確かなことは、マケイブの忠誠心を試しているということだ。アレクサンダーに否《いな》と答える選択肢はなかった。

(厄介だ)

アレクサンダーは思う。マケイブは多くの問題を抱《かか》えている。隣接するメルヴィル氏族との小競《こぜ》り合いも続いている。しばらくは領地の問題に集中し、いずれ氏族内から妻を娶るつもりだった。氏族長の妻はただの飾りではない。共に手を取って氏族を盛り立てる同志であってほしいというのが、アレクサンダーの望みだった。

それなのに、よりによってイングランド人の妻を娶れという。

(イングランド人がハイランドに来てそう簡単に馴染《なじ》めるものか)

アレクサンダー自身もかつて異郷に暮らしていたからわかるが、ハイランドの環境は過酷である。冬の寒さは厳しく、食べるものも違う。お嬢様育ちのイングランド人が、毎日泣き暮らすようなことがあれば、どうなるのか。また、氏族内における反発も予想された。

いわば敵を内部に迎え入れるのであるから、当然であろう。同志どころか、お荷物が増えてしまったとしか思えない。

ふと見ると、オークやブナの木立の中に、ぽつんとイチイの木が紛《まぎ》れていた。冬でも緑の葉を茂らせるイチイは、魂の不滅性を表すとして、よく教会の墓地に植えてある。フランスから戻ってきたときに立ち寄ったイングランドの教会にもイチイの木があった。

『……素晴らしい氏族長になれる』

思い出すのは、予言のように語った見知らぬ少女の言葉だった。それがきっかけになったのかはわからないが、アレクサンダーの中にひとつの覚悟ができたのは事実である。マケイブの民を飢えさせることなく、安らかに日々を過ごさせる、それこそが氏族長の義務だ。そして、アレクサンダーにはそれができるはずなのだ……。

知らず、渋面《じゅうめん》をしていたのか、エリクがのんびりした声をかけてきた。

「まあ、アルの気持ちはわからないでもないけど、決まったことは仕方ないよ。せっかくだから仲良くすればいいさ。イングランドのお菓子でも作ってくれるとうれしいよね」

「……」

いっそのこと、エリクくらいお気軽でいられればいいのであるが。

「行くぞ、エリク」

「え、休憩はもうおしまいなの」

「ぐずぐずしていては、王に指定された日にたどり着かないだろう。さっさと連れて帰る」

「……自分の結婚なのに、冷めてるなあ……」

ぶつくさ言うエリクを尻目に、アレクサンダーは牡馬《ぼば》の背に乗った。

シャーロットが伯爵の家に来て二日の間に、赤毛は脱色されて、見事な金髪へと変化した。

そして今日、風呂で体中をこすりあげられた後、金の刺繍の施された水色のローブを着せられた。化粧が施され、髪を結い上げると、鏡の中にはこれまで見たことのない自分の姿があった。そして、それは先日見たエリザベスの姿ともよく似ていた。

「ふむ、悪くないではないか」

ノエル伯爵は、できあがったシャーロットの姿を見て、満足げにうなずいた。

ローブは光沢《こうたく》のあるビロードでできていて、なめらかな手触りだった。これまで触れてきたごわごわした毛織物のドレスとは全く違う。シャーロットも、これまで美しいドレスに憧《あこが》れたことはあった。しかし、このような形で身につけることになるとは思いもしなかった。

二日前に聞かされたノエル伯爵の話は、突拍子もないものだった。

現イングランド国王ヘンリー七世は、ノエル伯爵に、その娘とスコットランド地主との結婚を命じてきた。原因は、ノエル伯爵の税の滞納である。伯爵自身の言によると、王による言いがかりだということであるが。

ヘンリー王が大法官モートンを用いて各地の貴族や富裕商人に堅白同異《けんぱくどうい》の弁を用いて徴税を強化しているのは有名な事実である。また、王権を強化するために、新興地主や商人を取り立てて、旧来の貴族たちを牽制《けんせい》している。今回の命令もそれに類する圧迫といえた。税の滞納に対する罰として、ノエル伯爵の娘であるエリザベスをスコットランド地主へ嫁がせろという。そこにはいくつかの含みが見て取れる。エリザベスはアルヴァーリー公爵と婚約していたが、それを破棄することは貴族間の連携を弱めることを意味する。また、ヘンリー王は歴史的に続いているスコットランドとの諍《いさか》いに終止符を打つことを望んでおり、有力貴族の娘をスコットランド領主に嫁がせることは、その足がかりの一つとしても有益である。

しかし、エリザベスをスコットランドの、しかもハイランドに嫁がせるというのは、ノエル伯爵にとっては受け入れがたいことらしい。

「エリザベスはことのほか体が弱い。あのような寒冷な土地に赴いたら一年と生き延びることはできないであろう。その点、そなたは修道院でも健康で、特に大きな病を患《わずら》ったことはないと聞く。エリザベスを助けると思って身代わりになってくれまいか」

「でも、お嬢様は、金髪の美少女ということで有名でしょう。わたしは赤毛ですし、二歳も年上です。成り代わるには、無理があるのでは……」

「なに、髪は染めればよい。それに二歳ぐらいの年の差など、誤差の範囲よ。それに、しばらくしたら必ずまたイングランドに呼び戻す。ヘンリー王が落ち着くまで、少し我慢してくれればよい。少しばかりスコットランドに遊びに行くとでも思えばいい」

伯爵はシャーロットの言葉など、いっこうに聞き入れる様子はない。

あとはなされるがまま、シャーロットは気がついたらノエル伯爵の令嬢に仕立て上げられていたのだった。

これまで着たこともないような見事な衣装、慣れた手でシャーロットの髪を整える侍女の存在、時折差し出される甘いお菓子。シャーロットは、冷めた気持ちでそれらを受け入れた。それは、伯爵令嬢には当然のように与えられるものであり、修道院で祈りの生活をしていたシャーロットには遠いものだ。

そしてシャーロットは、異郷へ赴く。これまでも、言われるがままに住処《すみか》を変えてきた。母や姉と暮らした村。引き取られたアップルヤード家。そして修道院。次に行くところが異国だとしても、これまでと何の違いがあるだろうか。そこにシャーロットの意志はないのだから。

それにしても、伯爵家の令嬢というのは、普段からこれほどのドレスを身につけているのだろうか……。飾り立てられたシャーロットがそんなことを考えていると、部屋にアランがやってきた。

「シャーロット、あなたの夫が先ほどやってきた。教会に来なさい」

「……え？」

シャーロットは目を見開いた。シャーロットが伯爵の家にやってきて、まだ二日しか経っていない。それに教会に来いというのは。

「今日いらっしゃる予定だったの？」

「約束通りだそうだ」

シャーロットは気持ちが沈むのを感じた。では、伯爵はすべてわかった上でシャーロットを直前に呼び寄せたのだ。シャーロットが意見を変えないようにと。

「でも、教会というのは……」

「先方は早々に式を挙げて、できるだけ早く国に帰りたいそうだ」

「今から？」

「そうだ」

アランの声は、事務的だった。早く靴を履《は》けというのと同じような口調。しかしそれが、これまでの一連の出来事に、半ば麻痺していたシャーロットの感覚を呼び覚ました。自分が見知らぬ誰かと結婚するのだということが、急に身に迫って感じられたのだ。

確かに伯爵は呼び戻すと言った。だが、教会で式まで挙げて、また帰ってくるなど、本当にそんなことは可能なのだろうか。教会は離婚を厳に戒《いまし》めているではないか。

「でも……でもこんな急だとは……」

「シャーロット」

いつものようにたしなめるアランの声。シャーロットはその声を聞くと、いつだって身が縮こまるような気がした。だが、思いがけなくアランの声に感情が籠もった。

「あなたが恐れる気持ちになるのもわかる。確かに今回のことは、あまりにも……」

アランはそこまで言うと口をつぐんだ。シャーロットは驚いてアランを見た。アップルヤード家に引き取られて以来のつきあいだが、アランはシャーロットへの事務的な態度を崩すことはなく、時に威圧的ですらあった。しかし、今の彼の言葉には、同情の響きがあった。

「シャーロット。今回のことは、考えようによっては一つのチャンスでもある。伯爵は呼び戻すとおっしゃっているが、実際は難しいだろう。たぶん、そのままスコットランドに根を下ろすことになると思う。だが、マケイブの氏族長にうまく気に入られれば、修道院で一生を終えるよりはずっと自由でいられる」

「……自由……」

その言葉は、シャーロットの胸を突き刺すように響いた。

「あなたには、……キャサリンのような最期《さいご》を迎えてほしくはない」

アランはかすれるような声で囁いた。ふと、シャーロットは思い出した。幼かったシャーロットとは違い、アランはキャサリンとは歳も近く、親しくしていた。アランは、もしかしたらキャサリンのことを……。

「エリザベス嬢の身代わりというのは惨《むご》い話のようだが、考えようによっては伯爵の手から逃れる唯一の手段だ」

「アラン、あなた……」

シャーロットは目を瞬《しばたた》いた。アランがこのように話すのを初めて見たからだ。アランは、これまでも主君である伯爵を悪く言うことは決してなかった。彼は、こんなことを考えていたのか。

だが、彼の声に宿った響きはすぐに消え去った。

「さあ、来なさい。あなたの夫が待っている」


ノエル伯爵邸付きの礼拝堂は、個人所有のものながら、高価な美しいステンドグラスがはめ込まれた見事なものだ。シャーロットは、礼拝堂の入り口に佇《たたず》んだまま、壁に装飾された聖人たちの像を所在なく眺めた。

この入り口を通り抜ければ、その先に彼女の夫となるスコットランド人が待っているはずだった。手にした聖書がずっしりと重い。その重さが、逃げ出したくなるシャーロットを引き留めていた。

まもなくノエル伯爵がやってきた。美しく整えられたシャーロットを見ると目を細めてうなずいた。後ろでアランが控えている。先ほど話をしたのが嘘のように、アランはいつも通りの事務的な様子だった。

「悪くない。では参ろうか」

ノエル伯爵はシャーロットの手を取った。初めて触れる父の手に、シャーロットは思わず身震いした。ぶよぶよと柔らかく、妙にしっとりとした手だった。

重い木の扉が開かれる。礼拝堂はそう広くはなかったが、光が降り注ぐ明るい空間だった。礼拝堂の正面にはめ込まれたステンドグラスの色鮮やかな光が、祭壇の前に立つ人物に降り注いでいるのが見えた。一人はこの礼拝堂付きの司祭であり、もう一人は見たことのない衣装を身につけた、ひどく体格のいい人物だった。逆光の中で、顔はよく見えない。

だが、こちらを射るように見ているのがわかった。

シャーロットは息を呑んだ。それが、自分の夫となる人物だとわかったからだ。

伯爵に導かれ、歩を進めるたびに、その男に近づいていく。白っぽいシャツの上に、格子柄の厚い毛織りの布をまとっている。腰に巻いている生地《きじ》も同じもので膝丈《ひざたけ》ほどの長さだった。ベルトには、短剣と毛皮でできた小物入れが下げられているのも見えた。まるで結婚式にはふさわしくない、直前まで野にいたかのごとき格好だった。

そうして、シャーロットは男の前に立っていた。

（なんて、大きな……）

シャーロットは男を見上げた。背も高ければ、肩幅も驚くほど広く、服の上からでも腕に分厚い筋肉がついているのがわかった。逆光で顔はよく見えないが、こちらを凝視《ぎょうし》しているのは感じられた。

「エリザベス。こちらがアレクサンダー・マケイブ。スコットランドはハイランド地方のマケイブ氏族の長《おさ》だ」

伯爵の声が響いた。

「そして、アレクサンダー殿。こちらがわたしの娘エリザベスだ」

伯爵の言葉に、シャーロットはびくりとした。

（そうだ。わたしは今からエリザベスなんだわ）

異国の男は手をさしのべてきた。胼胝のできた大きな手。シャーロットがその手を取ろうとしたとき、伯爵がそれを遮った。

「ところでアレクサンダー殿。例の約束を守ると、今ここで誓っていただけますか」

アレクサンダーは、視線を伯爵へと移した。

「エリザベスはまだ歳若く、体も弱い。ハイランドになじむまで時間もかかるはず。ゆえに、一年は白い結婚をお守りいただくと」

シャーロットは目を瞬《またた》かせた。その意味が理解できるまで少しだけ時間が必要だった。つまり、一年は二人の間には何も起こらないということだ。エリザベスは十四歳。一般的に、結婚するのに早すぎるということはない年齢ではある。だが、伯爵はエリザベスに……シャーロットに一年は手を出すなと言う。

「約束は違《たが》えない。誓おう」

アレクサンダーの表情は揺るがなかった。低いがよく通る声だった。と、彼の手が伸びて、シャーロットの手を取っていた。がさついた、硬く大きな手。触れた部分が、火がついたように熱く感じられた。シャーロットははっとして顔を上げた。彼の顔は間近にあった。日に焼けた顔立ちは精悍《せいかん》で、何よりも彼女を圧迫するように見つめる黒い目は、とても鋭かった。

まなざしを真正面から受け止めると、体の奥から熱が湧き出てくるような気がした。潮のような鼓動の音が耳の中で響いた。

（わたしは、この人と結婚するんだわ……）

初めて出会った、どんな人間ともわからないこの男と。

だが、威圧するような見た目に反して、不思議と恐ろしさは感じなかった。

そこからは、流れるようにことが進んだ。

司祭が長々と婚姻の意義について語り、二人を祝福し、神への祈りを捧げていく。誓いの言葉を復唱させられ、結婚証明書にサインをする。エリザベス・デューリーと虚偽の名前を書く緊張に、ペンを持つ手が震えた。

ペンを置くと、左手をつかまれた。突然のことに手を引っ込めようとしたが、シャーロットの力などまったく意に介さないように、つかんだ腕は動かない。気がつくと、左手の薬指に金色の指輪がはめ込まれていた。

「これで、両者の結婚の成立を認めます」

司祭が厳《おごそ》かに宣言する。

振り返ると、礼拝堂の全体が見渡せた。こぢんまりとした礼拝堂に参列している人は多くなかった。シャーロットの知らない、伯爵の関係者らしき人々が、興味深そうに花嫁と花婿に視線を送っている。伯爵は、シャーロットだけに事実を隠し、式の準備を進めていたのだと、それを見てわかった。一人だけ異色だったのが、アレクサンダーと同じような衣装を纏った若者だった。そして、一番隅の目立たない椅子に、ベールを被《かぶ》って顔を隠した地味な衣装の女性が座っているのが見えた。近くに伯爵もいる。

（……エリザベス）

ベール越しにであっても、目が合ったのがわかった。そして、エリザベスが口元を笑みの形に歪《ゆが》めたのも。それを見たとき、突然体の中に湧き上がってくるものがあった。

（悔しい……！）

シャーロットは手を握りしめた。爪が手のひらに食い込んでくるのがわかる。麻痺した心に突き刺さってくる、むしろその痛みが心地よいくらいだった。

エリザベスは自分を嘲《あざけ》ったのだ。彼女のために身代わりになるというのに。見知らぬ男と、異国へ行かねばならないというのに。同じ父親を持ちながら、なぜ、ここまで違う扱いを受けるのか。

（わかってる。わたしは、卑《いや》しい身分の生まれだもの。でも、でも……！）

それはめまいがするほどの怒りとなって、シャーロットの中に渦巻いた。叫んで走り出して、あの妹をめちゃくちゃにしてやりたいと、体が震えるほどに。

「エリザベス」

と、低い声が名を呼んだ。

「エリザベス！」

呼びかけと共に体が引き寄せられた。目の前に日に焼けた男の顔があった。黒い、夜空のような瞳がこちらを見つめ、そして。

「……あっ」

気がつくと男の唇が、自分の唇に覆《おお》い被さっていた。突然の口づけは甘いものでも苦いものでもなく、かみつかれたようなものだった。あまりに突然のことに、シャーロットは頭の中が真っ白になるのを感じた。

　ようやく唇が離れると、男はシャーロットにだけ聞こえるように小さく囁いた。

「狩りの時にそのような殺気を出すと、獲物に気取《けど》られるぞ」

　シャーロットははっとした。目の前の男は気づいたのだ。シャーロットの憤《いきどお》りに。シャーロットの怒りに。

　男は顔を離すと周囲を見渡した。列席した客たちが目をまるくしてこちらを見ていた。

「式で花婿が花嫁に口づけをするのは、イングランドもスコットランドも変わらぬ慣習だと思っていたが」

　男は周囲にそう言ってのけ、再びシャーロットは引き寄せられていた。と思うと、視界がくるりと回った。シャーロットは男に横様に抱き上げられていた。

「では妻を連れていく」

　男は礼拝堂から外へ向けて、堂々と歩き出していた。力強い腕に抱き上げられたまま、シャーロットは男を見上げた。

「あなた……」

「俺の名はアレクサンダーだ、妻よ。ハイランドまでは、楽な道ではないぞ」

「まさか、このまま……!?」

　シャーロットは驚いて聞き返した。

「なにか問題があるか？」

「でも、まだ旅の準備が」

「必要なものがあるならば、あとから届けさせればいい」

二人の会話が漏れ聞こえるのか、周囲にざわめきが起こるのがわかる。

シャーロットは狼狽《ろうばい》した。

「でも、でも……」

ふいに、アレクサンダーは声を潜《ひそ》めて小さく言った。

「エリザベス。詳しい事情は知らないが、君はここにいたくないのではないか？」

その言葉に、シャーロットは呆然とアレクサンダーを見つめた。

そうだ。自分は、ここから立ち去りたいのだ。一刻も早く。きらびやかな仮面をつけた、不愉快きわまりない人間のいる、この場所から。

「……どうして……」

思わず声が漏れた。先ほど出会ったばかりの男だ。見も知らぬ、異国の衣装を身につけた、蛮族のような男。それなのに、なぜシャーロットの望むことがあやまたずわかるのか。

どういうわけか、目の前の景色が歪んだ。鼻の奥がつんと痛い。息苦しさに口を開くと嗚咽《おえつ》が漏れた。気づくと、お湯のような涙が頬を伝っていた。

アレクサンダーが異国の言葉で何かを叫んだ。すると、アレクサンダーと似た衣装を着ていた若者がはじかれたように立ち上がり、何かを言い返した。軽妙な口調で話しかけられたアレクサンダーは、低い声で言い返した。

アレクサンダーの腕の中は力強く、また温かだった。それは長く忘れていた、人の肌の温かみだった。

礼拝堂はざわめきに包まれていた。伯爵がアレクサンダーに慌てて何か声をかけているのがわかったが、シャーロットには、それは全く意味のないものに思えた。

礼拝堂を抜けると、明るい日差しがまぶしくて、シャーロットは目を閉じた。そうして、ひとつの実感が自分の中にわき出てくるのを感じていた。

（……この人は、わたしの夫なんだ……）

第三章　幸せの形

妻の衣装はまるで実用的ではなかった。深みのある水色に金色の刺繡を施《ほどこ》したローブはたっぷりとした生地《きじ》でなめらかな手触りだったが、肩はむき出しで、全く防寒の役目を果たさない。春の日は長くなり始めていたが、夕方になれば気温はぐっと下がる。馬上、アレクサンダーの前に乗った妻の腕に鳥肌が立っているのに気づいた。馬に乗って伯爵の屋敷を出て以来、妻は一言も声を出さない。

「エリク、今日はこのあたりで野営しよう」

「うん、それがいいよ。アルの奥さんは馬に慣れてないだろ。そろそろ限界だよ」

オークの木立の間に、少しばかりの広場があったのでそこで馬を降りた。妻を鞍《くら》から降ろすと、彼女はよろよろと少し歩いて、すぐに地面にへたり込んだ。木立から差し込む金色の夕日が、地面に広がるドレスの生地を照らして、場違いに咲いた花のように見えた。

妻は蒼白な顔で胸元を押さえると、少し震えた。アレクサンダーが馬に載《の》せた荷物から毛布を取り出していると、エリクが妻に近寄って話しかけ始めた。

「大丈夫？　馬にあんまり慣れてないでしょ。結構しんどいよね」

話しかけてきたエリクの顔を見て、妻は驚いたように目を瞬《しばた》かせた。

「……って、そうか、ゲール語通じないもんね。じゃあ、イングランド語にするね。その格好だと寒いでしょ、これ羽織るといいよ」

エリクは自分が着ていたジャケットを渡した。妻は少しほっとしたような表情で言った。

「……ありがとう。あの、あなたは……」

「僕はエリク。アルの従兄《いとこ》の息子。つまり親戚。今回は、アルにくっついてエディンバラ見学の予定が、急に結婚式に出席することになって、自分でもびっくりだよ。ねえ、君、なんだっけ、名前、エリザベス？　普段からそう呼ばれてるの？　そのままだと長いよね、愛称とかないの。エリー？　リズ？　リリアン？」

「ベス……」

「そっか、ベスか。じゃあ、ベスって呼ぶね。これからよろしく。アルの奥さんだから僕とも親戚だよね。あ、アルっていうのはアレクサンダーの愛称ね、名前が強そうすぎて怖いからさ、ベスもアルって呼ぶといいよ」

エリクがべらべらとしゃべり続けるせいか、妻の緊張がほぐれてきているのがわかった。それはよいことなのであろうが、今の状況がアレクサンダーには面白くなく感じられた。彼女に渡そうかと思っていた毛布をもう一度荷に押し込めると言った。

「エリク」

「なに？」

「馬に水をやってくる。火をおこしておいてくれ」

「うん、わかったよ」

ひらひらとエリクが手を振った。妻が……エリザベスが緑の目でこちらを見てきていた。少し緊張したような面持《おもも》ちで。アレクサンダーはそれを振り切ると、牡馬《ぼば》を連れて森の中に分け入った。オークに交じってニレの木が生えている。水辺が近い証拠だった。

エリザベス。半ば攫《さら》うように連れてきた彼の妻。

礼拝堂にノエル伯爵と共に姿を現したエリザベスの姿を見て、アレクサンダーは目を疑った。四年前に帰国した際に出会った少女かと思ったからだ。だが、冷静に考えてその可能性は全くなかった。伯爵家に、エリザベス以外の娘はいないというし、名前も違う。それに彼女は赤毛だった。そもそも、四年も経《た》っていれば記憶も曖昧《あいまい》であり、勝手に自分が似ていると考えているだけかもしれない。

ノエル伯爵家のエリザベスといえば、まだ十四歳ながら美少女としてイングランドの宮廷で噂される存在なのだという。礼拝堂で初めて見たエリザベスの姿は、しかしその噂から想像する姿とは随分《ずいぶん》違う印象だった。みごとな金髪の、美しい少女であったことは間違いない。しかし、大人びた表情は十四には見えなかったし、イングランドでも権勢を誇る貴族の娘が持っていそうな華やかな雰囲気はなく、むしろ慎《つつ》ましやかな、落ちついた佇《たたず》まいを備えていた。

アレクサンダーが、ハイランドの伝統衣装であるプレードを身につけて式に臨《のぞ》んだのは、意に染まぬ結婚を受け入れたことへの当てつけもある。列席した数少ない客は、現イングランド王ヘンリー七世と、現スコットランド王ジェームズ四世という二人の王へ報告する、結婚の見届け人も含まれていただろう。イングランド人にとっては見慣れない衣装に、参列者が眉をひそめたのも知っていた。

エリザベスは、アレクサンダーを見てもひるむことはなかった。儚《はかな》げな見た目の奥に、硬質な芯があるのがアレクサンダーにはわかった。だからこそ、結婚の誓いが済んだ後、エリザベスの中から突然わき上がった気配に、驚きもしたし、納得もしたのだ。その気配は、殺気と言っていいほど強いものだった。

(何かある)

彼女が殺気を向けていたのは、礼拝堂の隅にいる女だった。そして、伯爵へも。しかしそれは……。

(危うい)

扱い慣れない者が刃物を振り上げれば、返す刀でこちらが返り討ちになることはよくあることだ。女はともかく、父である伯爵にあの殺意を向けるのは、尋常《じんじょう》ではない。白い結婚の件といい、おそらく何か事情がある。ゆえにアレクサンダーは彼女を早急《さっきゅう》に連れ出した。むき出しの感情を噴き出す彼女を守るために。

(……泣いていたな)

抱き上げた妻は、見た目以上に軽く感じられた。アレクサンダーよりも頭一つ分小さかった。食には困らない身分であろうに、腰は折れそうに細く、すっと伸びた首筋は腱《けん》の動きがよく見えた。目には涙がたまっていたが、クローバーを思わせる緑色をしていて、知性の片鱗《へんりん》が見て取れた。アレクサンダーが見た彼女の表情は常に憂《うれ》いを帯びている。笑ったのであれば、どれだけ輝くのだろうか。それを見てみたかった。

アレクサンダーは息を吐いた。

そもそも厄介な結婚だとは思っていた。だが、どんな事情であれ、神の前で誓った以上、エリザベスは彼のただ一人の妻であり、一生添い遂げなければならない人物だ。であれば、彼女を満たし、幸せにしてやらなければならない。

（難事だな）

しかし、それは案外、やりがいのある、心高まることなのかもしれなかった。

アレクサンダーは牡馬とエリクの去勢馬に水をやってブラシをかけた。さらに蹄《ひづめ》の裏堀りをして泥を落とす間に小一時間が経《た》っていた。日は暮れて、森は薄闇に包まれ始めていた。馬を連れてエリクのいる野営地に戻る間に、ふと少し離れた木立の方で、人の声が聞こえた気がして目をこらした。

オークの木立の向こうに人影が見えた。こちらに背を向けた鮮やかな青の衣装はエリザベスのもので、もう一人、さほど背の高くない男が向かい合っていた。伯爵家で見かけた家臣の一人のようだった。エリザベスを追いかけてきたのだろうか。二人は何か深刻そうな表情で話し合っているが、内容が聞こえるほどには近くない。と、エリザベスが男に抱きついたのが見えた。男にしがみつき、すすり泣くような声が聞こえる。

「……」

見てはいけないものを見たのがわかったが、アレクサンダーは黙って馬を引いてエリクのもとに戻った。エリクは野営地の火の前で、なぜか、美味《おい》しそうな菓子パンをぱくついていた。

「お帰り、アル。時間かかったね」

「……妻は？」

「んー、なんかね、ベスを追いかけて、伯爵の遣《つか》いが来たんだよ。アルがベスを攫っちゃうから、何にも準備ができてないだろ。一応荷物も持ってきてくれたみたい。食べ物もくれてさ。話があるって言って、向こうの方に行ったけど。聞かれたくないのかな」

　エリクは言った。

「……そうか」

　アレクサンダーはそれだけ言うと、エリクの向かいに座り込んだ。目の前で炎がちらちらと揺れる。エリザベスの事情がわかったような気がした。

「アル」

「なんだ」

「自覚ある？」

「何の」

「結婚したんだよ。僕が言うのもどうかとは思うけど、もう少しベスに気を遣ってあげたら？　いきなり結婚式場から連れてくるし、その後は馬に乗せてちっとも話しかけないじゃないか。イングランドのご令嬢じゃ、あんなに長い時間馬に乗ったこともないと思うよ。

つらかったんじゃないかな」

アレクサンダーはエリクを睨《にら》んだ。ただでさえ面白くないものを見た後だというのに、なぜエリクごときに説教されなければならないのか。

「ゆっくり行くより、早く進んで夜にしっかり休んだ方が妻もかえって楽だろう」

アレクサンダーは低く答えた。

「その妻っていう言い方もさあ……。ちゃんと名前があるんだし」

「おまえが馴れ馴れしすぎるんだ」

「夫婦がよそよそしくてどうするのさ。馴れ馴れしくてちょうどいいくらいだよ。それに、今日は結婚初日だよ。こんなところで野営しちゃっていいの。ちょっといい宿とか泊まらなくていいの」

街道筋には宿があるが、ハイランドへは遠回りとなる。が、まあ、エリクが暗に言いたいことはわからないでもない。

「別に問題ない。伯爵にも誓いを立てたが、白い結婚だ。おまえも聞いていただろう」

「それは、そうかもしれないけどさ、それでも……。初めての夜なのに、こんな森の中なんてベスかわいそう。追いかけてきたイングランド人に攫われても知らないよ」

エリザベスを追いかけてきた、伯爵家の家臣だという男。先ほど、エリザベスはその男に抱きついていた。つまり二人は……そういうことなのだろう。結婚式でのエリザベス側の事情の一端がわかった気がした。エリザベスが結婚式で伯爵に敵意を向けていたこともわかる。アレクサンダーとの結婚によって、二人は引き離されるわけなのだから。伯爵にしてみれば、アレクサンダーをエリザベスに娶《めあわ》せれば、ヘンリー王の命《めい》にも従うことができて一石二鳥だ。

「……そんなことにはならん」

もしもあの男が妙なことをするようならば、こちらにも打つ手はある。

「妻も、思うところはいろいろあるだろう。おそらく今日はいっぱいいっぱいだ。下手《へた》に俺が口を出しても余計に気疲れするだけだろう」

アレクサンダーは、共に馬に乗った途上のことを思い出した。アレクサンダーと同じ馬に乗っている間、エリザベスの体の緊張が伝わってきていた。それは慣れない馬に乗っていることもあるだろうが、何よりアレクサンダーと共にいることに対してだろう。アレクサンダーの腕の中にあった、小さな温かい体はこわばっていた。

エリクは目をぱちくりさせた。

「……なんだ、一応、ベスのこと考えてたんだ」

「おまえは俺をなんだと思っているんだ、さっきから聞いていれば」

アレクサンダーは続けた。

「急がない、というだけのことだ。夫婦になった以上、死ぬまで一緒にいることになる。

少しずつ慣れればいい、お互いにな」

「それでも、ベスとあの男が二人でいるのは気にならないの？」

「……俺と妻の結婚は急に決まったことだ。話が決まる前に妻に好きな人間がいたとしても不思議なことではないだろう。それを否定する気はない。問題は、彼女に結婚を継続する気があるかどうかだ」

アレクサンダーは、自分をまっすぐに見つめてきた緑の目を思い出していた。

「エリザベスは逃げない。大丈夫だ」

「でもさあ……」

「……俺とあのイングランド人の、どっちに人間的魅力があると思うんだ？」

「はい。アレクサンダー・マケイブさんの方です。勝負になりません」

「そういうことだ」

アレクサンダーは、エリクが食べている菓子パンを一つ取り上げて口に運んだ。


馬に乗るのがあれほど疲れるものだとは、シャーロットは知らなかった。

夕方寒さを感じる頃に街道から少し外れた野営地にたどり着いたときには、シャーロットは疲労困憊《こんぱい》だった。

夫は大きかった。シャーロットがとりたてて小さいというわけではないが、彼と共に馬に乗ると、半ば包まれるような形になる。粗野な見た目にかかわらず、とりあえず彼は清潔ではあるようで、ハーブの石けんの匂いがした。初めての乗馬では、馬上で座るだけでも難しく、バランスが崩れそうになるたびに、アレクサンダーは力強い腕でさりげなくシャーロットを支持してくれた。そのたびに、アレクサンダーの分厚い胸板や、硬い腕の筋肉から熱が感じられて、それは露出の大きい衣装を着ている自分にはありがたい温かさだったが、同時に、いてはいけないところにいるような気分にさせられた。それゆえに、できるだけバランスを崩さないように、シャーロットは普段使わない筋肉を総動員することになった。

アレクサンダーが馬を連れて川の方へと去った後、驚いたことにアランがシャーロットを追いかけてやってきた。日が森の向こうに落ちた後だった。どうやら伯爵に命じられたらしい。シャーロットが修道院から持ってきた数少ない荷物と、数日分の食料、着替え、それからいくらかの金貨。エリザベスとして送り出す以上、それなりの持参金は持たせるようだった。

「お嬢様。伯爵からの言づてがあります。少しよろしいですか」

アランはエリクを気にしながら声をかけてきた。アランにパンをもらったエリクはどうぞどうぞと手を振った。シャーロットは疲れていたので気が乗らなかったが、アランに連れられて森の奥へと歩いていった。

「アラン、わざわざありがとう。何も持っていなかったから助かったわ」

「いや。道中手荒なことはなかったか」

「いいえ。ただ、ずっと馬に乗っていたから疲れました。伯爵は、何か言っていたの？」

アランが手渡してくれたのは、石けんだった。

「髪を洗うときはこの石けんを使うようにと。毛の脱色をする成分が入っている。髪が伸びて、赤毛に戻ってはいけないだろう。なくなる前に届けるようにする」

「……ああ、そうね」

シャーロットは、薔薇《ばら》のいい香りのする石けんを受け取った。エリザベスのふりをする間、この石けんを使い続けるのか、と思うと、気分が沈んだ。そうして、あの夫を騙《だま》し続けるのだろうか。

ふと、シャーロットは疑問を口にした。

「……わたしがエリザベスに成り代わるのだとしたら、本物のエリザベスはこれからどうするの？」

「詳しくはわからないが、フランスに渡るそうだ。ノエル伯爵の親戚の娘とでも名乗って、向こうでよい相手でも見つけるのだろう。伯爵は、フランスにも領地を持っているから」

「……フランス。やっぱり、伯爵はわたしを呼び戻すつもりはないのね……」

シャーロットはため息をついた。修道院で、使う当てもないのにフランス語を習ったことを思い出した。フランスは、イングランドよりも暖かく、豊かな土地だという。エリザベスはそこで、これまでと変わらず、恵まれた生活を送るのだろう。

「アラン。わたし、あの式で、生まれて初めて悔しいと思った。エリザベスがわたしに勝ち誇ったように笑いかけてきた時に」

シャーロットは、思わず口にしていた。長いつきあいだが、アランにこのようなことを話すのは初めてだ。だが、式前にアランの衷心《ちゆうしん》を垣間《かいま》見たような気がした。そこにあるのは、シャーロットへの同情と、心遣いだった。アランは、事務的ではあっても、シャーロットを陥《おとしい》れるようなことは一度もなかった。確かに威圧的に感じたことはある。しかし、それはシャーロットの立場が悪くならないように気遣ってのことだ。そう思うと、アランはキャサリンが亡くなって以降、シャーロットを守ってくれた唯一の存在ともいえた。

言い終わってから、また悔しさがこみ上げてきて、シャーロットは目に涙が浮かんでくるのを感じた。アランはしばらく黙っていたが、ぽつりと言った。

「シャーロット。あなたがエリザベスに仕返しする方法が一つだけある」

「……え?」

「幸せになるんだ」

シャーロットはアランの言葉に目を瞬《またた》いた。

「幸せになるんだ。エリザベスや伯爵が、あなたをスコットランドに送ったことを後悔するくらい、幸せになればいい。式を見ていてわかったが、マケイブの氏族長は情のない人間ではない。他の氏族長よりも穏健だといわれるし、留学経験もあるというから、知見も狭くはないだろう。何より、娶ったばかりのあなたを、式場から遠ざけることで守ろうとしていた」

「幸せ……」

それはシャーロットにとって縁遠い言葉だった。これまで、食に困ることはなかったし、雨露をしのぐ家に住むこともできた。村に住む農民たちに比べれば恵まれた生活だろう。だが、言われるまま、ただ生きるために流されてきた暮らしに、彼女の意志が入り込む余地はどこにもなかった。

「だが、それは自然に与えられるものではない。自分で勝ち取るんだ」

「……自分で」

「スコットランドはイングランドの常識とは違うことも多いだろう。だが、そこで立ち止まらずに、どうすべきか考え、先に進みなさい。それができるのは、あなた自身だけだ」

アランの声にはこれまでになく力強い響きがあった。シャーロットは、目が潤《うる》み始めるのを感じた。今日何度目の涙だろう。自分は、これほど涙もろかっただろうか。

シャーロットは、アランに抱きついた。恋人のようにではなく、兄妹のように。

「……アラン。どうしてわたしたち、これまでこんなふうに話してこなかったのかしらね。

ずっと、一緒にいたのに……」

アランは苦いものを吐き出すように言った。

「……わたしは、キャサリンが、あのような最期《さいご》を迎えたことを、ずっと負い目に感じていた。あなたに会うたびに、キャサリンのことを思い返してしまったからね……」

アランはシャーロットの体を引き離した。

「シャーロット、これを」

アランは、懐《ふところ》から一通の手紙を取り出した。古い手紙だった。

「キャサリンが亡くなる前に、あなたに渡すように預かっていた。持っていきなさい」

「キャサリンが？　でも、どうして今になって」

「あなたが修道院で一生を終えるならば必要ないものだからだ。だが、状況が変わった。これからあなたは全く知らない土地に赴《おもむ》く。キャサリンの言葉が必要になることもあるだろう」

「キャサリンの……」

シャーロットを捨てて亡くなった姉。シャーロットは、アランから古い手紙を受け取った。

「わたしは、伯爵のもとを去ろうと思う」

「え、だって、あなたはアップルヤード家の……」

「あなたが伯爵のもとを去るならば、わたしはもうあそこにいる必要はない。わたしも伯爵対しては思うことがある。幸いなことに、声をかけられている先もある」

アランは例によって淡々と語った。アランは、伯爵家にずっと忠実だった。だが、あの伯爵の相手をするのは、確かに骨が折れるかもしれない。

「あなたと会うのはこれで最後になるだろう。あなたの幸せを、心から祈っているよ」


アランには先に帰ってもらった。森に一人残ると、実用性のない結婚装束《しょうぞく》を脱ぎ捨てて、アランが持ってきた毛織りのローブに着替えた。肌になじんだ毛織りのローブは、美しくはなかったが、着ているだけで身がほぐれる気がした。

先ほどの広場に戻ると、火を囲んでアレクサンダーとエリクが、聞き慣れない言語で話し合っていた。スコットランドで話されているというゲール語だった。

「やあ、お帰り。着替えたの？　見違えたけど、そっちの方が動きやすそうだね」

エリクがイングランド語で話しかけてくれた。

「……アランは？」

シャーロットが尋ねると、アレクサンダーは顔を上げた。

「先ほど立ち去った。君の荷物をいくつか預かった」

「……ありがとう」

シャーロットはアレクサンダーから少し離れたところに座ると、夕闇の中、ちらちらと揺れるたき火を眺めた。アレクサンダーとエリクがこちらを見ているのがわかったが、ひどく疲れていて、何かをしゃべるのも億劫《おっくう》だった。

今日はあまりにもたくさんのことがあった。結婚式。初めての乗馬、旅。そして……。

(幸せにならなくちゃいけない)

シャーロットは炎を見つめながら思った。

(……でも、幸せって、何なのかしら……)

火は力強くひらめき、忍び寄る夜の寒さや暗さに抵抗している。その暖かさを感じながら、シャーロットはいつの間にか眠りに落ちていた。

第四章　野草の丘

寒い、とシャーロットは思った。春といっても明け方はまだまだ寒い。毛布を一枚多めにしておけば良かった、と夢うつつに思いながら、温かさを感じる方へと身を寄せた。心地よい熱にうっとりしながら毛布をかき寄せると、柔らかな草の香りが鼻をくすぐった。

それにしても随分《ずいぶん》と寝床が硬い。土の上に寝ているようだ。いかに修道院といえど、マットレスはもう少し柔らかくてもいいはずだ……。

そこまで考えて、シャーロットははっとした。そう、昨日は野営をしたはずで、火を眺めているうちに、眠ってしまったような気がする。ここは修道院ではない。では、今自分はどこで寝ているのか。

目を開けてぎょっとした。シャーロットは、格子柄《こうしがら》の生地《きじ》にくるまっていた。印象的なこの生地は、スコットランド人の夫とその連れが身につけていたものだ。そして、熱の正体は、夫その人だった。シャーロットは彼に身をすり寄せて寝ていたらしい。そうして、彼は、地面に肘枕《ひじまくら》をして、シャーロットを眺めていた。

「ひゃああっ」

シャーロットはあまりに驚いたので、飛び上がって後ずさりした。

(何、なに、なんなの、わたし、昨夜この人と一緒に寝たの、どうして!?)

心臓がすごい勢いで早鐘《はやがね》を打った。状況が全くわからない。

「おはよう」

「……あっ……あっ、はい、お、おは、おはようご、ございます」

シャーロットが起きたのを見て取って夫が挨拶《あいさつ》してきた。シャーロットはしどろもどろで答えた。夫は身を起こした。

「……どうしてわたし、ここにいるんでしょうか」

「昨夜、たき火の前で君が寝てしまったから、こちらに連れてきたのだが」

「……あの……それではどうして一緒に、寝ていたんでしょう……」

「夜半になって冷えてきたから、そのままでは寒いかと思って一緒にいたわけだが。何か問題があるか」

問題がありまくりな気がしたが、結婚は成立しているわけだから、理屈の上では一緒に寝ることは、何の不都合もない。

「……いえ、問題ないです……」

シャーロットは蚊の鳴くような声で答えた。夫は、しばらくシャーロットを眺めていたが、突然立ち上がると森の方へと歩き始めた。

「……あの」

「顔を洗ってくる」

格子柄の生地と共に取り残されたシャーロットは脱力した。近くには、エリザベスの胸ぐらいまでありそうな巨大な広幅の剣が置いてある。アレクサンダーのものらしい。

緊張がほどけてくると、空腹と筋肉痛がシャーロットを襲った。思い返せば、昨日は式前にパンをかじったくらいであるし、初の乗馬で普段使わない筋肉を使ったのか、あちこちがこわばって痛い。

仕方なく、昨日のたき火の方へと向かうと、エリクがすでに火をおこしていた。

「やあベス、おはよう。よく寝れた？　昨日は疲れてたみたいだよね。筋肉痛じゃないかな。馬に乗るのって結構疲れるからね」

エリクは木製のコップに入れた温かいお湯を渡してくれた。蜂蜜が溶かしてあるようだ。少し甘いお湯は、一口飲むと、疲れた体に浸《し》みるようだった。

「ありがとう。すごく美味《おい》しい」

「ところでベスはアルのプレードを持ってるけど、当の持ち主はどこに行ったの？」

「プレード？」

「それだよ、僕たちが身につけてるこの毛織物」

エリクは自分が着ている格子柄の毛織物を指さした。

「プレードって言うのね。こんなに大きいとは思わなかった」

生地は幅が一・五メートルほどで、長さに至ってはその倍以上あった。

「この模様は意味があるの？」

「地元で手に入る染料で染めた糸を組み合わせて作るんだ。作る工房が同じだから、氏族のみんながお揃《そろ》いになることが多い。決まってるわけじゃないけど、なんとなく、模様を見ると出身地がわかるよね。結構便利なんだよ。夜寝るときにくるまってもいいし、寒いときはコート代わりになるし、雨が降ったら雨よけになる」

「……こんなに大きな布をどうやって着るの？」

「やってみようか」

エリクは自分のプレードをぱっとほどいた。下は白っぽいシャツにブラカエという軽装だ。プレードを地面に広げたあと、ひだを折っていく。三メートル以上もある布にひだをすべて折り終えると半分以下の長さになった。その上にごろんと横になってベルトで腰に巻き付けて固定する。立ち上がるとひだの寄ったスカートを穿《は》いているような形になった。余った上半身の生地はまとめて袈裟懸《けさが》けにしてブローチで留《と》めてしまうとできあがりだ。

「すごいわ。こんなふうに着るのね」

シャーロットが目を丸くしていると、エリクはどうということもなく肩をすくめた。

「国境を越えれば、これを着てる人も多くなるよ」

エリクは、ベルトに短剣をぶら下げながら答えた。

「……剣なんて持つのね。とても大きな剣も向こうにあったけど」

「アルの剣だね。街道は治安もよくないから、盗賊が出たりすることもあるし、用心するに越したことはないよ」

盗賊、という言葉に、シャーロットは少しどきりとした。とはいえ、エリク達が持っている荷物はそう多くはなく、アランがよこしたシャーロットの衣装が少しばかりかさばるくらいだ。エリクの持っている荷物の中で、一つだけ目についたのが、奇妙な棒の突き出ている袋のようなものだ。

「……あれはなに？」

シャーロットが尋《たず》ねると、エリクはなぜか少し顔を引きつらせた。

「あれね。アルのバグパイプ。楽器だよ。調子が悪いからって、エディンバラで修理に出すつもりなんだ……」

夫は、どうやら楽器を奏《かな》でる趣味があるようだ。

「どんな音がするの」

「もともと独特な音なんだけど、なんというか、アルが吹くと、特に、地獄から響く悪魔の鳴き声のような音がするんだよね」

「……それって、あまりうまくないってこと？」

「うまくないというか、恐ろしく下手《へた》……。いや、その、本人は真面目《まじめ》に練習してるから、あまり言いたくないんだけど」

そこまで言われると、興味本位で聴いてみたいような気もしたが、あまり深くは突っ込まないことにした。

「……わたしたち、これからどこに行くの？」

「エディンバラだよ。ジェームズ王に報告に行くんだ。……聞いてない？」

シャーロットはうなずいた。エリクは少し考えてから尋ねてきた。

「アルとは、話しづらいかな？」

「……そういうわけじゃ、ないけど。いろいろとタイミングが……」

シャーロットがもごもごと言うと、エリクはうーんと唸《うな》った。

「確かにアルは怖そうな顔してるけど、結構親切なんだよ。とはいえ氏族長なんてやってると、はったりも必要なわけだからねえ。……で、当の本人はどこに行ったんだろう」

「顔を洗いに行くって、森の方に……」

それを聞いて、エリクは、ははあん、と訳知り顔になった。

「まあ、そうだよね。ごちそうを前に寝たわけだから、顔ぐらい、洗いたくなるよねえ」

エリクがぶつぶつ言っていると、低いゲール語が後ろから飛んできた。振り向くと、濡れた髪の毛から水を滴《したた》らせたアレクサンダーがエリクを睨《にら》んでいた。

二人はゲール語でなにやら話しながら火の前に座る。シャーロットがプレードを渡したときだけ、アレクサンダーはイングランド語で礼を言った。

スコットランドで話されるというゲール語は未知の言語だった。何を話しているのか想像もつかない。けれども響きは案外快《こころよ》く、軽快な口調で話すエリクに、落ち着いた声音で応じるアレクサンダーの受け答えは、気心の知れた者同士の伸びやかさがあった。また、二人の食欲はすばらしく、アランが持ってきたパンやリンゴやチーズはあらかた平らげられてしまった。荷物はさして多くなく、糧食《りょうしょく》も豊富とはいえないようで、これから先の食料はいったいどうなるのだろうとシャーロットは少しばかり疑問がわくのだった。

朝食を食べ終えると、馬に鞍《くら》をつけ、荷物を載《の》せて出発の準備が整った。

夫と共に馬に乗ると、まだ冷たさの残る朝の空気が頬をかすめた。ブナとオークの森から街道へと移動すると、斜めに差し込む木漏れ日がちろちろと金色に輝いて見えた。

それにしても、背後の夫とは、何を話したらいいのだろう。シャーロットはにわかに緊張してきた。エリクとは、彼の性格もあってか特に気負わず話していたが、アレクサンダーとはまだまともな会話を交わしていない。いつまでも無言というのは、気詰まりだった。といって、相手のことは何も知らない。

そもそも、相手のことをなんと呼べばいいのだろう。エリクの言うようにアル？　旦那様ではメイドのようだ。シャーロットが頭を巡らせていると、

「エリザベス」

と、背後から声がした。自分の名前だと思わず、一瞬考えた。夫が話しかけてきたのだ。シャーロットは姿勢を正した。

「はい」

「俺が怖いか」

それは意外な質問だった。

「そんなことないです。ただ、その、大きいし、いろいろ慣れないけれど……」

「……大きいか？」

「大きいです。熊みたいです。……見たことないですが」

シャーロットが言うと、夫はふいに体を震わせ始めた。何かと思ったら、どうやら笑いをこらえているらしい。

「そうか。いや、熊か……」

「あの、気を悪くしたら、ごめんなさい」

「いや。君から初めて生身の言葉を聞いたような気がしたからな」

そう言って、アレクサンダーは喉《のど》の奥でくつくつと笑った。

「……その、あなたのことはまだよく知らないし、何を話していいかわからなくて」

「確かに、俺と君はお互いのことはまだ何も知らないな」

ひとしきり笑った後に、アレクサンダーはふとつぶやくように言った。

「君にとってはこの結婚は不本意なものなのだろうな」

「……本当に、納得できる結婚ができる人なんているんでしょうか」

その問いは、シャーロットの中から自然に湧いてきた疑問だった。

「確かに、俺たちのような立場の人間には、なかなか難しいことなのかもしれない」

アレクサンダーのその言葉に、シャーロットは初めて、彼の方にも事情があるのだ、と思い至った。

「ここではっきりと言ってしまえば、君との結婚は、マケイブの安寧《あんねい》を得るためのものだ。俺は氏族長だし、なによりもそれを優先しなければならない」

「……はい」

シャーロットは、ごく冷静にその言葉を受け入れた。顔も見知らぬ者同士の結婚に、利害が絡《から》むのは当然のことで、それを正直に話してくれるのは、むしろアレクサンダーの誠意といえた。

「君と結婚することで、俺はスコットランド王に忠誠を示すことができるし、またイングランドとの縁もできる。悪いことではない。君には感謝する。だが、イングランドに生まれた君にとっては、スコットランドに赴《おもむ》くのは酷なことだろう。たとえ君に何らかの事情があったとしてもだ」

シャーロットは、結婚式の時のことを思い出した。アレクサンダーは、あの場でシャーロットの怒りに気づいていた。その上であえて何も聞いてこない。

「……改めて聞く。君はこの結婚に忠誠を誓えるか」

忠誠、という言葉を告げたときに、アレクサンダーの腕に力が入ったのがわかった。彼の言葉は、伯爵がシャーロットに与えたような強制ではなかった。一人の人間の意志を確認するものだった。

「……わたしは」

シャーロットは胸の奥が苦しくなり、同時に熱くなるのも感じた。何をするにも、これまで誰一人として、シャーロットの意志を確認しようという人はいなかった。アランでさえ。

(……この人は、わたしという人間を、認めようとしてくれているんだ)

「裏切りません。あなたの妻であることに」

「そうか」

応《いら》えは短かった。だが、背後の夫の気配が和《やわ》らぐのがわかった。

「エリザベス。では、君の忠誠に俺は酬《むく》いたいと思う。君は何を望む？」

アレクサンダーの言葉は思いもかけないものだった。望むものなど思いつかず、シャーロットが考え込んでいると、ふわりと視界が開けた。森を抜けたのだ。街道は広がる牧草地を突っ切るように続いている。冬をくぐり抜け、穏やかな春を迎えたワイルドフラワーの数々が、ここぞとばかりに美しく花開いている。

(花は、ただ咲いているだけでこんなに幸せそうなのに、どうして……)

「……教えて」

シャーロットは我知らずつぶやいていた。

「教えてください。幸せが、何なのか……」

背後の夫が、それを聞いて何を思ったのかはわからない。だが、しばらくの沈黙の後に、彼は穏やかに言った。

「そうだな。だがそれは教えられるものではない。共に探そう」

第五章　城壁を越える

まだ年若い妻と同じ馬に乗って、アレクサンダーは街道を北上する旅を続けていた。エリザベスは時々話しかけてくる。途上の景色や、これから行くエディンバラについて。エリザベスの声音は涼やかに澄んでいて、アレクサンダーの耳に心地よく響いた。

裏切らない、と彼女は言った。結婚に対する覚悟を聞いたのは、彼女に対して疑念を持ちたくなかったからだ。エリザベスには他に好きな人間がいる。エリクには気にしていないかのように語ったが、心がざわつくのは止めようもない。まだ知り合ったばかりの妻の寝顔を見ながら、昨日、アレクサンダーは焦燥《しょうそう》にも似た、奇妙な感情にとらわれているのを自認せざるを得なかった。有《あ》り体《てい》に言えば、あんな貧相なイングランド人に奪われてたまるか、というところである。だからこそ、裏切らない、と言った彼女の言葉に、アレクサンダーは安堵《あんど》もしたし、同時にそれに応《こた》えなければならない、とも感じたのだ。

「あの、好きな色はなんですか」

唐突に、エリザベスは尋《たず》ねてきた。

「……好きな色？」

「……ええと、その、旦那様の……アル、アレクサンダーのことを全然知らないから、少しでも教えていただきたいと思って……」

アレクサンダーは、ふんわりと胸が温かくなるのを感じた。妻が自分に興味を寄せてくれているという、実に小さなことが、妙に心を浮き立たせた。

「緑」

「みどり？　どうして？」

「目覚めの色だからだ。冬まきの大麦が越冬するとき、雪の間に緑が見えると、その力強さに勇気づけられる。今時分の新緑も、夏の緑もいい」

「領主なのに、畑を作るの？」

「ハイランドの土地はイングランドと比べても豊かとは言えない。氏族を食わせるためなら、畑ぐらい耕すさ」

二人はそんな具合で少しずつ話をした。とりあえず、エリザベスはピンク色が好きで、すみれの花が好きで、ひばりの鳴き声が好きで、ジャンブルビスケットが好きだということがわかった。代わりに、アレクサンダーは、あえて言うならアザミの花が好きで、馬に乗るのが好きで、ハギスが好きだという情報を与えたわけだった。ハギスというのは、羊の胃袋に、様々な食材を詰めてゆでる伝統料理である。羊の胃袋と聞いて、エリザベスは、青ざめたが、しかし、いつか挑戦してみると果敢《かかん》にも言うのだった。

顔を上げてみれば、春のイングランドは美しかった。所々にある畑では、冬まきの小麦が緑の穂を風に揺らしていた。草地に咲くワイルドフラワーは色とりどりで、その間で草を食《は》む羊たちは、冬の間に蓄えた毛皮で覆《おお》われてもこもこしている。

やがて街道は牧草地を抜けて、ヒース荒地にたどり着いた。見渡す限り、一面にハリエニシダとヒースが茶色い絨毯《じゅうたん》のように地面にみっしりと茂っている。遮《さえぎ》るもののない荒野を渡る風は吹きさらしで、頬をかすめるとぐっと寒さを感じた。

エリザベスは、ヒース荒地を貫くように続く街道へと視線を馳せた。その表情には敬服するようなものが浮かんでいる。

「ヒースが好きか」

アレクサンダーは尋ねた。

「……好きかどうかはわからないけど、力強くて……きれいだと思います」

「伯爵家の令嬢ならば、整えられた庭の方が好きかと思ったが」

「丹精込められたお庭の花も好き。でも、誰の手も借りずにこんなところで生きられる力の方がうらやましい」

「伯爵家は……」

「あの家の話はしないで」

アレクサンダーの言葉を遮《さえぎ》るように、エリザベスは強く声を上げた。その後すぐに、しまった、というように、閉じた口に力が入るのがわかった。

「いろいろあるようだな。君には謎が多い」

「……そんなことは……」

「言いたくないなら話さなくてもいい。それに君はもうあの家からは出た身だ。少なくとも伯爵家からは自由だ」

アレクサンダーの言葉を聞いてか、エリザベスはぱしぱしと目を瞬《またた》かせた。そうして、荒野の彼方《かなた》、空を飛ぶひばりの姿を目で追った。

「自由……」


シャーロットは旅を続けながら、心が軽くなるのを感じていた。

アレクサンダーははじめこそ近寄りがたかったが、否応《いやおう》なく馬上で共に過ごすうちに、そう悪い人間ではないということがわかり始めていた。口数はさほど多くないが、聞いたことは答えてくれるし、無理に何かを聞き出そうとすることもない。

最初は晴天だったヒース荒地はやがて天気も下り坂になり、霧《きり》が立ちこめると春とは思えない寒さとなった。エリクが言ったように、プレードは随分《ずいぶん》便利な代物《しろもの》で、広げると外套《がいとう》の代わりとなってくれた。アレクサンダーがプレードで一緒にくるんでくれて、慣れない密着に最初は緊張したが、ほこほことした温かさに、馬上の揺れも手伝って自然と眠気が襲ってきた。

気がつくとニューカッスル・アポン・タインの街にたどり着いていて、その日はそこに投宿した。イングランドにおけるスコットランドの最前線ともいえる街で、城壁に囲まれている。

宿の部屋割りは、シャーロットが一人部屋で、アレクサンダーとエリクが同室だった。ほっとするような、さみしいような妙な気分になったが、下働きの女性が部屋に木製のたらいを担《かつ》いで持ってきたので得心がいった。お風呂を用意してくれたのだ。下働きの女性は上階と下階を何度も往復してたらいにお湯を入れてくれた。修道院でもお風呂は滅多《めった》に入れない贅沢《ぜいたく》なものだ。温かいお湯に身を浸《ひた》すと、疲れがほどけていくようだった。心《こころ》遣《づか》いに感謝しつつも、アランにもらった石けんで丁寧《ていねい》に髪を洗った。薔薇《ばら》の匂いのするその石けんは、アルカリ分が強く、髪の色を脱色する効果があるという。毎日こんな贅沢なお風呂に入れるわけではないので、いずれ水風呂で髪を洗うことになるのだろう。スコットランドは北国だ。冬は辛《つら》い作業になりそうだった。

アランからもらったキャサリンの手紙は開いていなかった。封蠟《ふうろう》で閉じられた手紙に何が書いてあるにしても、今はまだ読む気になれなかった。

泥のように眠りについて、朝食事に行くと、エリクが一人でパンにかじりついていた。

「やあベス、おはよう。それにしてもイングランドのパンは美味《おい》しいよねえ」

「おはよう。……ええと、アル、アレクサンダーは」

「大聖堂に行ったんじゃないかな。こっちに戻ってこなければ聖職者になっていたかもしれないし」

「どうして、スコットランドに戻ってきたの？」

「アルの兄のダンカンが亡くなったんだ。本当だったら、ダンカンが族長になるはずだったけど、おはちがアルに回ってきたんだよ」

何かが記憶の縁《ふち》をかすめた気がしたが、エリクが話を続けたので、深く思い返すことはできなかった。

「その辺は少し複雑でね。フランス帰りっていうのもあって、アルは少しやり方が今までの族長と違うんだ。ダンカンの息子のカイルっていうのを推《お》している連中もいるし。それに隣接するメルヴィル氏族とは、境界線の揉《も》め事もある……」

そこまで言って、エリクは顔を上げた。

「ま、そうはいっても、マケイブはおおむねのんびりした、いいところだよ。ところでベスも大聖堂見てきたら？　なかなかこんなところまで来られないからね」

「……あのでも、わたし、一人で行っていいの？」

シャーロットは驚いて尋ね返した。修道院にいるときも、アップルヤード家にいたときも、勝手に一人で外に行ってはいけないとずっと言われていたからだ。特にキャサリンが家出してからは、半ば見張られているような状況だった。

「なんで？　一人で行くのが怖いの？　道がわからない？」

エリクは不思議そうな顔をした。その表情を見て、シャーロットは突然理解した。

（この人たちは、わたしが逃げるかどうか、そんなことは考えてもいないんだ）

それは、こちらへの信頼の証《あかし》でもある。シャーロットはふいに自分の中に沈み込んでいた重りが、消えていったような気がした。

「……わたし、行ってくる」


ニューカッスルの聖ニコラス大聖堂は、尖塔《せんとう》のそびえる壮麗な建物だ。北海に注ぐタイン川沿いに建設されており、尖塔は灯台の代わりとしても使われている。

アレクサンダーは大聖堂内の美しいステンドグラスを見上げていた。

ニューカッスルは、毛織物と石炭貿易で栄える街だ。大聖堂へ向かう途中、広場で羊毛市《いち》が行われているのを見た。タイン川には、北海から遡上《そじよう》してきた船の数々も浮かんでいる。こうして、イングランドの毛織物は船で各地へ運ばれていく。それはイングランドに多大な利益をもたらすのだ。

イングランドは明らかにスコットランドよりも豊かだ。それは各地にある教会や聖堂を見てもわかる。イングランドで指折りの規模を誇るヨークやダラムの大聖堂はもちろん、ここも壮麗な建物だった。中に入ると、はめ込まれたステンドグラスから、色とりどりの光が壁や床に差し込んで明るい。

　イングランドとスコットランドは、ブリテン島という小さな島で絶え間なく争い続ける宿敵同士だ。数年前に両国間で結ばれたエイトン条約のため、七年間は休戦状態とされているが、その後は不透明だ。しかし、英明なるスコットランドのジェームズ四世は、戦争状態よりも平和な状態であることのメリットを理解しているし、長い内戦の末に玉座《ぎょくざ》を勝ち取ったイングランドのヘンリー七世もまた争いを望んでいない。そのひとつの証拠がアレクサンダーとエリザベスの結婚でもある。

　昨日、エリザベスは疲れのためか、自分の腕の中で眠りに落ちていた。温かな彼女の重みは、アレクサンダーに不思議な感傷を与えた。ただの面倒事で、義務に過ぎなかった結婚が、違うものに変化していくのがわかる。彼女を傷つけたくなかった。守るべきものであり、つまり……大切なものであると。

　ふと、人の気配を感じて振り返ると、彼の妻がこちらを見ていた。

「……エリザベスか」

「……旦那様」

　エリザベスが声を上げると、アレクサンダーは苦笑いをした。

「その呼ばれ方はむずがゆいな」

「……なんて、呼んだらいいですか」

「好きなように。アレクサンダーでも、アルでも」

　すると、彼女は改めて言った。

「アレクサンダー。昨日はお風呂をありがとう。ゆっくりできました」

「それはよかった。今日は城壁を越える。この先はエディンバラまで大きな街はない。野営が続く」

「城壁？」

「ローマのハドリアヌス帝が作り上げた長城だ。今のところイングランドの領域になっているが、かつて両国間で紛争が起こっていたとき、境界線はこの長城を前後していた。そう考えると、長城がスコットランドの始まりとも言える」

「千年も前の皇帝が作った長城がまだ残っているの？」

「見てみるか？」

「見えるの？」

「塔に上れば。行こう」

　アレクサンダーはエリザベスの手を引いて、西側の大きな扉に入りこんだ。そこは塔の真下だった。アレクサンダーが石造りのらせん階段を上ると、エリザベスはそれに従った。

階段を上りきると、塔の上に出た。尖塔のある高い屋根を支える重厚な柱の向こうに、ニューカッスルの街並みが広がっている。エリザベスは走るように石造りの欄干《らんかん》へともたれかかった。南にはタイン川が緩《ゆる》やかに流れ、北海に注ぎ込んでいるのが見える。北の方へと目をやれば、東から西へと、うねる線のように、石垣のような城壁が続いているのが眺めてとれた。

「あれが、長城？」

「そうだ。長城を越えて、さらにその向こうがスコットランドだ」

エリザベスの横に立ったアレクサンダーは言った。

「イングランドを離れるのは、さみしくないか」

エリザベスの髪は金色に輝くようだった。薔薇の匂いが鼻をくすぐる。

「……いいえ」

エリザベスは迷うことなく答えた。故郷を離れることを厭《いと》わないと。

（いったい、何がある？）

彼女には謎がある。ノエル伯爵家へ抱く強い憎悪があるのは間違いない。アランとかいう従者のことだけではなさそうな感じではある。それに彼女は言った。幸せを教えてくれと。伯爵令嬢という恵まれた身でありながら、なぜそのような言葉が出てくるのか……。

ふと、エリザベスの表情が変わっていくのがわかった。どこか憂《うれ》いを秘めていた緑の目に、光が差し込むように明るさが灯《とも》る。顔中に晴れやかさが広がり、精彩を放っていく。

「……すごい……。わたし、あそこが好きだわ……」

エリザベスの声には、上ずるような興奮の響きがあった。城壁の向こうには、一見、イングランド側と変わらない緑の丘があり、木が生えている林があり、道がある。けれども、そこはスコットランドの入り口だ。

「アレクサンダーの故郷は、もっと素敵なんでしょう？　早く、行ってみたい……」

エリザベスの言葉を聞いて、アレクサンダーは喜びが心に満ちるのを感じた。思わず、エリザベスの肩を抱いた。

「エリザベス」

「……はい」

「スコットランドは、豊かではない。かつてローマが侵攻し、またノルマン人やイングランドが攻略しようとしたが、結局は頓挫《とんざ》した。険《けわ》しい山と厳しい気候を乗り越えてまで手に入れられるものが少なかったからだ。だが俺は、そんな故郷を愛している」

エリザベスは遥《はる》かなスコットランドを望みながら黙って聞いている。

「……君が、同じように故郷を愛してくれれば、俺は嬉しい」

第六章　エディンバラ

（なんなのこの状況）

と、エリク・マケイブは半ばげんなりしながら、アレクサンダーの馬であるガースの手《た》綱《づな》を引いててくてくと歩いていた。

少し前の方では、アレクダンサーの新妻《にいづま》であるエリザベスが、エリクの馬であるステアを乗りこなそうと悪戦苦闘している。それを教えるのはアレクサンダーで、まあ、なんというか、初々《ういうい》しいながらも仲睦《むつ》まじいことこのうえない。

いや、いいのである。夫婦円満は、世界平和への第一歩であるから、誠に好ましいことである。であるが、それを始終見せつけられる方はたまったものではない。しかも故郷のハイランドに帰る旅の途中であり、逃げ場もない。心なしか、馬のガースも辟易《へきえき》しているような感じである。

記憶をたどると、ろくに口も聞かなかった結婚初日、ぽつぽつ話しだした二日目は、アレクサンダーも通常運転だったように思う。三日目、つまりニューカッスルに投宿した翌日、大聖堂から二人が手をつないで帰ってきたとき、あ、これは、とエリクにはわかってしまった。

（一線を越えた）

というやつである。もちろん大聖堂で物理的に一線を越えることがあるはずもないので、もっと精神的なものだ。アレクサンダーがエリザベスを見る目が違うのである。表面上は特にどうということはないのであるが、気づくとエリザベスを目で追っている。エリクとエリザベスが話していると、微妙に不機嫌なオーラが出ていたりする。

（ちょっと前まで結婚なんて面倒、とか言っていたくせに、要するにエリザベスに陥落したってことじゃないか）

一方のエリザベスはというと、ニューカッスルを出たあたりから明らかに表情が柔らかくなった。ややもすれば考えに沈み込んでいるような風情《ふぜい》の少女だったが、何かから解放されたように、周りのものを見始めている。不慣れな旅のあれこれに、アレクサンダーが手をさしのべると、驚いたように、それでいて嬉しそうに礼を言うのだ。まるでこれまで人に親切にされたことがないかのように。伯爵令嬢であれば、そんなはずないであろうに。

そしてアレクサンダーは、エリザベスに微笑みかけられると、まんざらでもない風情であり、その後は大層機嫌がよい。

旅の間、二人は同じ馬に乗る。その後ろにエリクが続くわけだが、二人の会話が風に乗って漏れ聞こえてくる。涼やかに澄んだエリザベスの声と、低いがよく通るアレクサンダーの声はとても楽しげで、では話している内容はというと、もう本当にどうでもいいことばかりだ。見たことがない花がたくさん咲いているので名前を教えてほしいなどとエリザベスが聞く。するとアレクサンダーは一つ一つ、イングランド語とゲール語で答える。エリザベスが少し間違った発音でゲール語を繰り返すと、それをアレクサンダーが修正する。エうまくいくと嬉しそうな声が二人の間で上がるといった具合だ。

最初は微笑ましかったのであるが、二人の世界で勝手に盛り上がっているのを逃げ場もなく眺める羽目に陥《おちい》っていると、

(なにこれ。お子様同士の初恋かよ? ていうか、結婚しているのに、なんなのこれ)

などとエリクはげっそりしてしまうのである。

(アルがハイランドに戻ってきてから女っ気《け》なかったからなあ)

聞くところによると、アレクサンダーがパリにいたとき、年上の女性とつきあっていたというが、戻ってくるにあたって別れたらしい。本人は一切黙して語らないが、自由な気風が満ちると言われるカルチェ・ラタンであれば、そういうこともありそうな話だ。

ともあれ、馬上の二人を見るのがしんどくなってきたので、エリクは休憩の際に二人に提案したのだ。エリザベスもハイランドに住むわけだし、道中、馬に乗る練習もしてみたら? と。提案はあっさり通った。そこで、エリクがステアをエリザベスに一時的に提供し、ガースを連れて歩く羽目になったのだ。去勢をされない牡馬《ぼば》は気性が荒く、慣れた者でないと乗りこなすのは難しい。となると、ガースで乗馬の練習というわけにもいかず、去勢馬であるステアを使ってもらうしかない。

というわけで、ガースを引き連れててくてくと街道を歩いているわけだが、結局前を歩く二人の親密な様を眺める羽目に陥るのは変わらなかった。

(……まあ、いいけどね……)

エリクは、エリザベスの後ろ姿を眺めた。

ここ数日一緒にいてわかったことは、エリザベスはとても善良な娘であるということだった。箱入りであることは間違いなく、街道のあちらこちらの景色を眺めては、興味津々《しんしん》の様子でアレクサンダーに質問をしている（そしてアレクサンダーがちょっと嬉しそうに答える）。質素な毛織物のローブに身を包み、きつい旅程に文句を言うこともない。

ただし、旅の途中の食事は口に合わなかったようだ。イングランドを出て、パンを食べ尽くした後に、エリクたちが作ったのはドラマックという料理だった。実際は料理とも言えない代物《しろもの》で、挽《ひ》き割りのオーツ麦を水で混ぜただけのものである。しかし、小麦がほとんど採《と》れない地域に位置するスコットランドでは、さほど珍しいものでもない。おそるおそるそれを口にしたエリザベスは、しばらく無言で、それ以上食べようとはしなかった。

野営した翌日から、エリザベスは料理を始めた。料理といっても、あるのは鉄鍋と、オーツ麦と塩と蜂蜜、チーズぐらいである。エリザベスは、オーツ麦を粥《かゆ》に仕立てて、摘《つ》んできたベリーを乗せてくれた。オーツ麦の粥、つまりオートミールといえば、どこの家でも作る、ごく普通の料理である。しかし、シャーロットの作る蜂蜜を混ぜたオートミールは、塩が隠し味にきいていて、酸っぱいベリーと合っていた。ドラマックと比べれば段違いのうまさである。また、食材の少なさを感じたのか、道行く途中で食べられる木の実を見つければ採取し、民家を見つけたときには食材を分けてもらうように声をかけたりもして、食の充実を図ることに決めたようだ。

あるときは、オートミールに泡立てた卵白《らんぱく》を混ぜて作ったパンケーキ（鉄鍋で作るのだ）、あるときは、オーツ麦とミルクと卵と木の実を混ぜて布でくるんでお湯でゆでるプディングと、あるものだけでそれなりのものを作るから大したものだ。シンプルな食材しかないのに、味に変化があるのがありがたい。来るときはアレクサンダーと毎日毎日ドラマックと、その場で運良く仕留められれば、ウサギの丸焼き追加、という食事であったので、これは大変幸いなことである。

また、ある晩、アレクサンダーが一度だけバグパイプの腕前を披露《ひろう》したことがある。アレクサンダーは、このバグパイプの演奏が（おそらく唯一の欠点と言ってもいいのだが）、凄《すさ》まじく下手《へた》、なのである。族長になってから、領民が一番恐れているのは、アレクサンダーがバグパイプを吹くことなのではないか、と思われる。行きにエディンバラで修理に出したらしいが、相変わらず恐ろしい音しかしない。楽器云々《うんぬん》ではなく、アレクサンダーの演奏がダメダメなのである。まあ、バグパイプは戦場で敵を威嚇《いかく》するのに使うためのものであるから、あの恐ろしい音は、本来の役目を果たすのであれば、かなりの効果をあげるだろうが。しかしどういうわけか、エリザベスは平気な顔をしていた。これがまた、アレクサンダーは嬉しいようなのであった。

しかし、そのエリザベスが気立てのいい娘であることがわかればわかるほど、エリクには疑問が生まれるのだ。

（本当に、このエリザベスは伯爵家の令嬢なのか？）

イングランドの裕福な伯爵令嬢なのに、どうして彼女はこんなに料理ができるのだろう。貴族の娘は普通台所になど近寄らないものである。また、十四歳ということであるが、それよりは二、三歳は上に思える落ち着き方である。それに、イングランドの宮廷でも話題に上る美少女という話であり、確かに彼女は整った顔立ちではある。しかし、華がない。きちんと教育を受けた上流階級の女性の教養を身につけてはいるが、振る舞いにも仕草にも、目を引く鮮やかさがないのだ。むしろ、修道女のような慎《つつ》ましさがある。

その違和感は時が過ぎるごとにエリクの中で大きくなっていった。

ニューカッスルを出て二日目、明日はエディンバラに着くという日の夜である。エリクはアレクサンダーに声をかけてみた。

「アル、ベスと一緒に寝なくていいの。寒いんじゃないかな」

その日も野営だった。やはり疲れるらしく、夜になるとエリザベスはこてんと寝てしまう。一日中二人のやりとりを見ていたので、少し意地悪をしたくなってそう言うと、アレクサンダーはさらりと答えた。

「一緒に寝る必要もないだろう。ニューカッスルで新しい毛布も買った」

「でもさあ、初日は一緒に寝たじゃない」

「今は事情が違う」

　まあ、そうだよね、とエリクは思う。好きになってしまったみたいだから。

「白い結婚だかなんだか知らないけど、さっさと一緒になっちゃったら？　誰も確かめようがないいんだし」

するとアレクサンダーはぎろりとこちらを睨《にら》んできた。

「おまえは人が知らないからといって、誓いを破るのか？　それでいいのか？」

真面目《まじめ》なのである。それがアレクサンダーらしくもあったが。

「よくないよね、うん。よくないと思います」

エリクは、火の向こうでくうくう寝息を立てているエリザベスをちらりと見た。よく寝ている。それに、たとえ起きていたとしても、ゲール語で話していれば、内容は理解できないはずだ。

「あのさあ、アル。エリザベスって、本当にエリザベスなのかな」

「どういう意味だ」

エリクは自分が感じている違和感をアレクサンダーに話した。アレクサンダーにも心当たりがあるのか、エリクの言葉を聞きながら考え込むような表情になった。

「……それで、妻がエリザベスでなかったとしたらどうだというんだ」

「どうしてそんなことをするんだろう。何か企《たくら》んでいる可能性もあるんじゃないかな。だって、アルの奥さんが、イングランドの伯爵の娘じゃないとしたら、ジェームズ王の命《めい》に背《そむ》いたことになる。アルやマケイブを陥《おとしい》れようと画策《かくさく》しているなら……」

「エリザベスは裏切らない」

「……え？」

「本人がそう言った」

エリクはよく意味がわからずにアレクサンダーを見返した。

「彼女には何か事情がある。それは確かだ。それについて彼女は何も話さないし、俺も聞き出す気はない。だが、この結婚を裏切らないとそう言った。俺はそれを信じる」

その言葉を聞いて、エリクは一瞬思考が止まったが、次第になんだか腹が立ってきた。恋の病もいいところだ。確かにエリザベスは善良に見えるが、まだ知り合ったばかりだ。そんな得体《えたい》が知れないイングランド人の言葉を、エリクの忠告よりも信じるというのだ。

「いずれ事情がわかる日も来るだろう。それまで、エリザベスはエリザベスだ」

アレクサンダーは言い切った。彼がそう言うならば覆《くつがえ》しようがない。だが、エリクは胸のむかつきを鎮めることができなかった。

「……そう。せいぜいかみつかれないように気をつけてね」

エリクがむっつりとそう言った時に、ふとアレクサンダーが手元に剣を引き寄せた。族長の証《あかし》でもある大剣である。

（野盗か）

街道をゆく旅人は、野盗にとっては格好の標的ともなる。旅の資金を身につけていることが多いし、土地の者ではないから、犯人もばれにくいのだ。

「行ってくる。エリザベスを見ててくれ」

アレクサンダーは大剣を手に立ち上がった。野盗の数は多くないようだ。一人で追い払いに行くらしい。エリザベスは気づいていないが、これまでも野盗が彼らを狙ってくることはあったが、そのたびに二人で追い払ってきたのだった。

（運が悪い野盗だな）

エリクはアレクサンダーを見送りながら思った。アレクサンダーは強い。もともと荒事は苦手だったと聞くが、何しろ根が真面目なので、練習を重ねた結果、今は並の者よりも優れた剣技を身につけている（それなのに、好きで練習しているバグパイプが全くうまくならないのは、本当に謎である。あれは一種の才能なのではないか）。本人曰《いわ》く、父のギリクや兄のダンカンの剣技には及ばない、という。とはいえ、族長の家系はみなずば抜けて剣筋がよい。大剣を軽々と扱える体格の持ち主であることももちろんだが、なにより状況判断が的確なのである。広く状況を見ながら、誰を狙えばよいのか一瞬で見抜き、そこを突く。これはまた、隣接する氏族との戦いの時にも能力を発揮している。逆に言うと、この能力がなければ族長になっても長くは生き残ることはできないということでもある。

族長の家系に屈強な者が多いのは必然ではあった。

(遠縁の僕あたりになると、そのありがたみもだいぶ薄れてくるけどね)

気持ちよさそうに眠るエリザベスを見ながら、エリクは大して心配もせずにアレクサンダーの帰還を待つのだった。


「すごいわ、岩の上にお城が建ってる!」

馬上、アレクサンダーの前に座ったシャーロットは、思わず声を上げた。

「要塞みたいなものだからな」

アレクサンダーは答えた。

エディンバラはスコットランド一の都市である。進むにつれて見えてくるのは、キャッスルロックとよばれる要塞状の岩山の上に建てられたエディンバラ城で、その崖下に広がるのは、城壁に守られたエディンバラの城下町だ。数多《あまた》の商工業者が集《つど》う街は、城壁を越えて広がっている。

三人はエディンバラの街の外にある、アレクサンダーの母方の親戚の屋敷に宿泊することになった。翌日は現スコットランド王ジェームズ四世に、シャーロットを伴って謁見《えっけん》に伺《うかが》う予定である。

屋敷の主人はローランド出身で、アレクサンダーの母方の大叔父《おおおじ》にあたる。アレクサンダーの結婚の事情を知っていた館の主《あるじ》は、とりあえずシャーロットを歓待《かんたい》してくれた。

　屋敷に着いてほっとしたのは確かだったが、シャーロットは、あの美しい街が気になった。ニューカッスルも大きな街だったが、エディンバラがそれを上回る規模なのはすぐにわかった。エディンバラに近づくにつれて、道行く人々にプレードを身につけているひとを見かけるようになり、ゲール語の響きが増えていく。それは心浮き立つものだった。

「少しはエディンバラを見に行くか？」

　シャーロットの様子を見て、アレクサンダーが声をかけてきた。

「いいの？」

「明日に備えて休みたいなら、無理にとは言わないが」

「ううん、行く！」

　屋敷で休養するというエリクを残して、シャーロットとアレクサンダーは城壁内に向かった。

　エディンバラは大きな街である。城壁を越えてエジンバラの市街に入り、目抜き通りとも言えるロイヤルマイルに出る。エディンバラ城とホリールード修道院を結ぶ大通りである。馬車も悠々とすれ違える広さの通りで、脇には良質の石でできた建物が並び、行き交う人々の姿も様々である。アレクサンダーのようなプレードを纏《まと》っている人もいるし、イングランド人の姿もある。明らかに外国からやってきた様子の人もいる。その賑《にぎ》やかさは驚くばかりで、シャーロットは思わず駆け出したいような気分になった。

「この街、すごいわ！　大きくて、人も多いし、活気があるし」

「ノエル伯爵領の近くの、ヨークも大きな街だろう」

「……わたし、外にはほとんど行ったことがなくて」

そう言った後に、シャーロットは慌《あわ》てて付け加えた。エリザベスはロンドンの宮廷にも行ったことがあるはずなので、おかしなことと思われてしまう。

「あの、お屋敷の外は危ないからあまり出てはいけないと、父が……」

アレクサンダーは、エリザベスを見下ろしてきた。その表情にはなにかものいいたげなものがあったが、すぐに言った。

「エディンバラは、スコットランドのパリと言われてるくらいだ。近くの港から海外との取引も多い。ローンマーケットの市場はなかなか楽しいぞ」

「行ってみていい？」

アレクサンダーがうなずき、市場の方向を指さすのを見て、シャーロットは飛び跳ねたいような気分で歩き出した。

「急がなくてもいい。市場は逃げないぞ」

「わかってるわ」

そう言いつつも、シャーロットは早足で先を進んだ。ニューカッスルでも街歩きをしたが、あちらは一応イングランドでもあるし、大聖堂と宿の往復に過ぎず、ゆっくりと街を見物するような心の余裕もなかった。

一方エディンバラでは見るものすべてが目新しい。キャサリンと一緒に村祭りでリコリスキャンディを買った時のわくわく感を思い出す。こんなふうに外を歩くのは、村で暮らしていた幼い頃以来だ。

市場の端にたどり着いたが、ふと気づくと、アレクサンダーの姿が見えなかった。はぐれてしまったのだろうか。急に不安になって辺りを見回してると、誰かに腕をつかまれた。

見知らぬ若い男がにやにやしながらシャーロットの手を取って、何かゲール語で話しかけてくる。

「あの、ごめんなさい、わたし、ゲール語はまだよくわからなくて……」

シャーロットが後ずさりながら言ったが、男は手を放さない。よく見ると、その男の知り合いらしき男たちが数人こちらを面白そうに眺めている。怖くなって手をふりほどこうとしたが、意外なほど強い力でつかんでいて、離すことができない。どうしよう、と思ったときに、背後から威嚇するような低い声がした。アレクサンダーの声だった。

アレクサンダーはこちらに歩いてくると、シャーロットの腕をつかんでいる若者にもう一度ゲール語で何かを話しかけた。常になく荒い語調だった。

若者がシャーロットから手を放した。シャーロットはアレクサンダーに駆け寄ると、プレードにしがみついた。そうして振り返ってみると、アレクサンダーとその若者の体格差は明らかだった。その男はスコットランド人なのだろうが、粋《いき》がってはいても都会の若者といった感じで、アレクサンダーが持つ、消しがたい厳しさとは対照的だった。

若者はなにか捨て台詞《ぜりふ》を吐くと、さっと身を翻《ひるがえ》して、仲間共々去っていった。

「あの、ありがとう……」

「だから急ぐなと言っただろう。トラブルに巻き込まれたらどうする」

アレクサンダーは強い口調でシャーロットに言った。

「ご、ごめんなさい……」

シャーロットは叱《しか》られた子供そのもののように小さな声で言った。

「君は言葉もわからない異国にいるんだぞ。行きたいところがあれば連れていく。せめて俺の見えるところにいてくれ」

「……はい」

シャーロットはうなずいた。楽しかった気持ちがしゅん、としぼんでいく。アレクサンダーの言うことはいちいちもっともで、反論のしようもない。

と、アレクサンダーはシャーロットの手をつかんできた。

「怪我《けが》はないな」

一応、心配してくれているのだ、と気づいて、シャーロットはうなずいた。

しかし、アレクサンダーは、そのあとも手を放さなかった。

「あの……」

「迷子になりたくなかったら手を離さないように」

シャーロットは目をぱちくりさせてアレクサンダーを見上げた。確かに手をつなげば、迷子になることも、見失うこともない。

これまでも一緒に馬に乗ってきたわけであるから、手をつなぐくらいどうというものでもないはずだったが、大きな硬い手のひらが自分の手を包むと、形容しがたい熱が伝わってきた。それは体が疼《うず》くような、それでいてふわふわするような、不思議な感覚だった。

アレクサンダーが最初に行ったのは、市場の中の、たくさんのプレードが売っている店だった。アレクサンダーはプレードを吟味《ぎんみ》すると、自分が身につけているものとよく似た柄のプレードを見つけ出して、一つ購入した。

「君のものだ」

シャーロットは尻込みしてアレクサンダーを見返した。

「あの、わたし、今はお金を持ってないから、お屋敷に戻ってから……」

「何を言ってるんだ。夫が妻のものを買うのに、金などもらわん」

つまり、アレクサンダーからの贈り物なのだと気づいて、シャーロットはじわじわと喜びが胸に広がっていくのがわかった。

「いいの？」

「マケイブに入るわけだから、持っていてもいいだろう。結構便利だぞ」

贈り物などもらうのは初めてだった。大きな一枚布の粗《あら》い手触りを楽しみながら、嬉しくて広げたりたたんだりしていると、アレクサンダーが声をかけてきた。

「着てみるか？」

「女の人の着付けもできるの？」

以前エリクにプレードを身につけるところを見せてもらったことがあるが、なかなかコツがいりそうだった。

「女性のほうが簡単だ」

アレクサンダーは、プレードをシャーロットの左肩にかけた。そのあとは、服の上からあっという間に体に巻き付けて、ウエストをひもで結ぶ。一枚布なのに、プレードでできたドレスを着ているふうになった。時々街中でも見かけるスコットランドの女性の出《い》で立ちだ。身につけてみれば重さは大して感じず、とても暖かい。

自分はイングランド人だが、プレードを身につけることでスコットランド人の仲間入りをさせてもらったような気分になった。それに、アレクサンダーとお揃《そろ》いのようで、それもまた嬉しい。

「ねえ、似合う？」

「悪くないな」

アレクサンダーはあっさりと言ったが、まんざらでもないような表情である。

(どうしよう、嬉しい……!)

ふたりは手をつないでエディンバラのあちこちを巡って歩いた。ローンマーケットの市場に飛び交うのは主《おも》にゲール語だったが、フランス語や聞いたことのない言葉も聞こえた。そこでは、イングランドでは見たことのない、きれいな模様の毛織物や亜麻《あま》などが取引されていた。これらはスコットランドの特産品で、近くの港から、ネーデルラント地方や、デンマークなどにも輸出されるのだという。言葉がわからなくても、そんなことをアレクサンダーがいろいろ説明してくれるのも興味深かった。それ以外にも、近隣の漁港から届けられたニシンや鱈《たら》といった海産物、チーズや野菜がならんで目にも楽しい。

いちごやサクランボといった果物が宝石のように並んでいて、アレクサンダーはそれも買ってくれた。長い冬を越して実ったスコットランドのいちごはとびきり酸っぱかったが、その奥にあるえもいわれぬおいしさは、ただ甘いだけのいちごよりもずっと印象に残った。

セントジャイルズ大聖堂の壮麗な建物の中で祈りを捧げ、エディンバラ市街を見下ろせるカールトンヒルに上った頃には、春の日はすでに傾いていた。

「きれいね。明日は、あのエディンバラ城に行くの?」

夕日の逆光となって、重たい影のようにそびえるエディンバラ城を指さしてシャーロットは尋《たず》ねたが、アレクサンダーが見たのは南東だった。そこには、緑の木に埋もれるように建つ、壮麗な建物が見えた。

「いや、エディンバラ城は守るにはいいが、暮らしやすいところではない。歴代の王は、ホリールード修道院を住処《すみか》にしている。明日はあそこに行く」

一国の王に、身分を偽《いつわ》って会うのだ。いったいどのような方なのか。考えるだけで身が縮こまるような気がした。けれども、それは明日の話だ。今はまだもう少し、楽しかった今日の余韻《よいん》に浸《ひた》っていたかった。

「……今日はありがとう。すごく楽しかった。エディンバラをゆっくり回れるなんて思っていなかったから」

シャーロットが改めて言うと、アレクサンダーはどうということもない様子で首を振った。

「せっかくだから、飯でも食べて帰るか」

「え、外でご飯を食べれるの？」

「ここからすぐだ。行こう」

アレクサンダーはシャーロットの手を取ると、丘を下り始めた。

アレクサンダーは酒場の前に来るとしばし感慨《かんがい》にふけった。

「ここなの……?」

ついてきたエリザベスが尋ねてきた。

「そうだ。昔、兄や父と来たことがあってな……」

「思い出の場所なのね」

アレクサンダーは黙って店を見た。

その酒場は、丘の麓《ふもと》にある。石造りの建物に白い漆喰《しっくい》が所々に塗り込まれている。吊られた看板には、白い子熊の絵が描いてあった。酒場ではあるが、治安のいい通りにあり、客層も悪くない。

初めてアレクサンダーがここに来たのは十年も前のことで、まだ存命だった父と兄のダンカンと一緒にエディンバラに来たのである。即位したばかりのスコットランド王ジェームズ四世は当時十七歳にもかかわらず、大規模な貴族たちの反乱を鎮圧し、また寛大な処置を施《ほどこ》したことで、その有能さを国内外に示していた。実際、そのときジェームズ四世に謁見した父とダンカンが、ことのほか王を褒《ほ》めていたのが記憶に残っている。

「ジェームズ四世陛下は、アルと三つしか違わないのに、大した貫禄《かんろく》だったぞ」

父のギリクはそう言ってエールを飲み干す。当時のアレクサンダーは背も小さいし、体も弱かった。ひ弱な末息子を、父は歯がゆく思っていたに違いない。母は、年取ってからできたアレクサンダーを可愛がってくれたが、父にしてみれば過保護だ、ということらしい。エディンバラに連れてきたのも、少しはアレクサンダーに刺激を与えようという思いがあったのだろう。

「王と比べても仕方ないだろうさ。俺だって背が伸びたのは結構年がいってからだったしな」

一方、十五歳上の兄であるダンカンは、おおらかに笑ってアレクサンダーの背をたたく。兄はハイランドの戦士そのものといった出《い》で立ちだ。これほどがっしりとした体格の人間なら、傲岸《ごうがん》にも見えそうだが、不思議なことに兄にそういった印象を抱く人はいない。骨格がしっかりとした男らしい顔立ちながら、表情は穏やかで、態度もまた落ち着いている。それでいて、いざ事があると、誰にも劣らぬ剣技を発揮し、荒事も難なく片付けてしまう。男が惚《ほ》れる男というのは、こういった人間を指すのだろうとアレクサンダーはいつも思う。

父が兄と自分を比べるのは仕方がないとは思うのだが、それでも辛《つら》いものだ。

「そういえば、ジェームズ王は、われらと同じゲール語を話されたな。あれでこそ我らの戴《いただ》く王といったものだ」

「親父、ジェームズ王は、フランス語もラテン語も、スペイン語も話されるぞ。そうそう、アルもラテン語を話せるんだよな」

当時体があまり丈夫でなかったアレクサンダーは、外で動くのが辛いとき、教会の司祭にラテン語を教わっていたのだった。

「ラテン語なあ……。坊主でもないのにそんなものしゃべれても」

ギリクは渋い顔である。

「何言ってんだよ。交渉事で言葉がわかるのは大切なんだぜ。イングランドも内戦が終わったらしいし、交流も増えるだろうさ。言葉がわかればかなり助かる。俺や親父が苦手な部分を補ってもらえる身内がいれば心強いじゃないか。なあ、アル」

「……うん。役に立つなら頑張るよ」

「おっ、いい返事だな。よし、飲め。エール飲んどけ。メシもたくさん食えよ。でかくなるからな。特別にハギスも頼んでやる」

兄はそう言って山ほど食事を頼んだものだった。

年は離れていたが、いい兄だった。アレクサンダーに剣の手ほどきもしてくれたし、何くれとなく世話も焼いてくれた。だが、その屈託のなさ、器《うつわ》の広さを感じるたびに、自身のふがいなさを思い知らされる気がした。それに、父のギリクはダンカンばかりを相手にし、アレクサンダーにはあまり関心を払わなかった。幼い自分に力がなかったのだから仕方ないことではあるが、それでも子供心に寂しかったのは確かだった。

（父母も兄も、もういないが……）

日が落ちたばかりの店内は、すでに賑わっていた。きょろきょろしているエリザベスを誘《いざな》って窓際《まどぎわ》の席に座る。店内はゲール語が飛び交っている。エリザベスとは基本イングランド語で話しているが、それ以外は母国語で済むのは楽だった。

「お店の人に頼むと料理を出してくれるの？」

「そうだ」

「ここにあるのはスコットランドの料理なの？」

「まあ、だいたいはそうだな。イングランドやフランドルからも人が来るから、小麦のパンもあるが」

「前にアレクサンダーが言っていたハギスもあるの？」

どうやら以前話した料理について覚えていたらしい。自分が好きだと言った料理のことを覚えていてくれたことが少し嬉しかった。

「頼めば出してくれるはずだ。……試してみたいか」

「うん」

エリザベスはわくわくしたような様子でうなずいた。

(今日のエリザベスは、楽しそうだったな)

これまでとはうってかわって、あちこちを眺めて回る姿は、年相応の少女らしさに満ちていた。途中、つまらない若造に絡《から》まれたときは、本当にぶちのめしてやろうかと思ったものだが、それ以外はおおむね良い一日といえた。プレードを買ってやったのは、いい判断だったと思う。プレードは一枚あれば旅の間にも役に立つ。それに似合っていたし、何より本人が嬉しそうだった。

その姿を見て、アレクサンダーは、率直に言えば『可愛い』と感じたのだった。まあ、これから人生を共にするはずの妻に対して抱く感想としては悪くないものであろう。

「お待たせしました、何にします？」

店の親父が声をかけてきた。

「ハギスと、なにか他にあるか。連れがイングランド人だから、口に合わない可能性がある」

「ははあ、お連れさん、イングランド人ですか。スターゲイジーパイっていうのはどうですか。イングランドのコーンウォールの料理らしいんですけどね、イワシを使ったパイで、星の形をしているんです。いいイワシが入ったんで、どうですか」

よくわからないが、なんとなく響きは良さそうである。

「ではそれと、ワインを」

「ワインもいいですが、ウシュク・ベーハっていうのもあるんですよ。最近修道院で作られている酒でして、ジェームズ王もお気に入りらしいですよ。ワインよりも強いですし、その割にお手頃です」

スコットランドではぶどうは採れないため、ワインはすべてが輸入品になり、その分割高だ。パリでは水のように飲んだものだが、ハイランドに行けばなかなか口にすることもない。久しぶりに頼もうかと思ったが、ウシュク・ベーハというものに興味を引かれた。

「それにしよう」

「はい、では少しお待ちください」

エリザベスは、こういった店に来るのは初めてらしい。賑わう店内を眺めて、楽しそうにしていたが、やってきた料理を見て、明らかに顔色が変わった。

ハギスは、羊の胃袋に、羊の内臓のミンチ、タマネギ、オーツ麦を詰めてゆでたものであり、見た目は、はっきり言ってグロテスクである。味に関して言えば、好みが分かれる、といったところであろうか。

「こ、これがハギス……」

エリザベスがごくりとつばを飲み込むのがわかった。

「無理して食べなくてもいいぞ。スコットランド人でも、苦手な者はいるからな」

エリザベスは、スコットランドの料理が苦手らしい。ドラマックも口に合わないようだった。アレクサンダーは、幼い頃から、どうしても大きくなりたくて、できるだけたくさん食べるようにしていた。そのせいか、今でも大食漢であるし、好き嫌いはないが、イングランド育ちのエリザベスがハギスに尻込みする気持ちは理解できる。

「食べます。……だって、アレクサンダーは好きなんでしょう?」

エリザベスは果敢《かかん》にもハギスに挑戦したが、一口食べ、二口食べたところで、スプーンを持つ手が止まった。

そういうこともあろうかと、もう一つ頼んでいたスターゲイジーパイであるが、こちらもやってきたものを見て、エリザベスの顔が引きつった。アレクサンダーも、少しばかり頼んだことを後悔した。

丸い皿の上に、イワシ入りのパイが乗っている。ある意味名前通り、パイからイワシの頭が五個突き出ていて、恨めしげに天井を眺めている。なるほど、このイワシの頭が星をかたどっているようにも見えるし、また星を眺めているようにも見えるから、スターゲイジーパイ、というわけだ。

結局、エリザベスはイワシに睨まれるのが辛かったのか、一口二口食べただけだった。残りはアレクサンダーの腹の中に消えた。味は悪くなかったのだが。

「お待たせしました、ウシュク・ベーハです」

小さなグラスに、透明な酒が揺らいでいる。立ち上る芳香だけでも、強い酒であることがわかった。試しに一口飲んでみると、酒精の刺激が喉《のど》に立ち上った。

「これは……かなり強烈だな」

しかし、酒好きにはたまらないだろう。ジェームズ王が気に入るというのもわかる。

「お料理、お連れ様の、お口に合いませんでしたかね。こちらも少し薄めて、少しずつ飲んだ方がいいかもしれません」

店員はエリザベスの皿をちらりと見て言った。

しかし、ゲール語のわからないエリザベスは、やってきたグラスを手に取ると、アレクサンダーに尋ねた。ようやく口に入れられそうなものが来た、という感じである。

「これがウシュク・ベーハっていうお酒なの？」

「そうだ。ゲール語で命の水、という意味だが……」

「命の水、なんて少し素敵ね」

そう言うと、アレクサンダーが止める間もなく、一息に飲み干してしまった。

「おい、エリザベス！」

飲み干してすぐ、エリザベスはひゅっと息を呑むと、咳《せ》き込み始めた。

「な、な、なんなの、このお酒」

「俺も初めて飲む。強いから少しずつの方がいいと思ったが……、大丈夫か」

エリザベスは真っ青になったが、首を横に振った。

「少し待てば、良くなると思う……」

「水をもらってくる。待っていられるか。それとも……」

「……待ってる……」

ぐったりと座り込んだエリザベスを残して、アレクサンダーは席を立った。

（……失敗した……）

アレクサンダーは反省した。残念ながら、アレクサンダーの何でも入る胃袋とは違って、エリザベスの食の嗜好《しこう》は繊細らしい。ドラマックもほとんど口にしなかったではないか。本人が望んだハギスはともかく、もう少しなじみのあるものにすれば良かった。いくらこがスコットランドとはいえ、シェパーズパイでも、ローストビーフでも、食べやすいものは用意してある。エリクがいればうまく立ち回ってくれただろうが、先日言い合いになってからへそを曲げてしまっている。それにしても、スターゲイジーパイというのは名付け詐欺ではなかろうか。名前と実物のインパクトが違いすぎるではないか……。

「やはり、強すぎましたでしょうかね、あのお酒」

アレクサンダーが考え込んでいたところ、しばらくして店員が申し訳なさそうに言った。

「安物ではないですから、明日に残ることはないと思いますが……、空《す》きっ腹にあれだけ飲み干してしまったのは良くないですね。何かお腹に入れた方がいいでしょう、お水とポリッジでもお持ちします」

「頼む」

アレクサンダーがため息交じりに席に戻ろうとすると、歌声が聞こえてきた。

「めえめえくろひつじ、毛皮はあるかい、はいはいあります、三つの袋に……」

見るとさっきの青い顔とはうってかわって、顔を上気させて、よく知られた童謡を、イングランド語で歌っているのはエリザベスだった。

目を疑ったアレクサンダーは、エリザベスの周りにいる若い男たちを見てさらに驚いた。それは、今日市場で声をかけてきたあの若造たちだった。

アレクサンダーが席を立った後に店に入ってきたのだろうか。面白くない偶然だが、またしてもエリザベスに手を出しているのかと思うとむっかりと怒りが湧いてくる。

「おい、貴様ら。俺の連れにまだ何か用か」

アレクサンダーが低く言うと、一人がはっとしたように振り返った。

「あっ、さっきの兄さんじゃないっすか」

市場で会ったときに脅《おど》しておいたのが効いたのだろう、明らかに及び腰だったが、引き下がりはしなかった。

「違うんっす。姐《ねえ》さんに手ぇ出そうとかそういうんじゃないんす。さすがに俺らも力の差がわかんねえわけじゃねえっすよ」

アレクサンダーは胡乱《うろん》げに彼らを見た。三人いる若者たちは、おそらく親のすねでもかじっているのか、身なりはそれなりに悪くない。悪ぶってはいるが、都会の若者であるから実戦経験はあるわけもないのだろう。スコットランドの山奥《ハイランド》で、厳しい生活を送っているこちらとは、土台が違うのである。

「姐さん、ウシュク・ベーハを一気にやっちまったんじゃないっすか。よそから来た人が結構やられちゃうんすよ。で、俺らのショートブレッドがあったんで、食べてもらったら、なんか元気になって歌いだしたんす。姐さん、腹減ってたんじゃないんすか」

「……」

　空腹の原因を作った当人としては言葉を返しづらい。

「あら、アレクサンダー、お帰りなさい」

　アレクサンダーに気づくと、エリザベスはぱっと顔を上げて、事もあろうに抱きついてきた。ふんわりと、柔らかく温かい体が密着してきて、アレクサンダーは一瞬思考が停止した。

「あのね、アレクサンダーは熊さんみたいに大きいでしょう」

「おい、エリザベス」

　エリザベスはアレクサンダーの首にしがみついたまま、三人組にイングランド語で話しかけている。もちろんゲール語がわかるわけもないから、勝手に言っているだけだろうが。酔いのせいなのか、それとも昼間の三人組のことを覚えていないのか、大層機嫌が良い。

「なんすか、随分《ずいぶん》見せつけてくれますね」

　一人がニンマリしながら言ってきた。どうやらイングランド語は理解できるらしい。

「兄さん、ハイランドの人っすよね。姐さんがイングランド人なら、珍しい組み合わせっすね」

　すると、エリザベスがイングランド語で割って入った。

「わたしたち、一週間前に結婚したのよ！」

「エリザベス！」

アレクサンダーが声を上げたが、若者たちはエリザベスの言葉に大いに反応していた。

「え、新婚さんだったんすか!?」

「そりゃ、俺ら、市場でぶちのめされても仕方ねえよな」

「てか、嫁の方、かなり若くね？　年の差いくつよ」

めいめいに勝手なことをしゃべりだしていた。

「俺たちのことは、おまえらには関係ないだろう。妻を介抱《かいほう》してくれたことは感謝する。席に戻ってくれ」

アレクサンダーは言ったが、三人組は二人を囲んでいた。面白がっている。

「何言ってるんすか、知っちまった以上は、祝いますよ」

「そうそう、酒飲みましょうよ、ウシュク・ベーハはうまいですよ」

「オヤジ、酒持ってきてよ、新婚祝いだってよ」

「……おまえら……」

どうして知り合ったばかりの得体の知れない若造と酒を飲むことになっているのか、アレクサンダーが声を上げようとしたとき、首にぶら下がっていたエリザベスが言った。

「お祭りなの？　みんなでご飯食べるの？　楽しそう、嬉しい！」

エリザベスはアレクサンダーの耳元でくすくすと笑った。

アレクサンダーの中で、抗議をしようという気持ちがするりと消えた。

（……まあ、たまにはこういうのもいいのか）

思えば、エリザベスのこんな屈託のない笑顔を見るのは初めてだった。これが本来の姿なのか、酒の力を借りた仮の姿なのか。それでも、彼女がいつも纏《まと》っている鎧《よろい》の下をのぞいたような気がして、それはそれで微笑ましい気持ちになる。

「遅くなりました。ポリッジをお持ちしましたが……、おや、もうだいぶ気分も良くなったようですね」

店員はポリッジの入った椀を置くと、アレクサンダーの隣に張り付いて鼻歌を歌っているエリザベスをちらりと見た。

「まあな。せっかくだから、ウシュク・ベーハを持ってきてくれ」

店員は目を丸くしたが、すぐにお持ちしますと言って下がっていった。

「いいっすね、飲みましょう！　負けないっすよ」

「都会の若いのに、俺が負けるわけないだろう」

「なんすかー、兄さんだってよく見たら若いじゃないすか」

「ねえねえ、わたしも飲んでいい？」

「君は飲まなくていい」

そういうわけで、アレクサンダーはエディンバラの若者三人組を酔いつぶすまでウシュク・ベーハを飲む羽目になった。

とはいえ……エリザベスの笑顔を見ることができたと思えば、酒代など安いものだ。


屋敷で留守番をしていたエリクのもとに、二人が帰ってきたのは夜になってからだった。

その日、エリクは屋敷の主人である、アレクサンダーの大叔父と話した。

「イングランド人が嫁か。メルヴィルの奴らもちょっかいを出してくるし、マケイブも多難だな」

大叔父は、出ていったエリザベスのことを思い出しながら言った。

つい先ほどまで、エリザベスに対してムカムカしていたのに、大叔父の言葉を聞くと、何も知らないくせに、と、反発心がなんとなく生まれてくるのは不思議だった。

「ベスは悪い子じゃないよ。スコットランドが気に入ってるみたいだし」

「まあ、そうかもしれんが、なじむのは大変だろうよ。マケイブの連中も、イングランド人が嫁では、なかなか納得できないだろうしな」

マケイブはそれでもまだ親《しん》イングランド的である。アレクサンダーの祖母がイングランド人であったため、それなりに受け入れられる土壌はあるのだ。とはいうものの、氏族の中にはいい顔をしない者もいるだろう。

隙《すき》あらば侵攻しようとするイングランドは、スコットランドの宿敵と言える。スコットランドの鉄槌《てっつい》とも呼ばれたイングランドのエドワード一世の圧政は今でも恨み節のように語り継がれているし、ロバート王がイングランド軍を撃退したバノックバーンの戦いは、スコットランド人の誇りだ。

だが、イングランドからの脅威《きょうい》があるため、スコットランドは一つの国としてまとまっているとも言える。ハイランドは地形が険《けわ》しいため各氏族ごとに分断されているし、ハイランドとローランドはかなり文化が違う。話す言葉さえ異なるのだ。要するに各地域でバラバラなのである。それでも一人の王を君主と戴いて、一応はスコットランド人としての同一性を持っているのは、イングランドという共通の敵があるからだ。もちろん、一枚岩というわけではなく、利益があればイングランドに与《くみ》する氏族もある。しかし、ジェームズ四世は、そういったまつろわぬ一族に戦いを挑み、勝利を手に入れている。王権は確実に強固なものになろうとしている。

帰ってきたアレクサンダーはエリザベスを抱えていた。エリザベスは顔を真っ赤にして、なにかをむにゃむにゃ言っている。

「……何があったの？」

尋常《じんじょう》じゃない様子にエリクが尋ねると、アレクサンダーは思い出し笑いをしながら答えた。

「酒場に入って、そこでウシュク・ベーハを飲んだらこの有様だ」

ウシュク・ベーハというのは、最近流通し始めたかなり強い蒸留酒である。

「お酒かあ……。アルは強いから、同じように飲んだら、ま、そうなるよねえ……」

エリザベスはふにゃふにゃになってアレクサンダーにしがみついている。それはそれでなんだか楽しそうなアレクサンダーである。

「明日の謁見、大丈夫かな？」

「安酒というわけではないから、明日には酒気は抜けているだろう」

そう言って、アレクサンダーはエリザベスを寝室へ連れていった。

しばらくして、アレクサンダーが剣を持ってエリクのもとにやってきた。

「宮殿に持っていくわけにもいかない。これを預かっていてくれ」

「……僕が？　おじさんに預かってもらえば……」

「これはマケイブの者が持つものだ。今、おまえ以外に預けられる者はいない」

アレクサンダーから受け取った剣は大きく、ずっしりと重かった。

翌日、正装をしたアレクサンダーとエリザベスは、城壁をくぐり、ジェームズ四世のいるホリールード修道院へと出発していった。

留守番のエリクは、ガースとステアの二頭の馬を連れて郊外の草地へと行くことにした。馬というのは、放っておくと一日中食べ続けているものである。長旅は馬たちにとっても負担が大きい。馬たちの休日とも言える今日は、草地でゆっくりさせたかった。

そこは森の中にぽっかり空いた草地だった。樺《かば》の森の中にある澄んだ池の周りに、なだらかな丘陵《きゅうりょう》の一面を緑が覆っている。

エリクは、岩に座ってアレクサンダーから預かった剣を眺めた。マケイブの氏族長が持つ剣である。全長一四〇センチ、両手で持てるようにグリップは三五センチほど、刃渡りは一メートル以上もある。鍔《つば》は刃に向かって傾斜した形で左右に大きく張り出しており、先端には四つ葉のクローバーを模した意匠《いしょう》が施してあった。その大きさゆえに、背負って携行することになる。とても象徴的な代物だ。知っている者が見ればマケイブの剣であるとわかる。それは氏族長の重みそのものともいえた。

エリクは、アレクサンダーがフランスから帰ってきたときのことを思い返していた。

次期氏族長であったダンカンの死をきっかけに呼び戻されたアレクサンダーは、もちろん背は今と変わらず高かったが、歴戦の猛者《もさ》でもあったダンカンに比べると線の細さの残る青年だった。そのころのエリクは両親が早くに亡くなったため、マケイブの城に世話になっていた。

アレクサンダーがマケイブに戻ってきて最初に行ったのは、領地内のあちこちを見て回ることだった。当時の氏族長であったアレクサンダーの父ギリクは、戻ってくるなり城に居着かず、毎日出歩いている下の息子に随分と落胆したようだ。

　彼が本当は何をしているかエリクが知ったのは、夜遅くまでアレクサンダーの部屋に明かりがついていることに気づいてからだ。皆が寝静まった夜に部屋を訪ねてみると、大きな紙を机に広げて書き付けをしていた。地図を作っていたのだ。特に、トラブルの原因にもなる、隣接する氏族との領地の境をきちんと確認し、また耕作可能な土地を見て回ったようだ。測量をしているわけではないので、完全に正確なものではないが、それまでマケイブの地図というものは存在していなかったので、エリクは驚いた。

「どうして地図なんて作ってるの」

「マケイブの領地が今どうなってるか、実際に目で見てみなければわからないだろう。それに、地図があれば、人に指示を出すときもわかりやすい」

「でも、今はダンカンが亡くなって、大変なときなのに……」

「本当に大変になるのは父が亡くなるときだ。氏族長が現役なうちは、俺も比較的自由にできる」

　エリクは地図を見た。今までなんとなく知っているつもりでいたマケイブの土地が、紙に描き出されると新鮮なものとなって目に飛び込んできた。

「エリク、おまえも一緒に来るか？　どうせ大してすることもないだろう」

　エリクはアレクサンダーと共にマケイブの領地を見て回った。実際に足を運んでみると、領地は狭いようで広く、様々な発見があった。長くフランスで学んでいたからか、アレクサンダーの知識は深かった。それでいてハイランドの風習は身体で理解しているから、問題のあぶり出しと、その解決策を考えるのも非常に効率的だった。また、たくさんの言葉が使えるのは便利なもので、イングランドから来ている行商人から食べ物を分けてもらうときや、他の地域の話を聞くにも役に立つ。エリクがイングランド語を使えるようになったのはこのときの経験ゆえだ。それまで自分の住む場所からほとんど出たことのないエリクにとっては、それなりに楽しい経験だった。

アレクサンダーが父親と激しい衝突をしたのは、地図を作るための情報をあらかた入手し終わり、領地内の経営に本格的に関わりだした頃のことだった。長くマケイブの帳簿を管理していたエドガーという男を、アレクサンダーが解雇したのだ。エドガーは父親のギリク、兄のダンカンからの信頼が厚かった。にもかかわらず、アレクサンダーの一存で彼を解雇したことは、父親の怒りを買った。しかし、アレクサンダーは一切折れることはなかった。

エリクがアレクサンダーの真意を知ったのは、ほんの偶然だった。エリクは地図の清書を任されていたが、アレクサンダーの執務室に行ったときに、帳簿の山を何気なく見てしまったのだ。帳簿には、長年におよぶエドガーの不正の跡があった。エドガーはマケイブの収入の一部を自分の懐《ふところ》に入れていたのだ。それは二十年にもわたっており、エドガーに任せきりだったギリクもダンカンも気づかなかったようだ。その晩、エリクはアレクサンダーに声をかけた。

「アル……。エドガーを解雇したのって、奴が不正をしたからだろ」

「……わかったのか」

「あんなにわかりやすく懐に入れていれば、僕だって気づくよ。どうして族長に理由を言わなかったのさ。あれじゃあ、アルがエドガーを個人的に嫌ってるから解雇したようにみんな思うじゃないか」

「そう思わせておけばいい。死んだ兄は責めようがないし、父を今更糾弾《きゅうだん》しても……傷つくだけだ」

エリクですら気づくような不正だ。たとえ信頼して任せきりだったとしても、ダンカンもギリクもあまりに怠慢《たいまん》ではないか。エリクはそう思ったが、アレクサンダーは言った。

「父は病を患《わずら》っている。もう長くない」

アレクサンダーの言葉通り、ギリクは半年後に亡くなった。死の間際《まぎわ》に、ダンカンが生きていれば……と言ったともいわれる。

葬式が済んだ後に、並んで立つ父と兄の墓をじっと見つめているアレクサンダーを見て、エリクは、なんと不器用なのだろう、と思ったのだ。アレクサンダーは、彼なりに死に赴く父の誇りを守ったのだ。

（ほんと、バカだよ。真面目にもほどがある）

だが、この男は、愛したものを……それが人であれ、土地であれ……決して裏切らないのだろう、とも確信したのだ。それは純粋すぎて危うい生き方だ。できる限り面倒なことはかわして、要領よく生きたいと思っているエリクとは違う。

……だからこそ、そのときエリクはアレクサンダーに生涯ついていくのだろう、とはっきりわかったのだ。マケイブを率いる氏族長になる彼を、支え続けるのが自分の役目だと。

エリクは剣を背負い直した。エリクも小柄ではないが、それでもアレクサンダーの剣は大きく、重かった。

青空の下で、のんびり草を食《は》むガースとステアを眺めていると、思いがけない人物がやってきた。エリザベスだ。青いドレスを着てアレクサンダーと揚々《ようよう》と出かけていったのに、今はいつもの毛織りのローブだ。おまけにふくれっ面《つら》である。明らかに怒っている。

（エリザベスでも、こんな顔するんだなあ……）

いつも、どちらかというと控えめな彼女であるが、いったい何があったのだろう。

「どうしたの、アルと一緒じゃなかったの？」

「王様と一緒にもう少しホリールードにいるみたい。話が弾んでるもの」

「ベスだけ帰ってきたの？」

エリザベスはうなずいた。

「いや、それ、まずいんじゃないの。仮にも王様に会いに行ったのに」

「きちんと、気分が悪いからと断って帰ってきました。……わたしだって、そんなつもりはなかったの。でも、あの王様が……」

エリザベスは、低い声で言った。それはまたどういうことだろう。行きにアレクサンダーと共に謁見したが、ジェームス四世は、歴代スコットランド君主の中でも指折りの名君と言われ、見目もよい。それでいて偉ぶるところもさほどなく、おまけに八カ国語以上を堪能《たんのう》に操るという、ある意味怪物のような人物である。ハイランドの氏族長の多くがゲール語しかしゃべらないのに対して、アレクサンダーがフランス語とラテン語を話せるのを知り、スコットランドの教育環境の改善について意気投合していたのが印象的だった。

「あ、もしかして王様に口説かれたの？　王様、女好きらしいからね」

エリクが言うと、エリザベスは、むうっと口をとがらせた。

「あれれ、もしかして当たり？」

「違うわ。だって、王様は愛人が何人もいらっしゃるのよ。……それに、お子も……」

「まあねえ……。いいことだとは思わないけど、でも、そういうこともあるよね」

しかし、十四歳の女の子にしてみれば、許しがたいことだったらしい。

「エリクまでそんなこと言うの？」

「や、でも相手は王様だし……」

「わたし、愛人を作る人は嫌いよ。王様だろうが、農夫だろうが、そんな人は嫌」

　エリザベスの言葉はただごとではなかった。心の内から溶岩がどろどろと流れ出てくるような、そんな激しい怒りが籠《こ》もっている。

「……我慢してたんだけど、わたし、変な顔していたらしくて、王様が少し席を外した隙に、アレクサンダーがどうしたんだ、って聞いてきたの。王様のことが嫌だなんて、言えないから黙っていたら、アレクサンダーが怒るのよ。どうしてエリザベスは思ったことを飲み込んでしまうのか、って。秘密があるのは仕方ない。でも、話すべきことや、主張すべきことをすべて飲み込んでいたら、本当の自分がわからなくなる。せめてアレクサンダーには話してほしいって。……そんなふうに」

　エリザベスは吐き出すように言った。

「思ったことを話すなんてことができるのは、恵まれた人だけよ」

「でもさ」

　どうやら、『伯爵家のご令嬢』は、言いたいことも言えない環境にいたらしい。

「今、君は僕に話してるじゃないか。アルにも言ったんだろ？」

　エリザベスはふいに視線を落とした。

「……そうよ。あなたたちといると……アレクサンダーといると、わたし、これまでの自分ではなくなる。おかしくなってしまうのよ。だから言ったの。愛人がいるような王様を見ているのは嫌だって。そうしたら、王様だから仕方ないって言うのよ」

と思うと、ふいに目の端から涙がこぼれ落ちた。

「……アレクサンダーも、愛人を作ったりするの？　もしかして、もういるの？」

エリクはげんなりと息を吐いた。

「……あのさ、アルに限ってはそれはないと思うよ。まあ、そりゃ、女は嫌いじゃないだろうけど、基本的にそんなに恋愛に興味ない方だしねえ。それに、くそ真面目だから……愛人作ったり、二股かけたりするほど器用じゃないよ」

「でも、愛人がいるのは仕方ないって……」

「それは王様だからだろ。教会は別として、誰も文句言えないよ」

エリクはエリザベスを眺めた。彼女を初めて見たときに思ったのは、随分儚《ずいぶんはかな》げな娘だ、ということだった。けれども、アレクサンダーのまなざしをまっすぐに受け止めた表情を見て、うわべの弱々しさに反して、実は芯は意外と強いのではないか、と思い直したのだ。

そして、イングランド人ではあるけれど、この少女ならば、アレクサンダーを受け止めてくれるのではないか、とも思ったのである。

……そうであればいい。なぜならばアレクサンダーは、一番欲しかったはずの父親の愛を得られなかったのだから。生涯の伴侶《はんりょ》となるはずの女性、そしておそらくもう愛してしまったであろう女性から、それを得てほしかった。

「……ベス。君、イングランドに好きな人がいるんじゃないの」

エリクが尋ねると、エリザベスは鳩が豆鉄砲を食ったような顔になった。

「好きな人？　わたしに？　誰？」

「とぼけたって無駄だよ。追いかけてきた従者のこと、悪く思ってないだろ」

「……え、アランのこと？　まさか」

とぼけている、という風情《ふぜい》ではなかった。本当になんとも思っていないらしい。

「……確かに、小さいときから世話にはなっているけど、そういう間柄ではないの。それに、アランはキャサリンが……」

「キャサリン？」

「……その、アランの幼なじみよ。もう亡くなったけど。だから、本当にわたしとアランは何でもないの」

エリクはエリザベスを見た。クローバーを思わせる緑の瞳に、嘘は感じられなかった。

エリクはふうっと息をついた。

「じゃあ、アルのことは好き？」

予想もしなかったらしい言葉に、エリザベスは目をぱちぱちと瞬《しばたた》かせた。

「それは……」

「それほど好きでもない？」

エリザベスは、言葉を探すように、中空に視線を彷徨《さまよ》わせた。

「……最初は、何を話したらいいかわからないぐらい、緊張したの。わたしの周りにはいなかったような人だし。でも、親切だし、優しいし、あの人が夫でよかったって今は思う。だけど……」

エリクは黙ってエリザベスの言葉を待った。

「昨日、エディンバラの街を一緒に歩いて、特別に何かしたわけでもないのにすごく楽しくて、あっという間に時間が過ぎてしまって、怖くなったの。一緒にいてこんなに楽しい人と、明日も明後日もずっと一緒にいられるなんて、本当なのかなって……。だから、王様の愛人の話を聞いて、もしかして、アレクサンダーにも……」

エリクは思わず唸《うな》った。なんだか、すごいのろけを聞いている気がした。

(……なんだ、つまり、ベスもアルと同じってことか)

エリクは、しかし、自然と笑みがこぼれるのを感じた。

(そういうことなら、いいんだ)

まあ、なんというか、この手のことに疎《うと》いのだ、この二人は。端《はた》から見ればお互いに好き合っているのは明白なのに、当の本人たちは自分の気持ちが自覚できていない。しかし、恋愛に不器用であっても、お互いが同じ気持ちであれば、いつか通じ合う。であれば、エリクが馬鹿みたいに気を揉む必要もないだろう……。

エリクが一人でにやけているのを、エリザベスは怪訝そうな表情で眺めている。

ふと、のんびりと草を食《は》んでいたガースが首を上げ、耳をぴくりと立てるのが見えた。なんだろうとエリクが周囲を見渡したとき、ひゅっという風を切る音がして、目の前の地面に矢が突き刺さった。訳がわからなくて顔を上げると、ガースとステアが驚いたようにてんでばらばらの方向に走り出そうとしていた。

と、またひゅっという音がして、エリクの座っている岩の横に矢が当たった。風切り音はエリクの耳にぞっとするようなこだまを残した。

（狙われている）

エリクは座っていた岩から飛び下りると、とっさにエリザベスの手を引いた。

「隠れて！」

エリザベスとエリクは岩の後ろにしゃがみ込んだ。

「……なに、どうしたの？」

「わからない。誰かが弓で僕らを狙ってる」

エリザベスは、びくりと身をこわばらせた。

「……弓？　わたしたちを、誰かが殺そうとしてるってこと？」

「たぶん。長弓《ちょうきゅう》といったらイングランドとウェールズのお家芸だ。ウェールズの奴らがこんなところまで出張《でば》ってくるとは考えにくい。ってことは、イングランド人か、その手の者だ。ベス、心当たりは？」

エリザベスは真っ青な顔になって首を左右に振った。

エリクは頭をフル回転させた。エリクを狙っているならば、一人でいるときにいくらでもチャンスがあったはずだ。それなのにエリザベスがやってきてから矢を放ってきた。ということは、狙いはエリザベス、あるいは、二人同時だ。だが、どうしてエリクとエリザベスを……。

（そうか、僕が族長の剣を持っているから、アルだと勘違いしているのか）

アレクサンダーとエリクは親戚ではあるから、遠目には雰囲気は似ているかもしれない。狙いはアレクサンダーとエリザベス。人の少ない街道でも、狙うチャンスはあったろう。しかし、エディンバラに二人がやってくるのを待ってから狙ったということだ。

（隣接するメルヴィル氏族の者か？　それとも、ダンカンの息子を推《お》す一派のほうか？）

考えたが、今は犯人を推理しても仕方がない。エリクは岩からそっと顔を出して周囲を見渡した。敵の姿は見えない。ということは、草地の向こうの森に姿を隠しながら弓で狙っているということだ。長弓の射程距離は一五〇メートルほど、頑張っても二〇〇だ。であれば、射程範囲から逃げ切れば、なんとかなる。

エリクはステアとガースを探した。ガースの姿は見えない。走り去ったのだろうか。ステアは……、敵とは反対側の森の方にいるのが見えた。今日は一日ゆっくりさせるつもりだったから、馬銜《はみ》も鞍も外してある。裸馬に乗るのは容易ではないが、なんとかするしかない。

「ベス、ステアのいる方がわかる？」

エリザベスはうなずいた。

「あそこまで走るんだ。あとはステアに乗って逃げる。ステアに乗れば追いかけてこられない。走りながら弓で狙うなんてできないからね」

二人は一斉に走り出した。走る間にも矢が一本飛んできたが、走っている人間にピンポイントで矢を当てるのは、いかに熟練のイングランド弓兵でも不可能といっていい。問題はステアに乗る時だ。

長年の相棒であるステアはエリクを待っていてくれた。エリクは左手で鬣《たてがみ》を握り、右の手のひらで鬐甲《きこう》をしっかりつかんでジャンプした。背骨の向こうに肘《ひじ》を引っかけて、体をなんとか馬上に引っ張り上げると、ようやく背中にまたがった。

「ベス」

エリクが腰を曲げて腕を伸ばすと、エリザベスはその手を取った。エリザベスは引っ張り上げられると、すとんとエリクの前におしりをついた。

「鬣をしっかりつかんで。鞍も手綱もないから、バランスを崩したら落ちちゃうよ」

「わかった」

エリクがステアを走らせようと、踵《かかと》で馬の腹を蹴ろうとしたとき、ひゅうっと風を切る音がして、いきなり殴られたようなすさまじい力が左肩にかかった。と思うと、視界が反転して、地面にたたきつけられていた。

「エリク！」

エリザベスの悲鳴が耳に響いた。左肩全体に耐えがたい痛みが広がっていく。背負っていた剣が、落馬したときに背中に食い込んだらしい。こちらも鈍痛《どんつう》がじわじわとくる。

エリクは服の袖《そで》に突き刺さっているものを見て、後悔した。矢だった。それは、服は貫通していたが、腕に突き刺さっているわけではなく、上腕と肩の境目あたりを鏃《やじり》がかすったようだ。致命傷になるようなものではないが、肉を抉《えぐ》られたらしく、とんでもなく痛かった。

「ステア、行け！」

エリクは地面に倒れたまま声を上げた。相棒はそれだけでエリクの意図を理解した。エリザベスを乗せたまま、森の奥へと走っていく。エリクを呼ぶエリザベスの声が聞こえた。

(……それでいい)

エリクはステアが走り去っていく蹄《ひづめ》の響きを地面から感じた。エリザベスをとりあえず逃がすことはできた。ステアは賢い馬だ。エリザベスが落ちさえしなければ、きっと安全なところまで逃げ切るだろう。

エリクは袖から矢を抜くと、なんとか立ち上がって木の陰に移動した。そのすぐ後に、また矢が飛んできた。結構正確な狙いだ。きちんと訓練された者が弓を操っているのだろう。わざわざ飛び道具を使ったということは、万が一にも正体を知られたくないということか。だが、エリクが手負いとなったことは向こうもわかったはずだ。であれば、直接こちらに目的を果たしにやってくるに違いない。死人に口なしとはよく言ったものだ。逃げられるかどうかはわからないが、やるしかない。

エリクは森の奥へと走り出した。なんとか敵を撒《ま》いて、諦《あきら》めさせることができるといいのだが。

森の中を走っていると、矢傷を受けた左腕がひどく痛んだ。背負った剣が重かった。体力の消耗が激しい。エリクは、樺の木立の間、シダの生えた窪《くぼ》地《ち》に身を隠した。

（くそ、苦しいな。僕には似合わないやり方だよ、こういう泥《どろ》臭《くさ》いのは。今まで要領よくこなしてきたんだけどな）

エリクは、族長の剣を下ろして眺めながら思う。

そういう生き方を選んだのは、エリクが十歳のときに、両親が亡くなったからだ。ギリクとダンカンのいるマケイブの城に引き取られるまでは、親戚の間を渡り歩いた。要領よく過ごさなければ、生きるのは苦しいだけだった。マケイブの城は、氏族長が切り盛りするだけあって、エリクも一息つくことができたが、たいして役にも立たないエリクに関心を払う者はいなかった。アレクサンダーが帰ってくるまでは。

アレクサンダーは、エリクをまっすぐに見てくれた。そして、一緒に領地を回ろうと声をかけてくれた。それが、どれだけ嬉しかったか。

（あのときに、僕は生き返ったんだ）

両親が亡くなってから、誰からも興味を寄せられなかった自分は、半分死んでいたようなものだ。その自分に、アレクサンダーは命を吹き込んでくれたのだ。

（でも、ベスを守り切れたなら、アルも許してくれるだろう？）

アレクサンダーがこれから人生を共にするはずのエリザベス。彼女ならばアレクサンダーに幸せを与えてくれるはずだ。今だって、一緒に馬に乗って、街を散策して、ただそれだけで、アレクサンダーはあんなにも楽しそうだ。本当の夫婦になれば、もっと心は通い合うだろう。そういう出会いは滅多《めった》にあるものではない。エリクがアレクサンダーに出会えたことが奇跡であるように。

どれぐらいの時間が過ぎたのだろうか。エリクの潜《ひそ》んでいた窪地のシダがごそごそと揺れた。

エリクは音を立てないようにして粗皮靴《ブローグ》に仕込んだ短刀を抜く。スキャンドゥと呼ばれるそれは、全長十センチほど、ハイランドの者ならば誰もが靴に仕込んでおくものだ。族長の剣は、大きく重すぎてエリクには使いこなせない。シダの向こうの人影の位置を確認する。敵は二人。倒すことができてもせいぜい片方か。しかし、このまま隠れていても、見逃してくれるとは限らない。反撃するチャンスがあるとすれば、向こうがこちらを認識する前だ。

そのときが来た。エリクはシダの間から飛び出すと、片方に向けて短刀を突き出した。黒い服に、黒い覆面をした男だった。思いもよらない攻撃だったのだろう、よける間もなく短刀は男の胸に突き刺さった。男は声を上げることもなく、短刀を胸に突き立てたまどうと倒れ込んだ。

「貴様……！」

それはイングランド語だった。もう片方もまた黒い服に、黒い覆面だった。倒れた仲間を振り返ることなく、エリクを見て言った。

「アレクサンダー・マケイブではないな！」

やはり、アレクサンダーを狙っていたらしい。アレクサンダーにもらった命を、ここで返せるならば、貸し借りなしだ。逃げることはできなかったが、出し抜けたのかと思うと、エリクは愉快だった。

「あんたらは、どうでもいいただの身代わりを馬鹿みたいに追いかけてたのさ」

エリクがイングランド語でまくし立てると、黒ずくめの男に怒気が噴き上がった。腰に佩《は》いた長剣を抜くのが見えた。エリクもまた腰の短剣を抜いた。こちらの短剣は長さが五〇センチほど、相手の長剣とリーチの差を考えれば、有利とは言えない。

（まあいいか。一人は倒すことができた。僕にしては上出来だ）

　エリクは左腕の痛みを思い出さないようにしながら、剣を握り直した。


　そこは、天国なのだと思った。あるいは天国のふりをした地獄の可能性もあったが。豪《ごう》奢《しゃ》な四柱式のベッドに寝ているらしい。ふかふかのマットレスに半分体が埋もれている。ふかふかすぎてどうにも居心地が悪く、身を起こそうとしたが、そこで激痛が体中に走って、思わず悲鳴が漏れた。

「エリク！」

　目を閉じて、痛みに体を縮こまらせていると、エリザベスの声がした。

「エリク、起きたの⁉」

「……ベス、それどころじゃなくて、あちこち、い、痛いんだけど……」

「当たり前じゃない、あなた死にかけてたのよ。今アレクサンダーを呼んでくるわ」

　エリザベスはぱたぱたと走り去っていくのがわかった。エリクは呻《うめ》きながら自分の状態を確認した。矢傷を負った腕は当然として、あちこちに包帯が巻かれている。どうやら、あの黒ずくめにやられたらしい。

（でも、助かったのか。どうしてだろう）

　痛みをこらえながらそんなことを考えていると、アレクサンダーの声がした。

「エリク」

ああ、この声は、怒っているなあ、とエリクは思った。目を開けると、思った通り、アレクサンダーはエリクを怖いぐらいに睨み付けていた。

「すまなかった。俺がおまえに剣を渡したせいで……」

エリクは、アレクサンダーから自分が助かった経緯《いきさつ》を聞いた。

アレクサンダーは、エリザベスを先に退出させたのはいいものの、やはり気になって早めに辞去したらしい。大叔父の館に寄ったところ、エリクが馬を連れて森に行ったこと、エリザベスもそこに向かったことを知らされた。そこに、裸馬のガースがふらふらとやってきたのだ。ただ事ではないと、アレクサンダーがガースと森に向かったところ、ステアに乗ったエリザベスと鉢合わせたのだという。事情を聞き、アレクサンダーはエリクを探した。そうして、間一髪《かんいっぱつ》、エリクを助けることができたのだった。

「あの黒ずくめの片割れは？」

「手傷は負わせたが、逃がした」

「敵がなんなのか、わからないままじゃないか」

「おまえを助けなければならなかったから、いいんだ」

「……で、僕は今どこに寝てるの？」

「ホリールード修道院よ。王様が、エリクのことを聞いて、お医者さんも呼んでくれたの」

（それはまた大層なことだ）

ホリールード修道院は実質王の居住空間だ。エディンバラ城は守るにはよいが、住み心地がいいとは言えず、歴代の王はホリールード修道院に居を構えている。

「……エリク、わたしを助けてくれてありがとう」

エリザベスは心なしか目を潤ませながら言った。それは、エリザベスの心根の美しさが感じられた。アレクサンダーが心を奪われるのも仕方がない気がした。

そうしてみると、アレクサンダーとエリザベスは、前よりもさらに距離が縮まっているような気がする。なるほど、自分を看護するうちに、そうなったというわけだ。

エリクは息を吐いた。なんだか、自分一人が損をしているような気がする。

（でも、まあいいか）

幸せそうに仲良く寄り添う二人を見るのは、悪くないものだ。

第七章　死の水、水の愛

マケイブ氏族とメルヴィル氏族の領地の境目に流れる川は、典型的なハイランドのものだ。水が泥炭《でいたん》を含む土をくぐり抜けるため、琥珀《こはく》色の流れを作る。山からの急な傾斜を抜けた琥珀色の水は、岩にぶつかりしぶきを上げながら、さらに速さを増して流れていく。しかし、河原には迷い込んだ水が所々瀬を作り、流れの緩《ゆる》やかな淵《ふち》となっていた。風に舞ってやってきたであろう白樺《しらかば》の葉が、凪《な》いだ水面《みなも》にゆったりと浮かんでいる。

アリスは素足で淵の水をそっとかき混ぜた。動いた水に合わせて白樺の葉はくるくると回り、やがて本流の方へと流れていく。そして、白樺の葉は、荒い流れに巻き込まれ、すぐに見えなくなっていった。

「アリステア様、またそのような格好をして……」

裾《すそ》の長いシュミーズの上に、青いガウンを着ている自分の姿は、確かに農家の娘のように見えるに違いない。アリスは振り返った。お目付役のローナが困ったような顔をしている。アリスより五つほど年上の彼女は、メルヴィル氏族に忠誠を誓う侍女であり、兵士でもある。ブレードを身につけ、腰に剣を下げた姿は、アリスよりもよほど雄々《おお》しく見えた。

「気に入ってるのさ」

アリスはローナの言葉に答えて、再び水面を眺めた。アリスはこうやって凪いだ淵に流れを作るのが好きだった。少しばかりアリスが力を及ぼすだけで、穏やかだった淵に動きが起こる。自分がかき混ぜたことで、水面が変化するのを眺めるのが楽しかった。

水はアリスにとって愛すべきものであり、同時に忌《い》むべきものでもあった。

『アリス。愛しているわ』

よみがえるのは、十年前の記憶だ。

母は、八歳のアリスにコタルディを着せると、手を引いて秋の野道を歩いた。アリスにドレスを着せ、着飾るとき、母は大層機嫌がよくなる。だからアリスはいつもいやがらずにそれに従った。後から父や兄にひどく馬鹿にされることになっても。

『母様、さむいよ』

日の沈んだ野道は風が吹くたび震えるほど寒い。思わずアリスがそう言うと、母は優しく微笑んだ。

『大丈夫、もうすぐ寒くなくなるわ』

岩と枯れ草で覆《おお》われた道は険《けわ》しく、ドレスで歩くようなところではなかったが、母は迷わず進んだ。急峻《きゅうしゅん》な岩場を抜けて突然現れたのは湖だった。アリスも来たことがある湖だったが、夜の湖面は吸い込まれるように暗く、月の明かりだけがちらちらと照らす様は恐ろしさだけがあった。しかし、母は臆することなく湖の汀《みぎわ》に足を踏み入れていく。アリスの手をぎゅっと握ったまま。

『母様、ねえ、夜なのに、湖に入ったら、凍《こご》えちゃうよ。泳げないよ。ねえ、母様』

『大丈夫よ、アリス。わたしはあなたを愛しているから』

そう言う母の手の力は強く、尻込みするアリスを引き寄せて放さない。氷河が山を削って作り上げたという湖は、浅瀬がほとんどなく、急速に水深が深くなる。アリスは母と共に水の中に沈み込んでいた。

水は冷たく、アリスを包んだ。アリスを抱く母親の体だけが熱のすべてだった。水がアリスの口や鼻から入り込み、苦しさにもがいた。それでも母は手を放さなかった。

愛している。アリス。愛しているわ。だから、わたしと一緒に来て。

水の中で聞こえるはずのない母の声が、アリスの脳裏にこだまする。

何がどうなったのか、詳細は覚えていない。結論としては、アリスは助かり、母は湖の底に沈んでいった。しかし、アリスの魂は母と共に湖の底に沈んでしまったらしい。その日から、アリスは何かを感じる力が失われてしまった。ただ、こうやって水の流れが引き起こす有様を眺めるときだけ、楽しいと感じるのだ。

アリスは顔を上げた。川の向こうはマケイブ領だ。マケイブの氏族長に、近頃イングランドから花嫁がやってきたという。これまで凪いでいたマケイブという淵に、どのようなさざ波が起きているのだろう。あるいは、自分がかき混ぜたら、何が起こるだろうか。

☆　☆　☆

エリクがエディンバラで襲われた。それは当事者であるシャーロットにしても唐突なことで、今でもまだよく飲み込めていない。エリクによると、どうやらアレクサンダーが弓兵に狙われていたのだという。エリクはアレクサンダーに間違えられて、その襲撃者に殺されかけた。しかし、アレクサンダーがそれらを撃退し、エリクを助けたのである。

エリクは重傷だった。随分《ずいぶん》ひどい目に遭《あ》ったのだろう、一部は骨折もしていたし、到底すぐに旅立てる状態ではなく、エディンバラの親戚の屋敷でしばらく養生《ようじょう》をすることになり、シャーロットとアレクサンダーは先にマケイブに旅立つことになったのだ。

アレクサンダーと二人の旅路《たびじ》は、悪いものでは決してなかった。

エディンバラを出て、スターリングを越えるとそこはハイランドと呼ばれる地方である。イングランドで見られたオークの森は姿を消し、かわりに現れる白樺の林もまばらである。それは道を行くにつれて明らかになる、地味の薄さからきていた。木を支えるだけの土がないのだ。代わりに地面を覆うのは、鮮やかな草原の緑で、さらに土が少ないところはヒースとハリエニシダの荒野が続く。その草原のあちこちにも岩の山肌がのぞき、道は勾配《こうばい》が増し、険しくなっていくのを遠目にも眺めることができた。そこにあるのは澄み渡る空気に包まれた圧倒的な自然であり、人の手が加わるのを拒む厳しい環境だった。

シャーロットは、ハイランドを美しいと思った。ハイランドに比べれば、イングランドは箱庭の世界のようだ。

ガースの背に揺られながらそんなことをアレクサンダーに話すと、彼は小さく笑った。

「そうだな。俺も帰ってくるたびに、何度見ても美しいと思う。だがまあ、いるのは人間だ。住んでみれば、ハイランドもイングランドと大して変わらないかもしれない」

アレクサンダーはハイランドそのもののように思えた。大きくて、険しくて、厳しいけれども優しい。彼と一緒にいるのは、この上なく心地よいことだった。

マケイブに向かって出発して三日が過ぎ、明日にはたどり着く、という日、二人は白樺の林で野営をした。シャーロットは挽《ひ》き割りのオーツ麦でオートミールを作った。エリクが道中、イングランドのパンは美味《おい》しいとさんざん言っていたが、スコットランドに入ってその理由がわかった。スコットランドは寒すぎて小麦がほとんど採《と》れない。だからオーツ麦や大麦を栽培し、それが主食になるわけだが、どう頑張って料理しても小麦のものには勝てないのだった。シャーロットは村にいたときから料理が好きだったので、修道院にいたときも時々調理場を使わせてもらうことがあった。そのときの経験を思い出しながら、どうにかこうにか工夫できたのは幸いだった。ドラマックとかいう、挽き割りオーツ麦を水に混ぜただけの、料理とも言えない代物《しろもの》を食べたときの衝撃は、いまでも忘れられない。それに比べれば、シャーロットの料理でもまだ美味しいと思えた。

夕食を食べ終えた後で、シャーロットは気になっていたことを尋《たず》ねた。

「エディンバラでエリクを襲った人たちの心当たりはあるの？」

「ある」

アレクサンダーは答えた。

「俺が氏族長であることが面白くない者がいるということだ。一つは、兄の息子のカイルを推《お》す連中だ。長くフランスにいた俺が急に出てきて、やり方が気に食わないというのもあるだろう。カイルがいずれ氏族長になっても構わないとは思うが、十二歳では若すぎる。それに、今マケイブが抱えている問題を、俺がある程度解決してからの方がいいはずだ」

「……そう伝えてみれば……」

「伝えてはいるが、一度関係がこじれると、真意を理解してもらうのは難しい。もう一つの可能性は、隣のメルヴィル氏族だ。メルヴィルとマケイブは、領地の境界で長いこと揉《も》めている。奴らにしてみれば、まだあまりよくわかっていないカイルが跡を継いだ方がいろいろやりやすいだろうな」

アレクサンダーは淀《よど》むことなく淡々と答えたが、それがゆえに、彼の中で常にわだかまっている問題であることが知れた。

「領地に入ってからも、狙われたりするのかしら」

「ない、と思う。……どちらが襲撃者かはわからないが、領地から離れたエディンバラで狙ってきたというのは意味がある。一つは、俺たちが必ずエディンバラを経由して帰郷することがわかっていたから、待ち伏せしやすく、逃がしにくかった、ということだ。もう一つ、領地の外で事を成し遂げたかったんだろう。領地内はだいたいが顔見知りだから、身内がやったとすれば足がつきやすいし、外の者が俺を狙ったとすれば、メルヴィルの仕《し》業《わざ》と判断されて、小競《こぜ》り合いに発展する可能性がある。向こうも問題を抱えているから、今は戦いを仕掛けたくはないだろう」

戦い、という言葉に、シャーロットはハイランドの現実が垣間《かいま》見えた気がした。

「戦い、なんてあるの？」

シャーロットのつぶやきに、アレクサンダーは静かに答えた。

「本来、諍《いさか》いの原因があるならば、話し合いで解決すべきだ。それがだめならば工作。それで無理ならば戦争だ。ただし、戦争は、勝てると判断出来るときに有利な方が始める最後の手段だ。今はお互いにそのときではない」

それは、アレクサンダーの為政者としての言葉だった。イングランドのノエル伯爵のように、安定した土地で安穏と暮らしているただの貴族ではない。

「だから、今晩を乗り切れば問題ないし、俺たちが警戒していることがわかっているから、そうそう仕掛けてくることもないだろう」

アレクサンダーはそう言うと、シャーロットの顔をじっと見てきた。

「明日には領地にたどり着く。先に言っておくが、今回の結婚は急なことで、マケイブの者を納得させるのは時間がかかるだろう。マケイブは他の地域に比べればまだイングランド人を受け入れる土壌はある。俺の祖母がイングランド人だったからな。だが、そうはいってもイングランドをよく思わない者も多い。俺もできるだけのことはするが、領地では仕事もあるから、目が届かないこともあるだろう。たぶん、苦労はすると思うが……」

気の重いことだが、それはシャーロットにも容易に想像できることだった。

「……大丈夫。きっと慣れると思うの。わたし、ここに来て、やっぱりスコットランドが好きだと思ったの。だから、マケイブの人たちに好きになってもらえるように頑張るわ」

その言葉に、アレクサンダーが表情を緩めるのがわかった。

シャーロットはふと不安になった。それは、ホリールード修道院でジェームズ王に謁見《えっけん》したときのことを思い出したからだ。ジェームズ王は、噂通り器《うつわ》の大きな好人物ではあった。しかし、結婚はしていないのに、たくさんの女性と子を作っている。それは、シャーロットにとっては気分が悪くなるほど嫌なことだった。アレクサンダーがそれをたしなめてきたので、一時二人は険悪な雰囲気になったほどだ。その後すぐにエリクが襲われるという事件が発生したので、うやむやになっていたのだが、ジェームズ王のような女性関係をアレクサンダーがよしとするならば、それは耐えられないほど辛《つら》いことである。エリクはそんなことはないと言っていたが、実際はどうなのかはわからない。

シャーロットが急に黙り込んだのを見て、アレクサンダーが声を上げた。

「引っかかることがあるなら言った方がいい。君はいつも内に抱え込むところがあるな」

アレクサンダーの言う通りだ。これまでシャーロットの主張を受け入れる者などなかったのだから、自分の意見を言う必要はなかった。話す端《はな》から否定されるなら、黙ったままの方がずっと楽だ。しかし、アレクサンダーは話せと言う。確かに彼ならば、シャーロットの言葉に耳を傾けてくれるかもしれない。それでも、思ったことを話すのは怖かった。

「……アレクサンダーは、王様のように、……よそに女の人がいたりするの？」

シャーロットが言うと、アレクサンダーは驚いたように目を見開いた。

「好きな人がいるのは、仕方ないと思うの。今回の結婚は突然のことだったし、わたしはアレクサンダーと釣り合いが取れるような年でもないから。でも……」

シャーロットは続けようとしたが、アレクサンダーの表情がみるみる不機嫌なものになっていくのがわかって、言葉を飲み込んだ。ものすごく怖い。普段は穏やかで優しいから、その分とても恐ろしく感じられた。

「……君は、俺のことをそういう人間だと思っているのか」

アレクサンダーは低い声で言った。

「……だって、王様のことを仕方ないって言ったでしょう。それに、ノエル伯爵……父だって、そういう女の人がいて、……子供がいたわ。男の人はそういうものなのかもしれないけど、でも、嫌なの」

シャーロットはひるみながらも、つっかえつっかえ言った。

「……それだけは嫌なの。わたしみたいな……」

「エリザベス」

アレクサンダーはシャーロットの言葉を遮《さえぎ》った。

「神の前で、妻は君だけだと誓った」

アレクサンダーは、はっきりと言った。

「この言葉では不満か」

怒らせてしまった。シャーロットは言葉を飲み込んで、首を横に振った。アレクサンダーはそれを見てから、背を向けて寝てしまった。

結局、気まずいまま一晩を過ごし、翌日もあまり話さないまま、マケイブにたどり着いた。

二人が城の中庭に入ると、マケイブの領民たちが集まってきた。皆、イングランド人とは比べものにならないくらい体格がよかった。そしてプレードを身につけていた。アレクサンダーは体格がいいと思っていたが、ここでは、大きい方かな、というぐらいである。その大柄な男たちが、族長を出迎えに来たのである。壮観だった。

アレクサンダーは、領民たちにゲール語で話し始めた。とたんに、シャーロットへ視線が集中した。警戒心と、抑えられない興味を示す視線に、シャーロットはひるんだが、アレクサンダーは頓着《とんじゃく》せずに話し続けた。

しかし、領民たちが顔色を変えたのは、アレクサンダーがバグパイプを取り出した時だった。旅の間、アレクサンダーは大切に運んでいて、一度だけ演奏を聴いたことがある。なんとも奇妙な音のする楽器で、その演奏がうまいのか下手《へた》なのかよくわからないが、スコットランドの人は不思議な音楽を楽しむのだな、と思ったものだ。しかし、どうやらエリクの言う通り、マケイブの人たちにはあまり好評ではないようだ。領民の間のざわめきはやまず、一人の男がアレクサンダーに声をかけた。どうやら、演奏を止めようとしたらしく、アレクサンダーが楽器を下ろすと、人々はほっとした様子で三々五々に散っていった。

アレクサンダーは、シャーロットに部屋を一つ用意してくれた。三階の小さな部屋だったが、ガラス窓が二面ある明るい部屋で、そこが角部屋なのだとうかがえた。白い結婚なので、一年後までは別々の部屋にするという。率直に言えば寂しいと思ったが、アレクサンダーは決して譲らなかった。そのあたり、彼は非常に律儀《りちぎ》なのであった。

また、アレクサンダーは、ゲール語がわからないシャーロットに、イングランド語が話せるというグリアという中年の女性を世話係としてつけてくれた。

結局、着いた当日は疲れもあって、お風呂の後にはあっという間に寝てしまい、翌日目が覚めたのは日がだいぶ高く上ってからのことだった。朝食を持ってきてくれたグリアによると、アレクサンダーは朝早くから畑に行ったのだという。播種《はしゅ》の季節に領地を空けたので、それを取り戻すべく農作業に行ったらしい。仮にも領主であるはずなのに、畑に行くわけだから、ノエル伯爵とは随分《ずいぶん》な違いである。

窓の外には、マケイブの美しい領地を眺めることができた。城は勾配に囲まれた、東と西から流れる二つの川の間に建っている。周囲は緑の樹木に囲まれていて、丘陵《きゅうりょう》の斜面は青々とした緑に覆われていた。斜面には茅葺《かやぶ》きの家が並び、遠くを見れば羊や馬たちがのんびりと草を食《は》んでいる。一方、塔の真下を見れば、城壁に囲まれた中庭が望めた。中庭では、プレードを身につけた氏族の者たちが、賑《にぎ》やかに行き来しているのを見ることができた。その眺めは美しく、慕《した》わしいものであることは間違いない。

歩いてみたいとうずうずしたが、グリアが止めてきた。まだ慣れないだろうから、シャーロットは外に出ず部屋にいてほしいとアレクサンダーが言ったらしい。そう言われれば仕方がなく、シャーロットはその日は一日中部屋にいた。食事はグリアが持ってきてくれたが、アレクサンダーが顔を出すこともなかった。旅の最後の日以来、アレクサンダーとはなんとなく気まずいままだ。

（妻はわたしだけ）

アレクサンダーはそう言ってくれた。今の価値観で言えば十分な言葉だ。でも、妻以外の女がいないとは言わなかった。彼にとっては、シャーロットの存在は義務でしかないのかもしれない。しかも、少なくとも一年は、実質的な結婚をするわけではない。

（キャサリンの手紙……）

アランから預かったキャサリンの手紙はまだ封蠟《ふうろう》もされたままシャーロットの懐《ふところ》にある。亡くなった人間に何かを言うことはできないが、自分を捨てていった姉を許せない気持ちがあるのは事実だった。それゆえ、未《いま》だに中を確かめられずにいる。

もしもキャサリンが生きていたら、また違った人生があったのだろうか。もしかしたら、ハイランドに来ていたのは、キャサリンだったかもしれない……。

二日経《た》っても外に出られず、なんだか閉じ込められているようで妙な具合だと思った頃、夜にアレクサンダーがやってきた。二日ぶりに会えたので嬉しくなったが、アレクサンダーは見るからに不機嫌そうだ。シャーロットは何か悪いことでもしただろうか、と居住まいを正した。後ろでグリアが困ったような顔をして控えている。

「エリザベス。どうして部屋から出てこない？」

シャーロットはどういうことだろうと思って聞き返した。

「……アレクサンダーがここにいろと言ったんでしょう？　わたし、早く外を回りたいわ。明日は外に出ていい？」

アレクサンダーはしばらく黙り込んでいたが、やがて口を開いた。

「明日は一緒にいよう。朝は早いぞ」

それだけ言うと、彼は身を翻《ひるがえ》して部屋を出ていった。グリアがそれに続く。しばらくして、扉の外でアレクサンダーの低い怒鳴り声と、グリアの泣き声らしきものが聞こえてきた。アレクサンダーが怒るなんて何事だろうかとシャーロットはどきどきしたが、結局何が何だかわからないままその日は寝てしまった。


翌朝、シャーロットが身繕《みづくろ》いをしていると、アレクサンダーが迎えに来てくれた。久しぶりに一緒にいられると思うと嬉しかった。

「……グリアはどうしたの？」

「城の仕事を辞《や》めて出ていった」

シャーロットは目をぱちくりさせた。グリアはとりたてて親切というわけではなかったが、過不足なくシャーロットの世話をしてくれていた。

「……わたし、なにかグリアの気に障《さわ》るようなことしたかしら」

「君は何も悪くない」

その日、シャーロットはアレクサンダーと共に城の大広間で朝食をとり、その後向かったのは領内の畑だった。アレクサンダーは午前中一杯畑仕事をして、城に戻る途中の川で水浴びをし、河原でシャーロットとお弁当を食べた。城では領内の案件処理をして、領民たちの武器の訓練の様子を見たし、自身も修練をした。夕食も大広間で、食後は執務室に戻っていった。

シャーロットは横で見ていただけだが、それはかなりの業務量で、よく体力が持つな、という感じであった。しかし、一日一緒にいたので、なんとなく二人の間のわだかまりが消えた感じがあるのが嬉しかった。

夕食を食べ終えると、灰色の髪を短く刈った小柄な初老の男性が声をかけてきた。左目が白っぽく濁って見えた。アレクサンダーと時々話しているのを見かけたことがある。

「おや奥様、今日は族長とご一緒ですか」

イングランド語が話せるらしいのがありがたかった。

「はい。あの……あなたは」

「おやこれは失礼。マドックと申します。マケイブにずっと仕《つか》えておりましてな」

マドックは柔和《にゅうわ》な表情を見せた。

「アレクサンダーは毎日あんな感じで働いているの？」

「そうです。大層な働き者ですよ。ダンカン様がお亡くなりになったときは、アレクサンダー様が跡を継ぐのはどうかと思いましたが、どうしてどうして、なかなかの器量です」

夫のことを褒《ほ》められるのは悪いものではなかった。

「しかし……ご本人を前に言うのもどうかと思いますが、まさかイングランドで結婚なさって帰ってこられるとは思いませんでしたよ。青天《せいてん》の霹靂《へきれき》とはこのことです」

「わたしも自分がスコットランドに来ることになるとは思いませんでした」

シャーロットが言うと、マドックは笑った。

「正直ですね。まあ、これからよしなに」

執務室をシャーロットが訪ねると、アレクサンダーは傷の手当てをしていた。畑仕事をしていたときにできた切り傷らしい。

「さっき、マドックさんっていう人に会ったわ。感じのいい人ね」

「会ったのか。父の代から仕えてくれている。有能だが、幼い頃からのつきあいだから、折に触れてどうも子供扱いされているようでな。兄のダンカンと比べれば、言いたいことはあるだろうさ」

アレクサンダーはそう言うと、塗りおえた軟膏《なんこう》を机に置いた。

「毎日大変ね」

ハイランドは高緯度だ。五月に入れば夜の八時を過ぎてもまだ明るい。

「そうだな。まあ、もうじき種まきが終わるから、その後は一息つける」

畑はたいてい傾斜地にあり、道具を運ぶだけでも大変だ。畑の播種のシーズンは終盤に近づいていた。堆肥《たいひ》を混ぜ込んだ土に、畝《うね》起こしをするための有輪犂《ゆうりんすき》は非常に重く、一人で扱えるものではない。数頭の馬に引かせながら、アレクサンダーをはじめとする数人の男たちが犂をコントロールしているが、大変な重労働であることがよくわかった。ましてや山の斜面である。ブレードを身につけた男たちが概して体格がいいのはこうした厳しい環境での作業ゆえであるのがよくわかった。

「でも、大麦の芽って可愛かったわ」

「土の改良がうまくいっている。海藻を肥料にしてみたが、収穫量が増えたんだ」

領地の西の方は深く陸地に切り込んだ海の入り江に面していて、海藻が採《と》れるのだという。

「領主のあなたが、畑仕事までしてると思わなかった」

「イングランドの貴族たちは違うか」

シャーロットはうなずいた。

「これまでと違うことを始めるときに、口で言っても納得してもらえない。それならば一緒にやってしまう方が早い。結果が出ればこちらについてくる」

「ここの人たちは、もっと武闘派ばかりかと思ったのに、普段は畑仕事をしているのね」

「大部分はな。だが、いざというときは皆戦士となる。族長の一族が領民に土地を与えて、その見返りに、税や忠誠を返してくれるんだ。適当なことはできないと思っているよ」

シャーロットはアレクサンダーのつけている帳簿を見た。アレクサンダーは嫌がらずにそれを見せてくれた。帳簿の詳しい知識があるわけではないが、流麗《りゅうれい》な筆致《ひっち》で書かれた数字は、あまりはかばかしいものではないのがわかった。過去の赤字が大きくのしかかっている。

「前も話したと思うが、マケイブは豊かというわけではない。領民たちが食べていく分は自給できるが……」

「……現金収入を増やせるといいのに。なにか商品になるものがあれば……」

アレクサンダーは苦笑いをした。

「まあ、そういうことだ。牛の繁殖を試していたが、うまくいっているから、じきに出荷もできる。他にも考えている。少しずつだ」

何か役に立てればいいのに、とシャーロットは切実に思った。

「明日はどうするの？　また一緒に……」

「君はどうしたい？」

質問されて、シャーロットは戸惑《とまど》った。これまで自分が何をしたいかなどと聞かれたことがなかったからだ。

「アレクサンダーは……」

「俺のことはいい。君がどうしたいかだ」

畑にいても、執務室にいても、シャーロットは役に立てていない。アレクサンダーの近くは、とても居心地がいい。でも、ずっと座っていては、アレクサンダーもいつか疲れてしまうだろう。寄りかかるだけでは、アレクサンダーといつまでも一緒にはいられない。

「明日は、一人で外に出てもいい？　それからできたら厨房《ちゅうぼう》を使わせてほしいの」

シャーロットがお願いを言うと、アレクサンダーは快諾《かいだく》した。

「……そうか。言っておくよ。無理はするな」


それからしばらくは、朝食を食べた後に厨房に行き、それから外を見て回るという日々を過ごした。

マケイブの城の周りは緑に包まれていて、放牧されている羊たちが草を食《は》んでいる。時々人を見かけたが、誰もシャーロットに話しかけてこなかった。先日はアレクサンダーと一緒だったから寂しくなかったが、今は異郷の地に一人でいるのだと改めて実感した。自分が歓迎されざる人間だというのは、旅の間に何度も聞かされていたことではあるが。

しかし、考えてみれば、これだけ自由に時間を過ごせるのは、村で過ごした幼い頃以来だ。アップルヤード家も修道院も自由に外に出ることは出来なかったし、言われた通りに動くことが求められた。だが、アレクサンダーは違う。シャーロットの意志を尊重してくれる。突然の自由は、怖くもあった。何をしてもいいというのは、すべての責任が自分にあるということでもある。

ある日、アレクサンダーが水浴びをした川にたどり着いて、朝に厨房で作ったカードタルトを食べていると、意外な人物に声をかけられた。

「あんた、よくもグリアを首にしたな」

イングランド語である。マケイブのプレードを身につけ、ベルトには剣をぶら下げた少年がいた。一人前の格好ではあるが、シャーロットよりも背は低いし、声変わり前である。

「あなた、イングランド語がわかるの？　誰？」

「イングランド語ぐらい話せるさ。あんたこそ、ゲール語も話せないくせによくも図々しく嫁になんて来たな」

「……マケイブの人はみんなそう思っているの？」

「当たり前だろ。族長の妻がイングランド人なんて、みっともないじゃないか」

「……そう」

初めてマケイブの人の生の声を聞いたと思った。わかっていたことではあるが、面と向かって言われると、体に氷の柱が落ちたような辛さがあった。

「一つだけ言わせて。わたし、グリアを首になんてしてないわ。お世話をしてくれてありがたいと思っていたもの」

シャーロットがそう言うと、少年は微妙な顔になった。

「だって、グリアが言ってたぜ。あんたがイングランドに帰りたいって泣いて部屋から出てこないってな。おまけに、族長に言いつけて首にしたって」

（どうしてそういう話になるの？）

シャーロットは唖然とした。その後、少年の言うことと、シャーロットの知っている事柄をつきあわせていくと、一つの事実が明らかになってきた。グリアは、どうやらシャーロットに意地悪をしていたようだ。シャーロットには、アレクサンダーの命《めい》で外に出ないように言い、アレクサンダーや、他のマケイブの者には、シャーロットが部屋から出たくないと訴えていると言いふらした。しかし、アレクサンダーがおかしいと気づき、シャーロットに確認した上で、グリアを首にしたというわけだ。

（いい人だと思ってたのに……）

シャーロットはため息をついた。少年も、シャーロットの説明を聞いて、グリアのやったことがわかったのか、バツが悪そうな顔になった。正義感は強いようだ。シャーロットは食欲もなくなってしまった。

「ねえ、あなた、よかったらこれ食べない？」

「イングランド人のものなんて食べられるかよ」

「確かにわたしが作ったものだけど、原料は全部ここのものよ」

「……じゃあ、食べてやらないこともない」

シャーロットは、カードタルトを少年に渡した。これは、朝厨房で作ったものだ。料理を作って、少しでも城の女たちと話せれば、と思ったのだが、実際は遠巻きに眺められているだけで、ほとんど無視されているような状態だった。だが、グリアがあることないこと吹き込んでいたのだと思うと、仕方がないような気がした。

「なにこれ、うまい」

少年はカードタルトを口にして、声を上げた。

「あんたが作ったのか」

「うん。美味《おい》しいなら、嬉しいわ」

大きな石窯《いしがま》とグリドルのある厨房で、材料を眺めながら考えて作ったのはカードタルトだった。小麦がないのでオーツ麦で代用する。タルト生地《きじ》を作り、牛乳を酢で分離させた凝乳《カード》でフィリングを作る。フィリングにドライフルーツを混ぜてタルト生地に乗せて石窯で焼くとできあがりだ。

「もっと食べる?」

「食う」

少年はがつがつとカードタルトを食べてくれた。敵意むき出しでも、隠すことなく感情を表に出す少年のほうが、笑顔で陥《おとしい》れようとする人間よりもずっとマシに思えた。

少年はカイルと名乗った。誇り高き、ダンカン・マケイブの息子だという。つまりアレクサンダーの甥《おい》っ子ではないか。

「イングランド人は頭の回転が鈍《にぶ》いな。もっと早く気づけよ」

「……ねえ、カイル。あなた、よく、イングランド人は、って言うけれど、わたしの他にイングランド人に会ったことがあるの？」

「……え、いや……、ないけど……」

とたんに、カイルは言いよどんだ。

「じゃあ、どうしてそう思うの？　わたしの頭の回転は、確かに速くはないかもしれないけど、他の人がそうとは限らないでしょう？」

「……でも、みんなそう言ってるし……、レアードも、ファーガスも……」

「その、レアードさんや、ファーガスさんがそう言ったら、あなたは全部信じるの？」

カイルは口ごもったが、すぐに顔を真っ赤にして怒鳴ってきた。

「うるさいな、イングランド人のくせに！　アレクサンダーと一緒になって、マケイブをイングランドに売り渡そうとしてるくせに！」

「ちょっと待って。アレクサンダーはそんな人じゃないわ。あなた、本当にアレクサンダーを見てそう言っているの？」

「うるさい！　ちょっとうまい菓子を食わせてくれたぐらいで偉そうなこと言うな！」

その後はゲール語でシャーロットに罵《ののし》ってきたあと、ぷいっと背を向けて行ってしまった。

残ったカードタルトは、食べる気にもなれなかった。グリアの嫌がらせもあるだろうが、おそらく、マケイブの人たちのほとんどは、カイルの言うような目でシャーロットを見ているのだろう。覚悟はしていたが、実際にその状況を突きつけられると、辛くなる。

（寂しい……）

スコットランドに来れば、何かが変わると思った。ニューカッスルで感じたのだ。ハドリアヌスの城壁の向こうには、イングランドと明白に違うなにかがあった。あの草原へ、走り出したくなるような、空気。体が沸き立つような、予感。

だけれども、実際に来てみれば、言葉もわからないし、周りの人は自分を敵に向けるような目で見てくる。夫は十分に気遣いをしてくれるけれども、忙しくて頼りきることはできない。

（旅の間は、ずっと一緒にいられたのに……）

シャーロットは泣きたいような気持ちになって、プレードにくるまった。エディンバラで買ってもらったプレードは、温かいし、便利なのでいつも身につけている。

シャーロットはため息をついた。

　すると、上流の方から、誰かがやってくるのがわかった。粗末な青いドレスを着た、しかし美しい顔立ちの人物が、水を跳ねさせながら、浅瀬を歩いてくる。軽やかな足取りは、水の中を歩いているとは思えず、美しさと相まって、森の精霊かと見まがうほどだ。

　青いドレスの人物は、シャーロットに気づくと、立ち止まって首をかしげた。細い体がドレスの中で泳いでいる。歳はシャーロットよりもいくつか上だろう。緩やかにうねる茶色の髪が白い面《おもて》を縁取《ふちど》っている。榛《はしばみ》色の目を瞬《またた》かせて、こちらをじっと見つめてくる。

（誰？　ここにいるってことはマケイブの人よね？　でもわたしのことを嫌がっていない）

　ドレスの人物は、水から上がると、シャーロットの前に歩いてきた。

「……あなた、誰？」

　ドレスの人物は、首を横に振ると、唇の前に人差し指を当てた。しゃべれないらしい。だが、シャーロットのイングランド語はわかっているようだ。しゃがみ込むと、地面に指で文字を書き始めた。ＡＬＩＳ。

「アリス？」

　謎の人物はうなずいた。アリスはシャーロットの隣に座ると、また地面に文字を書いた。

『見てた。大丈夫。あなたはいい子』

　シャーロットは驚いてアリスを見た。アリスはにこにこと微笑むと、立ち上がってまた川の上流へと歩き去っていった。

夜、城に戻ってアレクサンダーにカイルと会ったことを話した。彼はハコベをつぶしたものを膝《ひざ》の傷口に貼っているところだった。あれだけ動き回っていると、生傷《なまきず》が絶えないようだ。シャーロットの話を聞くと、彼は複雑な顔をした。

「カイルと話したのか。あいつは根はいい奴だが、取り巻きがな……」

「レアードさんと、ファーガスさん？」

アレクサンダーは苦笑した。

「聞いたのか。彼らは、俺の統治が気に食わないらしいからな」

今、マケイブ内で一番の問題となっているのは、隣のメルヴィル氏族との領地の境界線についてだった。

メルヴィルの由来は、かつて北海を航海し、ブリテン島を征服したノルマン人たちといわれる。その伝統を受け継いでいるためか、諍いの解決手段は暴力を伴うことも一般的だという。日常的な鍛錬もあり、メルヴィルは武闘派として知られ、また恐れを知らない一族としても知られている。

メルヴィルとマケイブは長く反目《はんもく》を続けていたが、先代の時に友好的な和解がなされた。具体的には、アレクサンダーの父の妹、つまり叔母《おば》にあたる女性が、メルヴィルに嫁《とつ》ぎ、土地の境界線にあたるウォードローの森はマケイブのものと決まったのである。そもそも木の少ないハイランドでは森は貴重だ。森は多くの恵みを与えてくれる。薪《まき》や家や家具を作る材料の供給源としてはもちろん、生き物をはぐくむ場でもあり、土壌の流出を防ぐ機能もある。森は基本的に領主の直轄地《ちょっかつち》であるか、集落共同の入会地《いりあいち》にされている。ここまではよかった。しかし、数年後、その叔母の死が、諍いを招いた。

「メルヴィルの氏族長は……暴力的な男だったらしい。子供を連れてマケイブに逃げる途中で亡くなった。子供はメルヴィルに連れ戻されたが、叔母はそのままでな……かわいそうな状況だったらしい」

当然、揉《も》める。妻が逃げ出したのだからとメルヴィルは土地の返還を要求するし、大事な妹は殺されたも同然と、族長は要求を突っぱねた。以来、両氏族の間では諍いが絶えず、森は帰属が決まっていない。

「兄はメルヴィルとの小競り合いの最中《さなか》に亡くなった。兄にかわいがってもらっていたファーガスやレアードは、メルヴィルなど戦いでたたきつぶしたいだろうな」

「……あなたは違うの?」

「難しいだろうが、できれば交渉で解決したい。戦いは最後の手段だ。彼らにすれば俺のその姿勢が弱腰に見えるんだろう」

あれほど大きな剣を操れるアレクサンダーが言うのである。意外だった。

「そういうわけで、カイルを氏族長に推す一派がいるんだ」

「……でも、あの子が氏族長っていうのは……」

シャーロットは昼間会った少年を思い出した。残念ながら氏族長の器とは思えないし、アレクサンダーがこなしている業務を行えるとは思えない。

「いや、却《かえ》って都合がいい。何もできないカイルを上に据えて、自分たちが好きに動けばいいわけだからな。まあ、そのもくろみも夢と消えたようだが」

「どういうこと？」

「俺が世襲的領地所有権をエディンバラで正式に認められたからだ。おまけに王命の妻も娶《めと》っている。俺に反する者は、王命に反するともいえる。さすがに王にたてつくほど愚かではないということだ。俺が帰ってからは、ファーガスもレアードもカイルから距離をとっている」

だんだん話が飲み込めてくる。

「……だから、エディンバラであなたを殺そうとしたのね。マケイブに戻ればあなたの力が王に認められた揺るぎないものになる。エディンバラが最後のチャンスだった」

「他にも心当たりがあるから、彼らが本当に犯人かどうかはわからないが」

アレクサンダーはどうということもなく言ったが、シャーロットはきゅっと心臓をつかまれたような気がした。アレクサンダーに何かあったら……考えただけで苦しくなってしまう。

「心配してくれるのか?」

「当たり前でしょう」

「前も話したが、領内ではさほど心配はいらないだろう。……少しは慣れたか」

アレクサンダーの質問に、どう答えるべきかシャーロットは少しばかり考えた。

「今、あちこち見て回っているの。きれいなところも……険しいところもあるけれど」

「あまり城からは離れないようにしたほうがいい。ほとんどの領民は、固まって住んでいるが、森の中にはまつろわぬ民もいるからな」

「気をつける。わたし、マケイブが好きよ」

「そうか。それならいい」

シャーロットの言葉に、アレクサンダーは心底嬉しそうにうなずいた。

アレクサンダーは、本当にマケイブが好きなのだ。だから、一生懸命働くし、王の命で結婚もする。

(たとえ、その相手が好きでなくても)

シャーロットは静かに心の中で反芻《はんすう》した。

翌日、シャーロットは厨房にも行かず、そのまま外へ出て、河原にたどり着いた。こんなふうに隠れるように過ごすのは良くない、と自分でもわかっていた。少しでもマケイブに馴染《なじ》みたかった。けれども、今日はその元気が湧いてこなかった。異物のようにシャーロットを見てくる、知らない言葉を話す人たちと接する気力が湧いてこなかった。そろそろ髪を洗って脱色しなければならない頃合いなので、一人になると自分に言い訳をして、河原にやってきたのだった。しかし、そうは思ったものの水に浸《ひた》るのも億劫《おっくう》で、シャーロットは褐色の水が流れる川を眺めた。どうしようもなく孤独を感じた。

と、冷たい水がぴしゃり、と顔にかかった。驚いて水の飛んできた方向に顔を向けると、青い布地が閃《ひらめ》くのが見えた。

「……あなた、確か、アリス……」

背の高いその人物は、水に濡れた手を振って微笑んだ。この間のように川の中を歩いてきたのだろう、裸足《はだし》の足の指先が、冷たそうに赤くなっていた。

アリスはシャーロットに濡れた手をさしのべてきた。どういうつもりかわからずにシャーロットが戸惑っていると、アリスは川の上流を指さした。

「……あっちに行くの？」

アリスはうなずいた。どうやら、一緒に行かないか、というお誘いらしい。アリスの美しい笑顔を見ていると、シャーロットは不意に泣きたいような気持ちになった。こんな笑顔を向けられたのはいつぶりだろう。そして、誘われることも……。

　気づくと、シャーロットは立ち上がってアリスの手を取っていた。アリスは嬉しそうにきゅっと手を握ってくると、軽やかな足取りで川のほとりを歩き始めた。

　二人は森の中を歩いた。アリスは何も話さなかったが、時々振り返ってシャーロットを見た。つないだアリスの手は筋張っていて冷たかった。

「どこに行くの？」

　その問いに、もちろんアリスは答えなかった。不思議だった。昨日、ちょっと会っただけの、しかもしゃべることのできない人と歩いているのだ。

　いったいアリスは何者なのだろう。マケイブの人たちとはどうも違う様子だ。

（……そういえば、まつろわぬ民がいるってアレクサンダーが言ってた）

　そう考えれば、この痩《や》せた姿も、粗末な衣装も納得がいくような気がした。どこの国でも、社会に受け入れてもらえない人たちはいる。そういった人たちは、放浪の芸人になったり、あるいは、森の隅で人と交わらずに住むという。アリスは口がきけないようだし、もしかしたら追放された人なのかもしれない。そう思うとシャーロットは急に親近感を覚えた。マケイブに受け入れてもらえていないのはシャーロットも同じだった。

　シャーロットの、手をつなぐ力が強くなったのだろう、アリスは少し驚いたように振り返ったが、すぐに微笑んで、並んで歩き始めた。

　ふいに、視界が開けた。森の向こうに広がっていたのは、緑の草原と、湖だった。川の支流から紛《まぎ》れ込んだ水が岩場から幾筋もの滝となって湖に注いでいる。岸辺にはユキノシタやキンポウゲが咲いていて、その向こうには荒野と、岩肌の除く山の絶景が見えた。荒削りな岩肌がのぞく雄大な眺めは、ハイランドそのものを感じさせた。

「……すごいわ。こんなところがあるのね……」

アリスはにっこりと笑うと、口の動きと身振りでシャーロットに意思を伝えてきた。

『あなたに見せたかった』

「……どうして、わたしに？」

『ここ、寂しくない』

シャーロットは息が止まりそうになった。シャーロットの孤独は、アリスに当然のように見抜かれていた。

（……わたしは……）

シャーロットは、プレードをかき寄せると、目の前に広がるハイランドの景色を眺めた。

広大なハイランドの自然の前では、シャーロットの悩みは小さなことのように思えた。

（変わらないといけないんだわ）

自然は厳しく、そのままではシャーロットに手をさしのべてはくれない。けれども、懸命に働きかけることで、受け入れてくれるのだ。痩せた土地を懸命に耕し、大地の実りを手に入れようとしているアレクサンダーたちのように。

別れ際《ぎわ》にアランは言ってくれた。幸せは自分で勝ち取るのだと。

初めて与えられた自由の中で、自分で考え、自分で動く。

これまでは、ある意味、言われたままに動いていたのだから、楽でもあったのだ。しかし、そうした、誰かに依存した存在のままでは、幸せに近づくことはできない。

（アレクサンダーが、わたしを好きじゃないとしても、当然だわ）

彼は、いつだってシャーロットがどうしたいか聞いて、それを受け入れてくれた。それなのに、シャーロットは一方的に彼に要求を突きつけた。好きになってもらえるようなことは何一つしていないのに。

（わたしに何ができるの？　何がしたいの？）

ハイランドに、マケイブのために、できること。それは求めるためではなく、自分がここで生きるために必要なことだ。そこから、すべてが始まるのかもしれない。

シャーロットは、隣に佇んでいるアリスを見た。突然現れた不思議な人。本当に、ハイランドの妖精なのかもしれない……。

「……アリス、ここに連れてきてくれてありがとう」

アリスはシャーロットの言葉に不思議そうに首をかしげると、湖へと足を運び始めた。そうして、服を着たまますいと湖の中に身を投じた。

シャーロットはぎょっとした。春とはいえ、ハイランドはまだ薄寒く、泳ぐにはとても適していえるとはいえない。こんな冷たい水の中に入るとは、正気の沙汰《さた》ではない。

「アリス!?」

シャーロットが声を上げると、アリスは水の中から顔を出して、手を振った。楽しそうに。

「アリス、泳ぐなんて危ないわ、足がつくの、ねえ」

アリスはシャーロットの言葉が聞こえているのか聞こえていないのか、ゆったりと泳いでいる。だが、突然水の中に潜り込んだ。そうして、そのまま出てこない。

（……え、まさか、溺れたの）

シャーロットはドキリとして湖に声をかけた。

「アリス、ねえ、アリス！」

返事はなかった。シャーロットは、にわかに背筋が冷たくなるのを感じた。周りには誰もおらず、助けを求めようもない。では、本当にアリスが溺れたとしたら、このまま死んでしまうのだろうか。

（そんな、嫌よ。……でも、このままじゃ）

泳ぎは、遥《はる》か昔、村に住んでいたときに川でしたことがある。でも何年も泳いでいないし、助けられるような技量もない。

（……でも。わたしはどうしたいの）

シャーロットは自分に問うた。答えは明白だった。アリスを助けたかった。せっかくできた知り合いが亡くなるなんて嫌だった。

そう思うと、シャーロットは走り出して湖の中に足を踏み入れていた。


アリスは湖の汀《みぎわ》にたどり着くと、くすくすと笑った。

（……ありがとう、か。まったく、おめでたいね）

湖は、メルヴィルとマケイブの境界あたりにある。人を水に引きずり込むケルピーという妖魔が住むと言われて、近隣の者は近づこうとはしない。

ローナも、出かける前にアリスに言ってきた。

「アリステア様、毎日マケイブに行くのは危険です。メルヴィルの者だと知れたら……」

「大丈夫、わかるわけがない。この格好だもの、農家の娘にしか見えないよ」

アリスはいつものシュミーズに青いガウンを着ていた。

「そうだとしても、何かがあったら」

「別にどうということもないだろう？　兄上はわたしがいなくなれば、変な身内がいなくなったとほっとするだろうし、何よりわたしは一回死んでる。もう一度死んでもどうっていうことはないいんだよ」

兄のゴードンは剛胆な男だった。農婦の格好をしてふらふらと歩き回るアリスのことを見下し、半ば追放しているようなものだ。

「わたしがいます！　アリステア様、あなたになにかあれば……」

アリスは微笑んだ。

「ああそうだね、ローナ。君はそういう人だ。そういう君が好きだよ」

「……アリステア様……！」

ローナの困り顔を見るのは好きだった。

（まっすぐなローナ。……でもね、だから君とは混じり合えない）

ローナはメルヴィルに忠誠を誓う家臣である。孤児として城に引き取られ、生き延びるためにその剣技を磨いた。メルヴィルのためならば、手を汚すことも厭《いと》わない。

メルヴィルでは力が社会秩序の根幹をなしている。人が集まって暮らせば、種々の諍いごとが起きるのは世の常であるが、メルヴィルでは法と判決の執行は、当事者同士に委《ゆだ》ねられている。当然の結果として、暴力はメルヴィルにとって諍いの一般的な解決手段となる。ローナが鍛えられたのは、自然の成り行きだ。

アリスは、湖の浅瀬に足を浸した。冷たい。水の冷たさを感じると、いつも母の声が聞こえる気がする。愛している、と。

アリスは振り返ってイングランドから来たという花嫁を見た。確か、エリザベスとかいう名前だったか。言葉もわからず、一人孤独を託《かこ》っている姿は、いかにも哀れな様子だった。夫とうまくいっていないのか、マケイブに溶け込めないのか。

（わたしと同じだね。……愛に飢えている）

アリスは思う。

（あの子に、愛を与えるのもいいかもしれない）

かつて母が自分に与えてくれたように。冷たい水に引きずり込んで、この美しい湖の中に沈んでもらうのだ。永遠に。

（そうすれば、マケイブに波風が立つ）

イングランドから来たばかりの花嫁が、メルヴィルとの境で亡くなったとなれば、メルヴィル側はその犯人の嫌疑をかけられるだろう。マケイブとて、嫁いてきたばかりの花嫁がすぐに亡くなったとなれば、イングランドとの関係は穏やかなものではいられない。

（見ものだな。兄上はどうされるか。マケイブの族長がどう動くか）

が、すぐにアリスは考えを変えた。なんだかそれではつまらない。どういうわけか、あのイングランドから来た花嫁を眺めていたほうが面白いような気がしたのだ。

アリスは湖に足を踏み入れた。久しぶりに愉快な気分だった。褐色の湖にすいと泳ぎだすと、冷たい水が体を包んで心地よかった。

「アリス、危ないわ、泳ぐなんて」

エリザベスが湖の岸辺から声を上げている。アリスは楽しくなって手を振った。

身になじんだ水の感触が好ましい。湖は、岸辺から数歩進めば足がつかないが、慣れているアリスにはどうということはない。ゆっくりと泳ぎながらエリザベスの方を見ると、心配そうにこちらを眺めているのがわかった。イングランドの貴族の娘は、きっと泳いだこともないのだろう。可愛い。何もできないお人形のようなお嬢様……。

アリスは水の中に潜《もぐ》り込んだ。褐色の水は透明度が低く、目をこらしても底を見ることはできなかった。母が沈んだ湖はここではなかったが、どんな泉や湖であっても、いつでも水底には母の影が見えるような気がした。

ふと、泡が巻き起こった。何事かとアリスが水の中で方向を変えると、誰かが水をかいているのがわかった。

(……エリザベス?)

予想外のことに、アリスは水面に顔を上げた。エリザベスはばしゃばしゃと水をかきながら、必死に泳いでいるようで、こちらに向かってきていた。いったいどういうことかわからず、アリスはぽかんとしてエリザベスを見た。泳いでいるどころか、彼女は半ば溺れかけている。というか、水を飲んでしまったのか、本当に溺れたようだ。水の中に沈み込むと、そのまま浮き上がってこない。

(……なんなんだ?)

アリスはエリザベスの行動が理解できず、考え込んだ。このまま彼女が沈んでしまうのも、それはそれでありかな、とは思うが、それではなぜ彼女が湖に飛び込んできたのかわからない。

　アリスは湖に再び潜り込むと、エリザベスが沈んだ方向へと水をかいた。水中のエリザベスを捕まえて水面に上がると、岸へと向かう。

　汀《みぎわ》にエリザベスを引きずり上げて、背中をたたくと、大量の水を吐いた。どうやらまだ生きているらしい。エリザベスはひゅうと空気を吸い込んだ。

　アリスは、身を丸めて苦しそうに咳《せ》き込むエリザベスを静かに観察した。人間の、生きようとする執念というものは、なかなか見応《みごた》えがある。さんざん咳き込んで、よろよろと身を起こしたエリザベスは、なぜかアリスを睨《にら》んできた。

「アリス！　あんなふうに湖入ったら危ないわ、溺れたら助からないじゃない」

「……」

　どうして溺れた人間に説教をされなければいけないのか、とアリスは思った。と同時に気づいた。どうやら、エリザベスは、水の中に潜った自分が溺れたと思い、助けに湖に飛び込んだらしい。

（自分が泳げないのに……？）

　あまりに滑稽《こっけい》で、アリスは呆然とエリザベスを見返した。が、しばらくするうちに、胸の内で何かが温かく閃くのを感じた。

（……エリザベスは、お人形なんかじゃない）

アリスは、今はじめてエリザベスに出会ったかのように、彼女を眺めた。濡れそぼった金髪の少女。その細い手が水をかき、アリスを助けようとした。何の見返りもなく。人形はそんなことはしない。彼女は……。

「……アリス？」

アリスはエリザベスの白い面《おもて》にかかる濡れた髪をそっとかき上げた。指先に感じる温かな体温。そのまま指を下に滑らせ、まなじりに触れ、頬をなでる。細いおとがいの下の首筋に触ると、脈打つ血の流れさえ感じることができた。

母は水に飲み込まれ、アリスを愛した。そして、水をくぐり抜けて、エリザベスはアリスを助けようとした。

（……愛。これも愛だ……）

アリスはふいに訪れた天啓《てんけい》のようなその直感に体が震えるのを感じた。

（わたしは、今、彼女を愛した……）

第八章　命の水《ウシュク・ベーハ》

シャーロットは三日ぶりに見た空の青さに、目がくらむような感慨を覚えた。やはり外はいい。マケイブの空は、水の青を塗り重ねたような透き通った深みのある色で、どこで見るよりも美しいと思う。

三日前、アリスに連れていかれた湖から、びしょ濡れで帰ってきたシャーロットを見て、アレクサンダーは顔色を変えた。

「いったいどうしたんだ」

マケイブに受け入れられていない森の人を助けるために湖に飛び込んだ、とは言えなかった。

「あの……、水浴びをしようとして川に落ちちゃったの……」

すると、アレクサンダーはシャーロットを叱《しか》りつけてきた。普段穏やかな分、アレクサンダーは怒るとものすごく怖いのである。どうしてそんなことをしたのか。川に流されたら助からないこともある。風呂に入りたいなら用意させる。危険なことはするな、ということであった。全部もっともな言い分だったので、シャーロットは黙ってそれを受け入れた。

溺れかけたせいか、それともずぶ濡れで帰ってきたのもあるのか、熱が出て三日ほど寝込む羽目に陥《おちい》ってしまった。慣れない土地での疲れも出たのかもしれない。

熱で寝込んでいると、アレクサンダーが書類を抱《かか》えてやってきた。シャーロットの部屋でなにやら仕事を始めたようだ。

「……今日は畑に行かなくていいの？」

「種まきは終わったから、しばらく時間がある。もうすぐシーリングの季節だしな」

「シーリング？」

「羊の放牧に、高地にある夏の住居に皆で移動する。種をまいてしまえば、畑ですることはそれほどないからな」

うとうとしながら過ごしていて、時々目が覚めると、アレクサンダーがいる。机に向かっていることもあったし、こちらを眺めているのを感じることもあった。誰かと同じ空間を共有するというのは久しくない感覚だった。ずっと小さな頃は、熱を出したときにキャサリンが潰《つぶ》した生ニンニクとレモンと蜂蜜をお湯で割って飲ませてくれたものだ。なんともいえずまずい飲み物で、それを飲みたくなくて、風邪はひかないように気をつけたことを思い出す。そのキャサリンももういない。修道院では、熱が出るようなことがあっても、一人で寝ているだけだった。

でも、夢の中に、キャサリンは時々出てくる。幼い頃の姉は、シャーロットとは違って活発で、お節介な少女だった。

（エリザベス、これ、飲みなさいよ）

「……キャサリン、わたしそれ、嫌いなの。飲みたくない……」

（エリザベス、わがまま言っちゃだめ。飲まないと治らないわよ。鼻をつまめば大丈夫。

蜂蜜もたくさん入れたわ）

「本当？」

（本当よ。ほら、甘いでしょう。体がぽかぽかするわよ。ほらエリザベス、飲んで）

「……変なキャサリン。名前を間違えないでよ。わたしはシャー……」

「エリザベス」

よく通る低い声にはっとした。目の前にいたのはアレクサンダーで、キャサリンではなかった。アレクサンダーは湯気の立ち上る木のカップを持っていた。

「アレクサンダー……？」

「飲むんだ。風邪に効くぞ」

どうやら寝ぼけていたらしい。なにか変なことを言っていなければいいが。シャーロットはぼうっとしながら木のカップを受け取った。強いアルコールの匂いがした。

カップに入っていたのは、温めた酒に、柑橘《かんきつ》のジャムを入れたものだった。他にもハーブが入っているらしい。かなり強い酒で一口口に含むだけで体が燃え上がるようだった。

「これ、エディンバラで飲んだウシュク・ベーハね」

「よくわかったな」

忘れようにも、この味は強烈で記憶にこびりついている。

「このあたりでは手に入りづらいから、最後まで飲むんだぞ」

苦手な味だったが、そう言われると嫌だと言えず、なんとか飲み干した。確かに体はものすごく温まった。アイルランドの方から伝わってきたウシュク・ベーハは、度数が高く、製法が秘密にされているから、それなりに高価なのだ。しかし、ジェームズ王もお気に入りであるらしく、今スコットランドのみならず、イングランドにも急速に広まりつつあるのだという。

窓の外を見ると、そろそろ外は暗くなりつつあった。ブリテン島でも北に位置するマケイブは、今の時期だと午後九時ぐらいに日が沈む。

「……アレクサンダー、今日はずっとここにいてくれたの？」

「邪魔だったか」

「そんなことないわ。お仕事あるんでしょう？　わたしのせいで滞《とどこお》っちゃいけないから、明日はちゃんとみんなのところに行っててね」

アレクサンダーは寝台のそばの椅子に腰掛けた。

「余計なことは考えなくていい。やるべきことはやっている」

「……それなら、いいの」

「しっかり休め」

「……うん」

その晩はふわふわした気分で眠りについた。アレクサンダーは一晩中いてくれたようで、ときどき汗を拭《ふ》いたり、水をくれたりしたが、あまりよくは覚えていない。それでも、髪の毛をなでてくれる優しい手つきはおぼろに感じられて、ほんのりと幸せな気分になれたのだった。そのせいか、あるいはウシュク・ベーハのおかげなのか、翌日は調子もよくなり、それを見たアレクサンダーは出かけていった。その日はギャザリングと呼ばれる重要な集会もあったようだ。そうして三日目が今日である。ありがたいことに、アレクサンダーはお風呂を頼んでくれた。また溺れてはたまらない、ということらしい。これからは定期的にお風呂を用意すると約束してくれたので、髪を例の石けんで洗うのがかなり楽になる。一つ課題が減ってほっとした。

落ち込んでいた三日前とは違い、今は落ち着いた気持ちで周囲を眺めることができた。

シャーロットは、アリスに連れていかれた湖でのことを思い出した。

琥珀《こはく》色の水に飲み込まれ、沈んでいったあの瞬間、シャーロットは一度死んだのかもしれない。アリスを助けようとしたことが正しかったのかどうかわからない。実際のところ、アリスは溺れていたわけではなく、むしろ自分を助けてくれたのだから。

(でも、わたしはあのとき、自分がしたいと思ったことをした。そして、生きている)

それが答えだ。

(これから先は、たぶん、どういうふうにでも、生きていける)

青空の下、プレードをかき合わせながら、シャーロットはそう思った。

城の厨房《ちゅうぼう》は半地下の空間にある。シャーロットが下に降りると、意外な人物が待っていた。

「こんな時期に川に落ちるなんて、イングランド人は間抜けだな」

なぜかカイルがいた。シャーロットが川に落ちて寝込んでいたことは筒抜けらしい。

「……あなた、どうしてこんなところに……」

「イングランド人の作るお菓子がうまいなんて癪《しゃく》に障《さわ》るじゃないか。俺らが作ればスコットランドの菓子になる。あんたのことを見ててやるから、この間のをさっさと作れよ」

よくわからない理屈だが、どうやら先日のカードタルトが気に入ったので、作り方を知りたいということらしい。

「レモンジャムをもらったから、今日はレモンタルトにしようと思ったんだけど」

先日アレクサンダーにもらったウシュク・ベーハに混ぜてあったジャムは、レモンのジャムだった。その残りをもらったのである。

「しかたないな。じゃあ、それにしろよ」

口調はいちいち偉そうなのであるが、わくわくしている様子なのがわかって、シャーロットは少し微笑ましく思った。

厨房の人たちは、いつも遠巻きにシャーロットを見ているのであるが、カイルがゲール語で声をかけると一人二人と近づいてきた。

「なんて言ったの」

「お菓子を作るから一緒にやろうって言っただけだよ。あんた一人で黙って作ってるから、周りは近寄りづらいわけだしさ。てかさ、あんたなんでゲール語話さないんだよ。ハイランドにいるのに言葉がわかんないなんて信じられねえ」

「だって、急に結婚が決まったんだもの。来るとわかっていたら勉強したけど……」

「俺だってイングランド語話せるんだぜ。ここで暮らす気あるのかよ。やる気出せ」

「やる気だけで話せれば、苦労しないけど……」

「言い訳はいらねえ。ここからはゲール語で話せ。どうしてもわかんなかったら訳してやる」

「え」

カイルは突然ゲール語に切り替えた。何を言っているかわからない。ぼやっとしていると、カイルはイングランド語になった。

「料理始めろって言ったの。そら、始める。トイシハック」

「うん……」

「うん、じゃねえ。繰り返せ。おら」

「えと……おいちはっく」

「違う。トイシハック」

「トイシハック」

「うん、そうそう」

そんな具合で、カイルはゲール語でばんばん話しかけてきて、わからないとイングランド語に切り替え、単語をシャーロットに繰り返させた。料理をしながらなのでそれはかなり大変であった。

土台となるクラストペストリーを作る。小麦はないので、オーツ麦で代用する。バターを粉の半量、塩と水を入れてこね、石窯《いしがま》でタルト生地《きじ》として焼くのだ。石窯で焼いている間に、レモンジャムでフィリングを作る。レモンジャムに、豆からとったデンプンと水を混ぜて、後で焼き上がったタルトの上に乗せてもう一度焼くと、プルプルに固まった状態に仕上がるのである。

カイルは何をやっているのか一つ一つ聞いてくる。シャーロットが説明すると、それを厨房の人たちにゲール語で伝える。はじめは胡散臭《うさんくさ》そうにシャーロットを見ていた厨房の人たちだが、こちらでは見かけないお菓子なのか、途中からは興味津々《しんしん》という感じで眺めてきた。言葉はわからなくても、料理は料理である。カイルに伝えてもらったり、やり方を身振り手振りで伝えたりで、なんとなく交流できたのは嬉しかった。

できあがりはいい感じだった。こんがり焼けたタルトの上に、濃い黄色のレモンクリームが乗って目にも鮮やか、口に入れるとさくさくの生地に甘酸っぱい柑橘の香りと味が広がって、素直に美味《おい》しい。問題はマケイブの人たちの口に合うのかどうかである。

「ブラスト」

と、一口食べてカイルは言った。

「美味しい？」

うなずいて、カイルはレモンタルトにがっついた。あっというまに一切れ食べ終えてしまう。声をかけて厨房の人たちにも分けると、すぐになくなってしまった。

「くそ、むかつく。イングランド人の作る料理がどうしてこんなにうまいんだ……！」

そう言うと、厨房の人たちに何事かゲール語で話しかけて、捨て台詞《ぜりふ》を残して去っていった。

「いいか、明日も来るから何かうまいもん作れ！」

そういうわけで、なんだか妙な具合で料理を終えたシャーロットだったが、河原の方に歩いていくと、今度は突然森の方から人影が現れて抱きつかれた。

「アリス!?」

驚いて尻餅《しりもち》をついてしまう。一緒に草地に座り込んだアリスは、にこにこと笑っている。

「どうして、突然……」

アリスは口の動きでシャーロットに意思を伝えてきた。

『会いたかった』

「……アリス」

そんなふうに言われてしまえば、嬉しくないわけがない。どうせ、何かする当てがあるわけでも
乞《こ》われるままにアリスの導く先についていった。どうせ、何かする当てがあるわけでもない。アリスは声を出すことができないようだが、口の動きと文字で簡単な意思疎通はできた。一番の不思議は、なぜイングランド語がわかるのか、ということだったが、母親がイングランド語を教えてくれたらしい。ではその母親はどこにいるかというと、曖昧《あいまい》に笑って答えてはくれなかった。

アリスが連れて行ったのは、マケイブの領地の境にある森だった。入会地《いりあいち》からも畑からも離れているのか、森の中でマケイブの人たちを見ることはなかった。

「わたし、あの日から三日も寝込んでしまったの。アリスは、体調は崩さなかったの？」

そう尋《たず》ねると、アリスは首を左右に振った。

『わたしは水が好き』

「いくら水が好きでも今の時期に泳ぐのは、危ないと思うの」

アリスは少々不満そうに口をとがらせたが、すぐにうなずいてシャーロットの手を取った。

白樺《しらかば》の森である。緑の新芽が空を覆《おお》うように枝から伸びている。イングランドによくあ

るオークの森と違い、葉の一枚一枚が薄く、日の光がうっすらと透けているので、森全体が光に包まれているように感じる。まるで夢の中を歩いているような感覚さえ覚えた。

春の森は静かでありながら、生命に満ちている。アリスと一緒に白樺の木に耳を当てて、その樹液が吸い上げられていく静かな音を聞いたし、アカシカが森を駆け抜けていくのも見た。

「ねえアリス、あなた、この森で暮らしているの？　どうやって食べているの？」

アリスは答えない。

「一人で寂しくない？」

アリスはシャーロットを指さして口を動かした。

『ともだち』

「アリス……」

奇妙な縁である。アリスは話せないが、一緒にいるのは不思議な安心感があった。話さないからこそ、アリスの視線や態度から感じる好意が本物であると信じることができた。ハイランドにやってきて、アレクサンダー以外から初めて受ける優しい触れあいは、寂しさに凍《こご》えそうだったシャーロットの心をほっと暖めてくれた。

日が傾き始めた帰り際も、アリスはシャーロットを見つめて口を動かした。

『明日も会いたい』

「……うん。できたら来る」

手を振って別れたが、ほんわりとした余韻《よいん》が残った。

城に戻ると夕食である。食事は城の大広間で、家臣や領民たちも集まって食べる。コの字に並んだ細長いテーブルに、皆が並ぶ。春とはいえハイランドの夜は冷え込むので、暖炉の火が消えることはない。暖炉の火と人いきれの熱でも寒さが残るときは、大麦のエールで体を温めるのである。

シャーロットはアレクサンダーの隣の席で、何を話しているのかわからない、マケイブの人たちのゲール語を聞きながら食事をする。アレクサンダーのもとにはひっきりなしにプレードを着た男たちがやってきて、何か相談したり、時には一緒に笑ったりしている。食事はオートミールだったり、羊のチーズだったりと粗末だが、毎晩が宴会のようだ。アレクサンダーは領主ではあるが、イングランドのそれと違って、ずっと人々との距離が近い。ある意味マケイブの人たちは大きな家族のようなものなのかもしれない。

テーブルの端の方に、カイルが座っているのが見えた。年かさの男たちに囲まれているが、なんとなく緊張しているような表情である。しかし、ふとした拍子にシャーロットと目が合うと、とたんにいたずらを企《たくら》んでいるような顔つきになる。

今日は、昼間シャーロットと一緒に作ったレモンタルトもテーブルに並んでいた。

アレクサンダーに話しかけてくる人がはけた後、アレクサンダーの隣に座っていたマドックが、レモンタルトを口にして目を丸くした。マドックはアレクサンダーの片腕とも言っていい存在のようだ。よく一緒にいるのを見かける。

「これはうまい。奥様が作られたのか」

「カイルが厨房に来たから、一緒に料理をしたの」

「カイルと？」

それは相当意外だったようだ。アレクサンダーはカイルの方を見た。

「やれやれ、料理もイングランド風になっていきますな」

マドックはレモンタルトをぱくついた。アレクサンダーは微笑んだ。

「うまいんだから問題ないだろう。どんどん作って、みんなに食べてもらえばいい」

シャーロットは、周りを見渡した。

「なんだか不思議ね。同じお城に住んでるのに、カイルと全然話さなかったなんて」

城で働く人間も含めて、住んでいる人間はそれなりにいる。

「人が多いと却《かえ》って会わなくなってしまうこともあるのね。もっとわたし、周りを見ないといけないなって思ったの」

「カイルについては仕方がないところもある。カイルのそばにいるのが見えるか。彼らがカイルにこれまでいろいろ吹き込んできたからな。だが今は……」

確かに周りに大人はいるが、なんだかあまり相手にされていないような様子だ。カイルのそばにいるひげ面《づら》の男がレアードで、一方のやせぎすのごま塩頭の男はファーガスらしい。直接話したことはないが、時々シャーロットを見てくる目が冷たくて、あまり気持ちのいいものではなかった。

「兄が亡くなってから、しばらくレアードやファーガスに世話されていたんだが……」

「……お母さんは？」

「カイルを生んだときに亡くなっている」

女性が出産時に亡くなるのは、珍しくない世の中である。

「それで、結局あなたが引き取ったのね」

「そういうことだ。だが、どうも俺とは相性がよくないようでな。エリクがいたときは間に入ってくれていたんだが……」

なにかと問題があるようである。

「エリクも、早くよくなってくれるといいけど」

「まだかかるだろう。無理をしないでくれればいい。エリクには戻ってきてからいろいろしてもらうことがあるしな」

一緒にいたときはあれこれ言ってたような気がするが、エリクのことは信頼しているらしい。

（……わたしも、信頼してもらえるようにならなくちゃ）

シャーロットはそんなことを思いながら、大麦のエールを飲み干した。

それから、シャーロットがマケイブで過ごす日々は、少しずつ変わっていった。

一つは、思いがけずカイルと過ごす時間が多くなったためである。というのも、厨房に行くとカイルが毎日待っているのである。

「今日は何を作るんだ？」

と偉そうではあるが、シャーロットが作るお菓子を待ち望んでいるのは間違いない。しかし、カイルが厨房にいることで、思いがけず厨房の人たちと親しくなることができたのである。カイルは当然ながらゲール語を話すことができ、料理を作るときの通訳を自然と果たしてくれた。これまで遠巻きにシャーロットを見ていた彼らであるが、やはり目新しい料理は気になるらしい。

「だいたいさ、あんた一人で突然やってきて、勝手に料理し始めたら、厨房の奴らにしたら面白くないに決まってるだろ。備蓄食材も使いだすし、はっきり言って邪魔だよ」

カイルは周りの目をはばかってか、イングランド語でそう言ってきた。

「でも、アレクサンダーにはちゃんと断ったわ」

「そりゃ、族長の命令は絶対だから、うんって言うだろうさ。けど、現場の本音と違うことは当然考えられるだろ？」

それはその通りである。だが、言葉がわからないのだから、シャーロットとしては対応のしようがない。しかし、カイルがいることで、意思疎通が可能となり、使っていい食材や、機材の使い方がわかるようになり、彼らの態度も軟化したようである。

厨房のチーフはマルビナという四十過ぎの恰幅《かっぷく》のよい女性である。カイルの忠告に従い、厨房の流儀を守るようにしたところ、料理について質問をしてきたり、また逆に新しい提案をしてきたりするようになった。

マルビナや、他の料理人が教えてくれたことからわかったことは、スコットランドでは、グリドルと呼ばれる鉄板を使った料理が多く、お菓子もまたその伝統に従っているということである。大麦やオーツ麦は、小麦に比べると膨《ふく》らみが悪く、どっしりとした焼き上がりになることが多いので、イングランド人がよく使う石窯よりも、グリドルを使った方が素材をうまく生かせるということがわかった。

また、カイルはマルビナたちに何を頼んだのか、シャーロットの作ったお菓子を、夕食時に配るようにしたようだ。大広間での夕食は毎晩多くの人が集まる。そこでのお菓子の評判は悪くないもので、これもまた人々のシャーロットへの態度の軟化に役立ったのだった。

「ねえ、カイル。どうしてお菓子を配ることにしたの？」

お菓子を配るようになった数日後、シャーロットは聞いてみた。

「べつに、特別なことじゃないだろ。せっかく珍しいもん作ったならみんなで食えばいいっていうだけの話だ。それに、あんたが何やってるか、少しは理解されるだろ」

カイルはどうということもなくそう言ったが、ふと聞き返してきた。

「あんた、昼間は何やってるんだ？　仕事ねえの？」

「まずはマケイブに慣れるのが先だから、特に言われてることはないの」

シャーロットが言うと、カイルは嫌そうな顔をした。

「あいつ、ろくでもねえな。自分の嫁さんをほったらかしやがって」

アレクサンダーのことを悪く言われると、なぜかこちらが腹立たしくなる。

「わたしが自分で言ったの。アレクサンダーは立派な人よ。やらないといけないことがたくさんあるんだもの。わたしなんかのことで足を引っ張ったらいけないもの」

「あんたら、新婚だろ。そんな他人行儀でいいのかよ。部屋だって別々なんだろ。もっとなんかこう、盛り上がるもんじゃねえの」

「……それは、事情があって……。盛り上がるも何もないというか……」

結婚というものについて、わかっているのかどうなのかもあやしい十二歳の男の子に、どうしてそんなことを言われなければいけないのか、とも思うが、何でもすぱすぱ話してくるカイルの言い様は小気味よく、また年下であることも手伝って、シャーロットも忌憚《きたん》なく話すことができた。思えば、これまではいつも人の顔色を窺《うかが》って話していたような気がする。

もうひとつ、シャーロットが気になったのはエールについてだった。大麦を醸造して作るエールは、スコットランドの地酒である。大麦とオーツ麦は、マケイブで作られる主要な穀物であるが、古くなった麦は保存方法の一つとしてエールに作り替えられることが多い。

「……これ、ウシュク・ベーハにできないかしら」

「ウシュク・ベーハ？」

「エディンバラで飲んだの。とても強いお酒で、王様もお気に入りなんですって。修道院が作り方を独占しているけど、もしもマケイブで作ることができたら、確かな現金収入になるわ」

「けど、作り方は秘密なんだろ？」

「イングランドにいたときに、小耳に挟んだことがあるの」

修道院にいたときのことである。ミントなどのハーブから蒸留器を使って精油を精製し、薬にすることはよくあった。最近アイルランドの方から入ってきた薬酒も同じような手法で作られているらしいのだと。

「要は、お酒の中の成分を分離すればいいのよ。ミントを精製する場合は、温めたときに出てくる湯気の成分が、温度によって違うのを利用するの。理屈がわかればそんなに難しいことじゃないわ。同じようにエールを温めてみれば……」

「ふうん、おもしろそうじゃねえか」

カイルは興味津々、という様子で目をきらきらさせてきた。

「俺はあんたと違って忙しいけど、手伝ってやらないこともないぞ」

ということで、アレクサンダーに許可を得ることにした。

夜に、カイルとウシュク・ベーハ作りをしてみたい、と言うと、アレクサンダーは目を丸くした。

「それは、構わないが……カイルと一緒に？」

「わたしは言葉がよくわからないから、カイルがいてくれると助かるの」

「確かにそれはそうだろうが……、本当にカイルが手伝うと言ったのか？」

「そうよ。カイルは……ちょっとひねくれてるところもあるけど、結構親切だと思うの」

アレクサンダーは少し考えこんだ様子だった。

「何か問題があるの？」

「……いや。君が嫌でなければ一緒にやってみてくれ」

アレクサンダーはそう言って微笑んだ。

夫に微笑みかけられただけでこれだけ嬉しい気持ちになるというのが不思議だった。

翌日から、カイルと共にウシュク・ベーハ作りを試してみた。修道院にあるような蒸留器があればいいが、それもないのでまずはエールを鍋で煮てみた。鍋の蓋《ふた》についた蒸気を冷やすと、それは確かにエールよりも強い酒精を含む液体となった。

「でも、これだと、蒸発して飛んでいっちゃう分も多いし、普通に水気も多いな」

「火にかけてぐつぐつ煮る必要はないのかも。酒精の成分は水より蒸発する温度が低いみたいだから、湯煎《ゆせん》してみたらどうかしら」

という具合で、二人は工夫を重ねていった。それは一日で終わるようなものでもなく、何日もかけて改良を重ねる作業の連続である。失敗も多いが、もくろみがうまくいったときの喜びは代えがたいものがある。そして同時に感じるのは言葉の重要性だった。

「……言葉が通じるって、とても大事ね」

「だから言ってるだろ。さっさと言葉を覚えろって」

「うん。感謝してるわ」

シャーロットが言うと、カイルはまんざらでもない様子である。がんがんゲール語を使ってくるカイルと過ごすようになってから、言葉が少しずつわかるようになってきている。

「カイルはどうしてイングランド語をしゃべれるの？」

「……父上が言ったんだ。ジェームズ王は強い王だ。これからのスコットランドでは王権が強くなる。マケイブでも、王の影響力が強くなるのは間違いない。独立を保てないような時、場合によってはイングランドの力も借りる可能性があるから、どっちもしゃべれるようになっとけってな」

「……立派なお父さんだったのね」

「そうだ。父上は立派な方だった。本当は父上がマケイブを率いていくはずだったんだ」

「でも、アレクサンダーも……マケイブをいい方向に持っていこうと頑張ってるわ」

シャーロットの言葉に、カイルは面白くなさそうな顔をした。

「……あいつが父上とは違うやり方で、結果を出してるのは認める。けど、あそこにいるのは、父上のはずだったんだ」

カイルは、忙しいとは言っているものの、実際はシャーロットといるとき以外は一人で過ごすことが多いようだった。確かに食事の時は、レアードやファーガスとかいった大人たちに囲まれてはいるが、それ以外はあまり相手にされていないような様子である。もしも、彼の父が生きていたらまた違った未来があったのかと思うと、カイルがアレクサンダーに対して頑《かたく》なな態度になってしまうのはわかるような気がした。

ウシュク・ベーハ作りをはじめて一月《ひとつき》ほど経《た》った頃には、鍛冶屋に頼んで蒸留器を作ってもらった。鍋の蓋に穴を空け、そこに長い筒を横につなげたようなものだ。エールを温め、上がった蒸気が蓋に取り付けられた筒を通る。筒を通る間に冷えた液体をコップに集めると、それはエールを遥《はる》かにしのぐ強烈な酒となっていた。エディンバラで飲んだウシュク・ベーハとは風味は違うものの、これはこれで味わいが深い。

シャーロットとカイルは手を取り合って大いに喜んだ。

「すげえな。秘密の酒も作ろうと思えば作れるんだな。エールを蒸留して作るわけだから、蒸留酒ってところか」

「まだ量が少ないけど、何日か蒸留を続ければ、みんなに試し飲みしてもらえるくらいできるはずよ」

シャーロットは、薄い茶色に染まる透明な液体を眺めた。

「ねえカイル、ありがとう。あなた、わたしが一人でいるのを見かねて声をかけてくれたんでしょう。おかげで言葉も少しだけどわかるようになったし、ちょっとだけマケイブの人たちとも仲良くなれたわ」

「……べつに、特別なことじゃねえよ。一人でほっとかれるのは、結構辛《つら》いことだからな。それよりエリザベス、この間森で見かけたけど、一緒にいた背の高い女はなんだ、あれ。マケイブの人間じゃねえだろ」

どこかでカイルに見られたようだ。

「……お友達なの。しゃべれないけど、すごくいい人で……」

「おい、あんたマケイブの嫁なんだぞ。外の人間と下手《へた》に仲良くしていいのかよ」

「別に悪いことをしているわけじゃないもの」

カイルと共に過ごすのとは別に、シャーロットはアリスとも頻繁《ひんぱん》に会った。カイルとの接触が言葉というものの重要性を感じさせたのとは異なり、アリスと一緒にいるときに感じるのは、言葉がなくても伝わる気持ちというものだった。

森の人であるアリスは、人目をはばかるようにやってくる。そうして、シャーロットの姿を認めると、輝くばかりの笑顔で迎え入れ、抱きついてくる。それは、無条件の愛情というものに飢えているシャーロットにとっては、蕩《とろ》けるほどに魅力的なものだった。

二人でいるときは、たいていシャーロットが午前中に作ったお菓子を食べて、それから一緒に過ごした。河原を歩くこともあったし、森を散策することもあった。ヒースの茂る荒野を眺めることもあった。アリスはかごを手に、あちこちに生える野草を採取していた。薬にするのだという。なるほど、もしかしたらアリスは治療師として生計を立てているのかもしれない。時には、ユキノシタやブルーボネットといった野草を花束にして、シャーロットにくれることもあった。そして、驚くことに、森の中に住む雉《きじ》やウサギといった動物の狩りさえもする。森は基本的に領主のものであり、狩りができるのもその一族や認められた者だけだ。それ以外の者が森の恵みを狩るのは禁じられているのである。にもかかわらず、アリスは意に介さず罠《わな》にかかったウサギを捕る。

アリスは自由だった。白樺《しらかば》の森にあって、誰の支配も受けず、何者にも施《ほどこ》しを受けず、生き抜いている。その姿は、しがらみに搦《から》め捕られてスコットランドに来ることになったシャーロットには、眩《まぶ》しく映った。そのことをアリスに言っても、不思議な笑みを浮かべるだけだった。

アリスが手をつないでくるとき、骨張ってやせているのを感じる。食べるものも多くないのか、背が高いのも相まって、およそ女性らしい丸みというものは感じられなかったが、むしろそれが中性的な、冴《さ》え冴《ざ》えとした美貌を際立《きわだ》たせていた。

その日は、荒野の端に来ていた。荒野と言っても、生命の気配がないわけではなく、むしろ人間以外の生き物がしたたかに生きている気配を感じられる。曇り空の下、赤茶けたヒースの茂みが広がり、時々ノビタキが空を飛んでいるのが見えた。所々でのっそり動いて見える生き物は、ハイランドカウと呼ばれるふさふさした毛足の長い牛だ。こんな所にも適応しているのかと思うと、生命の力強さを感じた。

シャーロットはアリスにはいろいろなことを話した。アリスはマケイブの人とは接触がないし、声を出せないようなので、何を話しても秘密が漏《も》れる心配がないというのも、安心だった。けれども、誰かが自分の言葉と思いを受け止めてくれるということが、これほど心を和《なご》ませてくれるのだとは、シャーロットは知らなかった。話す内容は他愛のないことがほとんどだ。マケイブの寒さが大変だということ、食べ物がイングランドとは違って少々口に合わないこと、厨房のおばさんがちょっとずつ話してくれるようになって嬉しいということ……。そんなくだらないこともアリスは楽しげに話を聞いてくれる。ちゃんと聞いてくれているのは表情でわかったし、簡単な意思を口の動きで伝えてもくれる。

その日も、いつものように、ウシュク・ベーハ作りについて、当たり障《さわ》りのないことを話していたが、ふとカイルのことに話題が及んだ。

「カイルのこと、かわいそうだとは思うけど、それくらい尊敬できるお父様がいるのは、正直うらやましいなって思ったの。……そういう、家族がいたことが」

『家族』

「うん、わたしには、家族っていないから。母も、姉も亡くなって……、父は家族とはとても言えないし。わたしを妹の身代わりにスコットランドにお嫁に出すような人だもの」

アリスがエリザベスやノエル伯爵について知っているとも思えなかったので、ごく自然にシャーロットは話していた。

『ともだちは、新しい家族』

アリスが慰《なぐさ》めるためにそう言ってくれたのかと思うと優しい気持ちになれた。

「そうね、そうだといいけど。でも、家族と友達はちょっと違うと思うの。もちろん、アリスのことは大好きだけど」

アリスは微笑んだ。

『夫は、新しい家族』

夫、という言葉に、シャーロットは少し考え込んだ。

アレクサンダーとは毎晩話すけれど、最近は一緒にいることも少ない。だいたい周りには家臣と思われるマケイブの男たちがいて、難しい顔をして話していることが多いし、忙しいのだから仕方ない。しかし、色っぽい話が皆無なのはエリクの言っていた通りだった。

（でも、忙しそうなのに、わたしが熱を出したら、一日一緒にいてくれた……）

そう思うと申し訳ないし、しかし同時に心が暖かくなる気がする。ふと、エリクに聞かれたことが脳裏によみがえった。

（わたし、アレクサンダーのことが好きなのかしら……）

アレクサンダー。自分の夫。好きでも嫌いでもその事実は揺らがない。だけれども、一緒にいると安心できるし、その一方で妙にどきどきもする。一つ言えることは、彼は尊敬できる人間だということだ。

「そもそも、好きって何なのかしら……」

シャーロットはつぶやいた。シャーロットの言葉を聞いたアリスが手を伸ばして頬に触れてきた。と思うと、顔が近づいて、唇が触れ合っていた。

「アリス!?」

シャーロットは驚いて身を引いた。

『好きだと、こうしたくなるよ』

「でも、女の子同士でしょう!?」

アリスは形の良い唇に不思議な笑みを浮かべると、身を翻《ひるがえ》して、その場でくるくると回った。青い粗末なガウンの裾《すそ》がふわりと浮き上がった。

シャーロットは思わず唇に手を当てた。それはなんとも言えない感触で、一度だけ交わしたアレクサンダーとの口づけとはまた違うものだった。


一日の終わり、夕食の前に城の地下でバグパイプの練習をするのがアレクサンダーの密かな日課である。川の水が流れ込む地下は、族長とその家族だけが知っている秘密の空間である。また、音が漏れにくく、練習をするにはぴったりである。

バグパイプの演奏が好きな理由は、昔父に褒《ほ》められたからだ。アレクサンダーが何をしても大して興味を示してくれなかった父だが、初めてバグパイプを吹いたときに、その音量を褒めてくれた。

『おまえにしてはなかなか悪くないじゃないか。それなら十分敵を威嚇《いかく》できる』

そう言われて以来、アレクサンダーはバグパイプが好きになった。しかし、生前兄に、『おまえにバグパイプは難しいんじゃないか？　他にも楽器はあるぞ』と言われてしまい、人に聞かれるところでは練習はしないようにしている。時々人前で披露《ひろう》することはあるが、あまりはかばかしい反応は得られていない。それで、楽器の調子が悪いのかとエディンバラで修理に出したのだった。

（エリザベスはきちんと聴いてくれたな）

旅の途中で演奏を披露したとき、エリザベスは最後まで聴いてくれた。そして、『音楽には詳しくないけど、不思議な音色ね』と感想まで言ってくれたのだった。つまり、これまでは楽器の調子が悪かったわけで、アレクサンダーの演奏はそれなりなのだろう。

そのエリザベスとは、この頃あまり一緒にいない。

『族長、最近、奥方と一緒にいないですね。やはり、イングランド人は……』

と聞いてきたのは、マドックである。敬意は払ってくれているが、つきあいが長いがゆえに、アレクサンダーの中に未《いま》だに幼い頃の面影《おもかげ》を見ている節《ふし》がある。

『イングランド人であることは関係ないだろう。それぞれやるべきことがある』

『まあそうですが。それにしても近頃はようやく襲撃も減りましたな』

マドックはアレクサンダーに血止めのマリーゴールドのチンキを渡してくれる。

エリザベスには、領域内では安全だと言ったが、実際はそうではない。時々、アレクサンダーは何者かに襲撃されたり、罠を仕掛けられたりする。先日などは、ガースの鞍《くら》の下に小石が仕込んであった。アレクサンダーがガースに乗ると、その重みで小石が食い込む。突然の痛みにガースが暴れだしたのである。うまく降りることができたので難は逃れたが、一歩間違えばとても危ない。アレクサンダーは未だに命を狙われている。

（エリザベスに被害がないのが幸いだが）

エリザベスに対する人々の反応は様々だった。イングランド人であるエリザベスに敵意を見せる者もいるし、ジェームズ王肝入《きもい》りの妻であるから丁寧《ていねい》に扱うべきだと主張する者もいる。

エリザベスは、本人が意識していないとしても、マケイブに静かな波紋をもたらした。最初、領民たちは、言葉もわからない異国の妻に、どう接していいか決めかねている様子だった。イングランド人であるエリザベスに敵意を示したグリアを締め出したことで、アレクサンダーが妻をないがしろにするつもりはないことを、領民たちは理解した様子である。かといって無条件に受け入れるのも抵抗があるのか、積極的に接触しようとする者はいなかった。しかし、良くも悪くもエリザベスは主張が少ない。城の切り盛りをすると張り切るわけでもなく、イングランドの風習を押しつけてくるわけでもない。妻とは名ばかりの、異国の少女が一人マケイブに入り込んだというだけの状況であるから、特に人々の生活に変化が起きたわけでもない。エリザベスの存在は、今となっては、『そういえば族長はイングランド人と結婚したんだっけ、目立たないけど』ぐらいのところに落ち着いている。

とはいえ、一度水に落ちて熱を出したときは、何も手がつかないほど心配をした。ノエル伯爵によるとエリザベスは身体が弱いという。熱のせいか朦朧《もうろう》としている様子なのが痛々しく、危険な川で水浴びするほど風呂が好きならば、毎晩用意させようと密かに心に決めたほどである。その中で気になったのが、エリザベスの寝言だった。

（……キャサリン）

エリザベスは寝言で何度もその名を呼んだ。ありふれた名前ではあるが、記憶の中で引っかかるものがあった。そして、もう一つの寝言も気になった。

（シャー……？　それが『エリザベス』の本当の名前なのか）

彼女が抱える何らかの事情。気にならないと言えば嘘になる。話してもらえるほどには信頼されていないのかと思うと、心に波風が立つのを感じる。

そんな彼女に意外な人物が近づいた。甥《おい》のカイルである。

兄ダンカンの遺児であるカイルは、城に引き取って以来、ずっとアレクサンダーに反抗的だ。甥ではあるが、アレクサンダーは長くフランスにいたため、カイルとはほとんど交流がなかったし、ダンカンが亡くなったときに、カイルは母方の叔父《おじ》であるレアードに引き取られていた。父が亡くなり、アレクサンダーが族長の地位を継ぐことに、頑強に反対し、カイルを推《お》したのもレアードである。結論としては、カイルが幼すぎるということでアレクサンダーが族長となったが、遺恨が残ったのは確かなことだ。

そのカイルを引き取ることにしたのは、ある事件を目撃したからだ。半年前に大がかりな狩りを行ったことがある。食料を得るためにも必要であるし、また、男たちにとっては楽しみの一つでもある。子供であるカイルは本来参加できないはずだったが、レアードと共に参加し、猪を一頭仕留めていた。狩りが終わった夕方、何気なく通りかかった藪《やぶ》の入り口で、アレクサンダーはカイルを見かけた。何かを撲《ぶ》っている音がした。見ると、綱で縛り付けた猟犬を、木の枝でぴしぴしと打擲《ちょうちゃく》していたのだ。

「何をしている！」

アレクサンダーは止めに入った。カイルはぎくりとしたように手を止めたが、すぐに言い返した。

「こいつが猪を一頭逃がしたんだ。きちんとわからせないと」

「それは飼い主の失敗だ。自分の失敗を犬に当たり散らすのは卑怯《ひきょう》者のすることだ！」

するとカイルは顔色を変えて怒鳴って走り去っていった。

「俺は誇り高きダンカンの息子だ、族長の地位を簒奪《さんだつ》したおまえに言われたくない！」

いったいレアードは何をカイルに吹き込んできたのか。かわいそうな犬を解放しながら、アレクサンダーは危惧《きぐ》を感じずにいられなかった。カイルの子供らしい正義感が誤った方向に進んでいる。アレクサンダーは、すぐにカイルを城に引き取った。だがアレクサンダーにはいっこうに心を開かず、エリクや他の者に面倒を見てもらうほかなかった。また、レアードも隙を見てはカイルに接触していた。しかし、アレクサンダーが正式に王に族長と認められ、先日の集会《ギャザリング》でレアードとファーガスもようやくアレクサンダーへの忠誠を誓った。

これによりレアードたちもカイルを見限ったようである。エリクもおらず、はしごを外された形となったカイルは近頃一人でいることが多かったようだ。

そんな有様だったのが、いったいどういう経緯《いきさつ》なのか、エリザベスと交流するようになり、近頃は二人でウシュク・ベーハ作りまで試しているようである。

エリザベスは不思議な存在だ。弱々しく、目立たないようでいて、そよ風のように人の心に入り込んでくる。

「アレクサンダー」

突然声をかけられてアレクサンダーは顔を上げた。声変わり前の微妙な声色だった。

「顔貸せよ。あんたに話したいことがあるんだ」

例の犬の事件以来、ろくな会話を交わしていないカイルである。いったいどういう風の吹き回しか。

「よくここがわかったな」

「他の奴らはわからねえだろうけどな。これでも俺は前族長の息子だぜ。俺がここを知ってても不思議はないだろ。夕方になると悪魔の泣き声が地下から聞こえるって有名だ。あんたのバグパイプがその正体だと知ったら、みんな驚くが納得するだろうな」

アレクサンダーはバグパイプを椅子に立てかけた。バグパイプの奏者は戦いの時に先頭に立って演奏し、味方を鼓舞《こぶ》し、敵を威嚇する。悪魔の泣き声ならば褒め言葉だ。

「アレクサンダー、あんた、自分の妻を放り出して毎日何してんだ？」

カイルはまだ小柄な体を精一杯に背伸びさせて、アレクサンダーに対峙《たいじ》してくる。プレードを身につけ、小物入れ《スポーラン》を腰から下げた姿は、大人と変わらない格好だ。

「放り出しているわけではない。自由にしていいと言っているだけだ」

「初めての土地で、言葉もわからない状態でか。それは放り出してるだけだろう」

カイルは憮然《ぶぜん》として言った。アレクサンダーは黙り込んだ。これまで口もきかなかった甥がわざわざ話しに来たのは、よりによってエリザベスについてである。しかも、それは微妙にアレクサンダーが気にしているところを突いてきていた。カイルの言う通り、冷静に考えれば、本人が望んだとはいえ、現状エリザベスは一人で過ごしていて、放り出していると言われても仕方がないかもしれない。エリクがいれば、エリザベスを任せることもできただろうが……。つくづくエリクがいないのは痛手だった。エリザベスの世話は、マドックに頼んだ方がいいかもしれない。マドックはかつて戦争でイングランド兵に左目の光を奪われたという。ゆえにイングランド人をあまり好いていないようだが、エリザベスには暖かい視線を送っている。

しかし、エリクがいない以外にも、そうしてしまう原因には、旅の終わりに言われた一言がある。エリザベス自身はイングランドに思い人を残しているであろうに、こちらは愛人を作るなとは身勝手な言いぐさではないか。もちろん、愛人など作る気はないが、なんとなく面白くない気持ちがあるのは否定できない。

「……こちらにも事情がある」

アレクサンダーはかろうじてそう言った。

「アレクサンダー、あんた族長だろ」

カイルは言った。

「族長ってのは、このマケイブでは絶対的な力を持つ。あんたの前では、だれもが弱者だ。だからこそあんたは、本当に弱い者に気を配るべきじゃないのか」

ふと、アレクサンダーはカイルの姿に、兄ダンカンの姿が重なったような気がした。年の離れた兄は、豪放磊落《ごうほうらいらく》でありながら、人の心の機微《きび》をつかむのがうまい、誰からも慕《した》われる男だった。アレクサンダーが族長になった経緯《いきさつ》とは違い、彼が次の族長になることに、父をはじめとして異論を唱える者はいなかった。もちろん、カイルはまだ幼く、ダンカンの器《うつわ》にはまったく及ばないが、正しい方向に進めば、きっとマケイブを担《にな》う一翼《いちよく》となるだろう……。

「とにかく、エリザベスはここではまだ弱い立場なんだから、あんたがしっかりフォローしないとだめだろうって、俺は言いたいんだ。ときどき、森で得体《えたい》の知れない奴と会ってるみたいだし……」

「……それは男か」

「女みたいだけど」

「それならいいだろう」

「よくねえよ。族長の奥方が森でふらふらしててどうすんだよ。城の切り盛りとか、本来はするべき仕事もあるだろ？」

「まだ言葉もわからないし、そもそもハイランドの習慣に慣れていないだろう」

「だから！　あんたがそれを教えないでどうすんだよ！　人間、放っておかれるのが一番辛いんだ」

　カイルの声は切実なものがあった。

「あんた、いったいエリザベスのことをどう思ってるんだ？　ちゃんと、好きなのかよ」

　アレクサンダーは一瞬考えた。エリザベスを嫌いではない。情はある。では好きなのか、愛しているのかと問われると……。

　突然、アレクサンダーの中で、それは形となり、言葉となった。

（……そうか、俺は、エリザベスを……）

「おい、アレクサンダー、なに顔を赤くしてるんだよ。どうなんだよ」

「……いや……。おまえに言う必要があるか？」

「いいか、俺が族長だったら、俺がエリザベスの夫だったんだ！　俺がエリザベスの夫だったら、あんなふうに放っておかない。けど、実際の族長はあんただ。あんたなんだよ！」

アレクサンダーはそう言い放つカイルの姿を見ながら、悟った。つまり、カイルも、エリザベスのことを……。

ふいに、アレクサンダーは、自分の過《あやま》ちに気づいた。カイルのことをずっと子供だと思っていた。だが、カイルは男として自分の道を歩き出そうとしている。早すぎる父の死ゆえに進む道に迷った。だが、異国からやってきたエリザベスと出会い、本来あるべき姿を取り戻そうとしている。であれば、きちんとそれに向き合わなければならないのだ。

「カイル」

アレクサンダーはカイルをまっすぐに見た。

「……なんだよ」

「おまえの言う通り、俺は族長だ。エリザベスは俺の妻で、誰にもやらん」

カイルは面白くなさそうにアレクサンダーを見た。

「だが、俺に何かあったときに、族長になるのはおまえしかいない、よく自覚しろ」

その言葉に、カイルは顔を上げた。

「マケイブにいる民の命をすべて背負うんだ。その意味がわかるか」

「命……」

「春に畑にまく種がきちんとあるように、夏に攻めてくるかもしれない敵を追い払えるように、秋に安心して収穫ができるように、冬に寒さと飢えで苦しむことがないように。それだけのことだ。だが、それっぽっちのことが時に難しいことがある。族長の采配一つで、すべてが変わる。あらゆる場面で、おまえだったらどうするか、考えてみろ」

「俺が……」

カイルがそうつぶやいて、息を呑むのがわかった。

「やるさ、やってやる。俺は誇り高きダンカンの息子だ」

カイルはそう言い置くと、ふいと歩き去った。

カイルが立ち去るのを見届けて、アレクサンダーは、静かに考えにふけった。

(俺がこんなことを言うことになるとはな)

アレクサンダーがカイルぐらいの年の頃は、もっと痩《や》せていて小さかったし、あんな反骨精神もなかったような気がする。

ハイランドの氏族を率いるには、血筋はもちろん大切だが、実力も必要だ。さもなくば近隣の氏族に攻め入られ、滅びてしまうだろう。だから単純な世襲ではなく、首領選定制度《タニストリー》という制度があるといえる。

ひ弱な少年だったアレクサンダーは、そういう意味では、当時は氏族長の候補にかすりもしていなかった。

それでも、ハイランドの男子のならいとして、剣の練習もこなさなければならなかった。ごくまれに、父のギリクがアレクサンダーと手合わせをしてくれたが、大抵はさんざんに負けて、冷たい視線を浴びるばかりだった。当時の彼には、剣は重すぎて、全く思う通りに動いてくれなかった。

そんなアレクサンダーに、兄のダンカンはよく練習につきあってくれた。ダンカンは腕っ節《ぷし》が強く、剣などなくても並の男はあっさりとやっつけてしまう。しかし、剣技はさらに見事なもので、持ち上げるのも苦労するような大剣を軽々と扱い、見惚《みと》れるような動きで敵を倒すのだ。眩《まぶ》しいほど完成された戦士であるダンカンと、本当に自分は兄弟なのだろうか、と時々疑いたくなるほどだった。

「アルは筋がいい。今は体が小さいからうまく剣が扱えないだけで、そのうち強くなる、心配しなくてもいい」

ダンカンは稽古《けいこ》をつけてくれたあとに、よくそう言ってくれた。

「……でも、このまま背が小さいままだったら強くなれない」

一度くらいは、父に褒められてみたかった。

「確かに、背が伸びるかどうかは神の知るところだが、俺や、親戚を見ていても、あとから大きくなる奴が多いから、そんなに心配するな」

兄はそう言ってぽんぽんとアレクサンダーの背をたたいたものだ。

「だけどな、本当は上に立つ者が、強い必要はないんだ」

「でも、兄さんは強いじゃないか。それに、父さんは、マケイブの男は強くなきゃいけないって……」

「俺はたまたま剣ってもんが好きで、気がついたら強くなっちまっただけだ。それに、親父はああいう考えの人だからな。まあ、間違っちゃいないよ。けど、それだけじゃない。もっと大事なのは、全体を見回して、今何が必要か知ること、それから、正しい指示を出すことだ。あと、大事なのは、間違ったときに、意地を張らずに方向転換できることだな。これができれば、別に剣なんて弱くたって問題ない」

　ダンカンはおおらかに微笑む。

「その点、アルは細かいところにも気が回るし、努力家だし、全体を見る目もある。何の問題もない。俺や親父に何かあったときは、おまえがマケイブを率いるんだ、頼むぜ、兄弟」

　ダンカンの言葉は、劣等感にさいなまれていたアレクサンダーの心に染《し》み渡った。

「俺にそんなこと……」

「別におまえ一人でやらなくてもいいんだ。人間一人が持ってる能力なんて、たかが知れてる。だから、いろんな人の力を借りればいい。実際、俺は大したことはしてないしな」

「そんなことないよ。兄さんはすごいって、父さんも、みんなも言ってる」

「そうかあ？　だとしたら周りがいろいろやってくれてるんだよ。俺は計算が苦手だから、そういうのは親父の代から頑張ってるエドガーに任せてるし、マドックも細かい領地運営に力を貸してくれる。荒事はファーガスやレアードが得意だしな。周りに助けられてばかりだ」

兄には永遠に敵《かな》わない。眩しく笑うダンカンの横顔を見ながらアレクサンダーはそう思ったのを覚えている。ダンカンには人を見る目があった。これはと思う人物を信頼して重用し、それに応《こた》えようとして周りはさらに励む。そして、不正を犯した人間には、断固とした対応をする。マケイブの中で良いサイクルが回っているのが、子供だったアレクサンダーにもわかった。聡《さと》い人だったから、ギリクが引退し、会計を任されたあとならば、エドガーの不正にも必ず気づいたはずだ。ファーガスやレアードが未だにダンカンを慕うのもよくわかる。

アレクサンダーは、父や兄とは違うやり方でマケイブを率いている。今でも、兄の方が族長としてはふさわしいのだろうと時々思う。だが、アレクサンダーはアレクサンダーのやり方で皆を率いるしかない。そして、カイルもカイルの道を探すしかないのだ。

ふと、思い出すのは、何年も前、フランスからマケイブに戻ろうとしていたアレクサンダーの前に現れた、赤毛の少女だ。アレクサンダーに、よい族長になれると言ってくれたあの少女。幻のような彼女の言葉が、今でもアレクサンダーの心を支えてくれる。

（……似ている）

もちろんそんなはずはないが、時折、あの少女とエリザベスが同じ人間なのではないかと思うことがある。さりげないエリザベスの言葉が、アレクサンダーの心を癒《い》やすのだ。

カイルもまた、エリザベスに心を動かされたのだろうか。

(どこで、そうなったのか)

一緒に料理をしながらか。それとも、ウシュク・ベーハの作り方を考えながらか……。

しかし、どこかのタイミングで、カイルもまたエリザベスに惹《ひ》かれたのだ。

人の心は不思議だ。わずか十二歳の子供の一言で、自分の心が明らかになることもあるし、思いが「言葉」という形をとることで、すべての説明がつくことがある。これまでアレクサンダーが、エリザベスと彼女を取り巻く環境について感じていた、面倒ごとや、不快感や、好ましさや愛《いと》しさという、形にならない感情は、すべて一つの言葉で説明できる。

(愛している……)

エリザベスを愛しているから、イングランドに残しているであろう思い人が気に食わないし、愛人を作るなと言われて腹が立ったし、熱を出した彼女を放っておけなかった。

そして、それはおそらく、最初の出会いの時から……。

シャーロットが荒野から帰ってくると、いつものように大広間での食事となった。シャーロットの席はアレクサンダーの隣であり、否応《いやおう》なくその存在を意識させられた。

(アリスとキスをしちゃった……)

いや、相手は女の子であるから、問題はない、ような気がする。問題は、隣にいる夫である。アリスによると、好きならキスをしたくなるのだという。

（わたしは、アレクサンダーとキスしたいのかしら……）

確かに結婚式で一度そういうことをしたのであるが、あれは半分事故みたいなものであり、正式にカウントしていいかどうかもわからない。

（逆に……アレクサンダーは、どう思っているのかしら……）

そんなことを悶々と考えていると、隣の夫が声をかけてきた。

「エリザベス」

「あ、はい」

「ウシュク・ベーハはどうなった」

「……今日、すこしだけど作ることができたの。カイルのおかげよ」

「……そうか。君のおかげでカイルも随分いい方向に行っていると思う。感謝する」

カイルのいる方を見ると、いつもの大人たちとは離れたところで黙々とシチューを食べている。これまでの取り巻きは、カイルを見放したということだろうか。それはそれで気の毒な気がしたが、確かにカイルはシャーロットと共にいるようになってから、むやみにイングランド人をくさすような発言はしなくなっていた。

「わたしは、何も。むしろわたしがたくさん助けてもらったの。もともと正義感が強い、優しい人なんじゃないかしら。本来のカイルの姿に戻ったんだと思うの」

「そうか」

アレクサンダーは短くそう言うと、テーブルの下で手を握ってきた。シャーロットは驚いて目をぱしぱしさせながらアレクサンダーを見た。旅が終わって以降、アレクサンダーと手をつなぐのは久しぶりだった。昼間のこともあってか、ものすごく意識してしまう。

一方のアレクサンダーはいつもと変わらない表情だ。

（いっそのこと、聞いちゃおうかしら……。どうせイングランド語だから、周りの人はわからないだろうし）

「あの、アレクサンダー」

「何だ？」

「わたしたち、来年までは白い結婚をしているのよね」

シャーロットの問いに、少しの間を置いて、アレクサンダーはうなずいた。

「そうだ」

「白い結婚をしている間は、……ええと、キスもしちゃいけないのかしら」

アレクサンダーは黙り込んだ。シャーロットの手を握る力が一瞬強くなったが、ふっと力が抜けて、手が離れた。

「しても問題はないと思うが」

そう言うと、それ以上は何も話さずに、もくもくと食事を続けた。

「……」

離れてしまった手をテーブルの下でぎゅっと握りながら、シャーロットはどこかに隠れてしまいたい気持ちになった。聞かなければよかった……。

（わたしとはキスを、したくないんだわ……）

シャーロットはなんだか惨《みじ》めな気持ちになって、残りの食事も食べる気が失せてしまった。形ばかりチーズを齧《かじ》り、時間が過ぎたところで席を辞した。

「……おやすみなさい」

シャーロットはそう言い置くと、大広間を後にして自分の部屋へと向かった。

石造りの城の廊下は暗く誰もいないが、大広間からの声がこだましている。明かり取りの窓の向こうから月あかりがさしていた。寒さにプレードをかき合わせながら階段を上ろうとしたとき、ふと誰かに腕をつかまれた。

「エリザベス」

それはアレクサンダーの声だった。

「アレクサンダー。どうしたの？」

まだアレクサンダーが下がるには早い時間だ。わざわざシャーロットを追いかけてきたのだろうか。

った。

「……あの、変なこと聞いてしまってごめんなさい。忘れてくれたら……」

シャーロットは、バツの悪い思いでつぶやいたが、アレクサンダーはかぶせるように言った。

「さっきの問いだが」

「何度してもいいと思う」

何のことを言っているのかよくわからずに、アレクサンダーを見返していると、ふいに引き寄せられて、口づけをされていた。その唇はエールの味が残っていた。

顔が離れて、シャーロットは呆然とアレクサンダーを見つめた。暗がりでよく見えなかったが、彼がごく真面目な表情であることはわかった。

「……何度も、って、キスを」

「そうだ。嫌か」

「そんな、わけない」

シャーロットがかろうじてそう答えると、アレクサンダーの表情が緩むのを感じた。彼の手がシャーロットの顔に触れる。がさついた指、働き者の手だ。

もう一度、二人は口づけをしていた。今度は先ほどよりも深く。

シャーロットは理解した。アリスが言っていたことを。アリスと交わしたキスとは違う。アレクサンダーとのそれは、自然でありながら、体の奥深くが目覚めるような、豊潤《ほうじゅん》なものだ。初めて味わうその余韻に、シャーロットは心が震えるのを感じた。

「……アレクサンダー……」

「もう一度、いいか」

「……うん」

廊下の向こうからさんざめく人々の声が遠く聞こえる。二人は月明かりの差し込む中で、唇を重ねた。

第九章　ゆるぎない聖域

シャーロットがマケイブにやってきて二カ月が過ぎた頃、シーリングの季節がやってきた。

マドックがシャーロットに説明をしてくれた。

シーリングは、普段人々が住んでいる定住地とは別にある、夏の間の放牧地と、そこにある小屋を指す。畑の種まきが終わり、穀物が実るまでの一ヶ月から二ヶ月の間、人々は家畜や最低限の家財道具まで持って、こぞってシーリングへ向かう。高地には、羊や牛といった家畜たちが食べる牧草が豊富にあり、定住地付近の牧草を食べ尽くされずに済むのだ。

「二ヶ月も高地に行くのね。荷物も全部持っていくなら引っ越しみたいだわ」

　これまでなんとなくしか説明を受けていなかったシャーロットは、知らなかった風習に目をぱちくりさせた。城の塔でのことである。シャーロットは、領地を見下ろしながら、マドックの話を聞いていた。

「そうですな。二ヶ月ずっと高地に行ったままなのは女性と子供たちだけです。男たちは小屋を建てたり修理が終われば戻ってきます。城を空けたままというのは危ないですからら」

　マドックは最近シャーロットにいろいろな事を教えてくれる。アレクサンダーが手が回らない分を、シャーロットに教える係についたらしい。

「アレクサンダーも行くんでしょう？」

「今年は行かないらしいですよ。ウシュク・ベーハが気になっているようですし、販路を作れるか考えているそうですから」

　マドックは穏やかに言った。

「それにしても、あのウシュク・ベーハというのはうまい酒ですな。あれの作り方を考えてくれただけでも、奥様がここに来た甲斐がある」

「喜んでもらえたなら、いいけど。カイルも頑張ってくれたのよ」

　マドックはうなずいた。

「ここに来られたのが奥様でよかったですよ。正直に言います。わたしはイングランド人は好きではない。二十年ほど前のイングランドのスコットランド侵攻のときにエディンバラで戦いましたが、あれ以来どうもイングランド人を敵と見てしまう。彼らの所業は……。まあしかし、奥様を見ていると、とても敵とは思えませんなあ」

マドックはそう言って微笑んだ。

マドックの言葉は、スコットランドとイングランドの関係の一端を表しているように思えた。個人間の好悪《こうお》の別に関係なく、抱いてしまう思いはあるものだ。

「おや、族長ですよ。わたしはこれで」

マドックと入れ違いにアレクサンダーがやってきた。

「なんだ、なにか話していたのではないか」

「シーリングについて、教わってたの。わたし、まだまだ知らないことがたくさんね」

「言葉もな。ゲール語を覚えよう。しばらく放っておいて悪かったと思う」

「言葉は、カイルがいろいろ教えてくれて、結構覚えたのよ」

シャーロットがそう言うと、なぜかアレクサンダーは難しい表情になった。

「全くわからないよりは、カイルの教えがあった方がいいが、せっかくならもう少しきれいな言葉を覚えた方がいい」

「……あんまり、きれいな表現じゃないの？」

「あれぐらいの小僧がどういう口をきくか、想像がつくだろう?」

そう言われると、なんとなく想像がついて、シャーロットは苦笑せざるをえない。

しかし、ゲール語はとても難しい。何しろイングランド語とは語順が違う。

「アレクサンダーはイングランド語も話せるでしょう?　どうやって勉強したの?」

「最初に勉強したのがラテン語だからな。比べれば、イングランド語は簡単だったよ」

「……あんなに難しいのに、あなたもジェームズ王もラテン語はぺらぺらよね」

「ジェームズ王は別格だ。あれだけ多言語を扱える人はそうはいない。俺の場合は大学に行っていたからな。大学の講義は全部ラテン語だから、覚えざるをえない。ようは慣れだ。それに、ヨーロッパのどの大学も共通語はラテン語だ。つまり、ヨーロッパ中の大学関係者や教会の者なら、どこの国の者ともコミュニケーションがとれる。覚えてしまえば便利なものだ」

アレクサンダーはさらりと言うが、ラテン語も無茶苦茶難しい。ゲール語を学ぶ参考にはなりそうもなかった。

「……きれいな言葉って、たとえば?」

アレクサンダーは少し考えてから言った。

「ハー・ガウル・アクーム・ウールスト」

「はーぐるあ……?」

シャーロットが言いよどむと、アレクサンダーはもう一度穏やかに言った。

「ハー・ガウル・アクーム・ウールスト。繰り返して」

「ハー・ガウル・アクーム・ウールスト」

シャーロットがどうにか言うと、アレクサンダーは微笑んだ。

「……どういう意味なの？」

「そのうちわかる」

「教えてくれないの？」

「今はな」

なんだかずるいような気がしたが、アレクサンダーは教える気はないようだった。

「エリザベス、もう一度言ってくれるか」

アレクサンダーに乞《こ》われて、シャーロットはもう一度繰り返した。その言葉を聞いて、彼は満足げにうなずいた。


アレクサンダーの言葉通り、マケイブの集落のあちこちがシーリングの準備で大わらわだった。毎年行くシーリングの場所には、簡易な石造りの小屋がいくつもあるのだという。まず、男たちがスコップやロープ、材木や道具を持ってあらかじめ赴《おもむ》いて、小屋の修繕を行い、ヒースを使って屋根を葺《ふ》く。一方の女たちは、シーリングに持っていく服、毛布、紡錘《ぼうすい》に糸車、亜麻《あま》と羊毛、さらに滞在時の食料となる数週間分のオートミールと塩の用意に大忙しだ。

カイルもまた、シーリングに行くのだという。いつものように厨房《ちゅうぼう》でお菓子を作っているときにそう語った。今日のお菓子は、硬くなったパンをミルクと蜂蜜、卵に浸《ひた》して鉄板で焼いたものである。厨房係のマルビナとも、身振り手振りを交えて片言ながら意思疎通が可能になってきたので、なんとなく厨房の流儀もわかりつつある。恰幅《かっぷく》のよいマルビナは、一見怖そうに見えるおばさんであるが、なじんでしまえば面倒見がいい。チーズなどの乳製品の扱いについては当然ながらシャーロットよりよほど精通していて、そこから新しいお菓子が生まれたこともある。カイルに通訳してもらいながら話を聞いたところによると、最初の頃にシャーロットが一人で勝手に料理をし始めたのを見たときは、驚きもしたし、胡散臭《うさんくさ》くも感じたらしい。

厨房の大きな石窯《いしがま》は、もちろん城の料理をするために使用されるが、近隣の集落の人たちがパンを焼くのにも開放されている。設計上、大きな石窯を各家庭が持つのは不可能であるし、また石窯を温める燃料の節約にもなるからだ。したがって、シャーロットが料理をしているのはいつの間にか集落の人たちに知られていたし、それはそれで人々に受け入れられるきっかけにもなった。

「シーリングって大変なの？」

シーリングについてちゃんと聞きたかったので、シャーロットはイングランド語でカイルに聞いた。

「結構楽しいぜ。今の時期は日も長いし。城はなんだかんだ言ってしきたりや決まり事があるから、面倒だろ。シーリングはそういうのないから、解放感、的な？」

「そうなの。来年は行けるかしら……」

「あんたらは行かないのか」

「アレクサンダーは、ウシュク・ベーハが売り物になるようにいろいろ考えたいんですって」

「俺らが作ったのにな」

シャーロットとカイルが作ったウシュク・ベーハは、とりあえず瓶三本分ぐらいにはなった。味の善《よ》し悪《あ》しはシャーロットにはわからなかったが、アレクサンダーの反応は悪くなかった。

「アレクサンダーもちゃんとカイルのこと評価してるわ」

そう言われれば、カイルもまんざらでもない様子である。

「ところで、アレクサンダーに教えてもらった言葉があるんだけど、意味を教えてもらえないの。カイルはわかる？」

「そんなの、聞いてみなけりゃわかんねえよ」

シャーロットが例の言葉を言うと、カイルはあっけにとられたようにこちらを見てきた。一方、横で聞いていたマルビナが、例の言葉を聞いてぷっと噴き出した。イングランド語で話していたので、詳しい内容がわかるわけでもないはずなのに、その言葉を聞いただけで笑いだすとは……。

「あんた……なに教わってんだよ。てか、アレクサンダーは意味教えねえの？　あいつ何考えてんだ。マジ、キモい。あいつとは心底合わねえわ」

シャーロットは驚いた。アレクサンダーは、きれいな言葉を教えてくれたのではないのか。

「え、ど、どういう意味なの」

「俺の口から言えるか。つうか、他の奴にも軽々しく言うんじゃねえぞ、そんな言葉」

カイルがそこまで言う言葉とは何なのだろう。しかもマルビナには笑われてしまった。しかし、カイルはそれ以上教えてくれる気はないらしく、マルビナとも細かい意思疎通ができるわけではないので、疑問はますます深まるばかりだった。

謎は謎のままで、シーリングの日はすぐにやってきた。

六月も末の風はさわやかに肌をなで、日差しは夏の到来を知らせている。大地は一面緑で覆《おお》われ、輝くばかりだ。城の塔から地上を眺めると、集まった人たちがそれぞれに列を組んで、北の高地に向けて歩いていく姿が見えた。列の先頭は牧羊犬に追われる羊たちで、ミルクを入れた攪乳器《かくにゅうき》を背負った女たちの後ろには、匂いにつられた子牛たちがついている。その子牛を追って親牛がのそのそと歩き、家財道具を載《の》せた馬たちを率いるのは、マケイブの子供たちだ。あの中に、きっとカイルもいるのだろう。高地へ向かう人々の活気溢《あふ》れる光景は見事なもので、マケイブの生命力を感じさせた。

人々が見えなくなると、城は静寂《せいじゃく》に包まれた。いつもは様々な人が出入りする城だが、小屋の手入れが終わった男たちが高地から戻ってくるまでは最低限の人数で回すことになる。

(なんだか、不思議な感じ)

石造りの城の壁に触れると、ひんやりとした感触が伝わってくる。荒削りな石で作られた城は、イングランドのそれとは違うが、今はむしろなじみ深い。ここがシャーロットの家なのだと感じることができる。

「エリザベス」

ふと声をかけられてシャーロットは振り返った。

「アレクサンダー、お見送りはもういいの？」

「心配ない。あとは夏の終わりに太った家畜と、向こうで作られるチーズが帰ってくるのを待てばいい」

「そう、楽しみね」

シャーロットは山並みの向こうを眺めながら思った。山羊《やぎ》のチーズ、羊のチーズ、牛のチーズ。それぞれ味が違うし、熟成度でも変わってくる。イングランドでももちろんチーズは食べたが、こちらのチーズの方が美味《おい》しく感じられた。

「そういえば、カイルと挨拶《あいさつ》してたわね。仲直りできたの？」

シーリングに行く前、カイルがアレクサンダーに話しかけていたのだ。それどころか、最近は時々何か話している姿も見かける。もちろん、楽しく談笑、という雰囲気ではなく、カイルは素《そ》っ気《け》なくはあるが。とはいえ、これまではろくに目も合わせようとしなかったわけだから、大きな変化ではある。いったい何があったのか。

すると、アレクサンダーは、なぜだか少し楽しそうな顔になった。

「別に最初から仲違《なかたが》いしていたわけじゃない。ただまあ……俺もあいつをずっと子供扱いしていたからな。そのあたりを改めて、互いを認め合ったというところか」

「ふうん……」

なんだかよくわからないが、意思疎通ができるようになったのはよいことだ。

「君は高いところが好きだな」

アレクサンダーは後ろからシャーロットを抱きすくめてきた。最近、アレクサンダーはよくこんなふうにしてくるようになったが、シャーロットは嫌ではなかった。プレード越しに感じるアレクサンダーの体温、硬くしまった腕の筋肉、それからハーブの匂い。包まれていると、ゆるぎない安心感と、心地よさが胸の奥から湧いてくる。

「……ひばりが自由に空を飛べるのが、ずっとうらやましかった。思い返すと、下ばかりを向いて、見えるものも、見えずにいたような気がするの。でも、ここに来て、いろんなものが見えるようになった。高いところにいると、少しでも昔の自分から遠ざかれる気がする……」

「……君はこれからどこにだって行けるさ」

「そうだと嬉しい」

アレクサンダーが頭のてっぺんに口づけをしてくるのがわかる。シャーロットは彼の広い胸に身を任せた。


領民たちがシーリングに出かけた次の日、アレクサンダーは領地を回らないかと声をかけてきた。畑仕事が落ち着き、日も長いこの時期に、普段目が届かないところに行くのだという。シャーロットはもちろん二つ返事でついていくことにした。

シャーロットはフィンという名の去勢馬を借りた。アレクサンダーはおなじみの牡馬《ぼば》であるガースに乗る。おっかなびっくりの乗馬だったが、それでもイングランドからの旅よりはずっとうまくなっていた。

六月も終わりの日は長く、輝かしかった。城を出てしばらくは緑の草原や畑が広がっていたが、やがて荒野に出た。以前は鈍色《にび》に広がっていたヒースの荒野も、赤紫の花が咲き、行く道に明るさを添えている。道は進むたびに少しずつ景色を変え、シャーロットは自分がマケイブをほんの少ししか知らなかったのだと理解した。

険《けわ》しい岩肌を見せる山地を越え、たどり着いたのは深い入り江だった。ごつごつしたはげ山が両岸にそびえ立ち、波のほとんど見られない入り江は、海とは信じられないくらい静かだった。

「不思議。なんだか湖みたいなのに、これは本当に海なの？」

「なめてみればわかる。水は塩辛《から》いぞ」

スコットランドには、あちこちにこのような陸地の奥まで深く切り込んだ入り江があるという。内陸にいるようでいて、山を越えると湖のような海が見えるというのはあることらしい。

荒れ果ててはいるが、その景色は雄大で、日の当たる山肌には、細い水の流れが銀色のレースのように一面に輝いていた。

そこで食べたお弁当は、シャーロットが作ったバノックである。バノックというのは、大麦の種なし生地《きじ》を鉄板の上で焼いたものである。イーストが入っていないのでどっしりした仕上がりになるが、腹持ちはとてもいい。アレクサンダーは食にはあまり興味がないのか、下手《へた》をすると旅の間中ドラマックになりそうだったので、急遽《きゅうきょ》作ったのである。

「うまいな。伯爵令嬢が料理上手だったのは嬉しい誤算だ」

「カイルもこのバノックは好きなの。ドライフルーツを入れたら美味しいかなって一緒に考えたのよ。カイルはいろいろ提案してくれるから、思いがけない料理ができて楽しいわ」

するとアレクサンダーはなぜかムッとしたような表情になった。

「……君とカイルは、そんなにしょっちゅう料理をしていたのか」

「シーリング前までは毎日一緒に作ってたけど」

「……あいつにもそろそろ何か役目を与えた方がいいな」

アレクサンダーはぶつぶつ言いつつ、バノックをすごい勢いで食べ終えてしまう。

「いつも思うけど、食欲がすごいわよね。そんなにがっちりしてるのはそのおかげかしら」

「だから君をこうできる」

え、と思ったときには体が宙に浮いていた。アレクサンダーはシャーロットを抱き上げて、くるりとその場で回った。

「カイルにはできないだろう」

シャーロットは笑いだしてアレクサンダーにしがみついた。

「そうね、カイルには無理だわ」

その後、二人がたどり着いたのは、入り江の入り口に当たる小さな集落だった。石積みの家にヒースの屋根を葺いた小さな家が並んでいる。船に乗って海藻を採《と》っていた男たちは、アレクサンダーが突然現れたことに驚いた様子だったが、喜んで迎え入れてくれた。領主であるだけに、顔は知られているらしい。そばにくっついていたシャーロットを見て、胡乱《うろん》げな表情を見せた者もあったが、アレクサンダーの説明を受けて納得したようだった。

その日、アレクサンダーは、住民に案内されて、集落のあちこちを日が沈むまで回った。調子の悪い水車小屋や、大雨で壊れてしまった橋など、問題になっている箇所などである。日の長い六月である。辺りが暗くなり、宿泊先となった長《おさ》の家にたどり着く頃には、シャーロットはくたくただったが、そこからさらに宴会が始まって、途中で眠りこんでしまった。

翌朝、目が覚めたときには、日は随分《ずいぶん》高く上っていた。アレクサンダーはすでに出かけた後なのか、寝室には誰もいなかった。昨日の宴会が行われていた広間へ行くと、プレードを肩にかけた老婆が泥炭《でいたん》の燃える暖炉の前に座っていた。

「おや、お目覚めかね、イングランドから来た若奥様は」

訛《なま》りは強かったが、それはイングランド語だった。

「あの、おはようございます。アレクサンダーは……」

「領主様はお出かけだよ。若奥様はゆっくりお休みするようにと言われていたよ」

老婆はそう言いながら、朝食に、羊の乳で煮込んだオーツ麦の粥《かゆ》と、赤スグリやグースベリーといった朝摘《づ》みの果物を出してくれた。

「あんた様の夫はいい男だね。領主様でもこんなところまで足を運んでくれるのはなかなかないものだよ」

それはそうだろうと思う。ノエル伯爵が、領地の集落に直々《じきじき》に足を運んで様子を見るなどということは聞いたこともない。確かにマケイブはノエル伯爵領に比べれば規模も小さい田舎《いなか》であるが、それでも直《じか》に足を運ぶのは珍しいことだ。

「情の深い男だ。あんた様のことも大事にしてくれるだろう」

「……ときどき、怒られますけど」

「こんなところでも、昔マケイブの領主に嫁《とつ》いだ娘がいたのよ。ここには内戦から船で逃げてきたイングランド人が住んでいた」

「……だから、ここはイングランド語を話せる人がいるんですね」

「そうよ。そのイングランド人の娘がマケイブの領主に嫁いだ。娘は領主の子を産んだ。女の子だったよ。だがね、その女の子は、敵地に嫁いで、嫁ぎ先でいじめられて、逃げる途中で湖に落ちて亡くなった」

「……それは……、メルヴィルの」

以前、アレクサンダーが語ってくれた隣の領地の話と重なった。もし老婆の話がそれを指すなら、この集落から領主に嫁いだ娘というのは、アレクサンダーの祖母にあたるし、湖に落ちた女の子は、叔母《おば》にあたる。

「そうよ。あんた様は大事にされてる。それを見てると逆に思い出してしまうよ。あたしら女は結婚を選ぶこともできない。運だ。あんた様は運がいい」

シャーロットは、老婆を見た。この老婆はどんな生涯を送ってきたのだろう……。

「あの、そういえば、ゲール語の意味を教えてもらえませんか」

「ほう、なんだい」

「アレクサンダーが教えてくれたけど、意味はわからなくて。ハー・ガウル・アクーム・ウールスト、っていうんですけど」

「それは、族長があんた様に言ったのかね」

「ええ」

老婆は不思議な笑みを浮かべた。

「愛している」

「え?」

「わたしはあなたを愛している、という意味だよ」

シャーロットは老婆の言葉に、驚きを隠せなかった。カイルが、めったやたらに使うなと言っていたわけがわかった。

「あんた様、大事にしなせ。ああいう男はなかなかおらん。たくさん子を作るといいよ」

「え、こ……。そ、それは、だいぶ先になりそうな……」

老婆はうろたえたシャーロットを見てしゃがれた笑い声を上げた。

「いい母親と父親になって、楽しい家族ができるよ。いいもんだ」


外に出ると眩《まぶ》しい夏の日差しが草原を照らし出していた。辺りに人影はなく、斜面となった草原が見渡す限り続き、わずかに羊が草を食《は》んでいるのが見えた。集落は入り江から少し上ったところにある。膝丈《ひざたけ》ほどの夏草が生《お》い茂り、アザミがピンクの花を揺らす向こうに、凪《な》いだ海を望むことができた。

(愛してる……)

いったい、アレクサンダーはどういうつもりでそんな言葉をシャーロットに教えてくれたのだろう。言葉通りの意味を自分に言ったのだろうか。アレクサンダーが自分をそんなふうに思っている……と考えるのはあまりにうぬぼれているのではないか。確かに最近アレクサンダーは優しいし、……キスもしたけれど。

(それに、子供、か……)

確かに結婚はしたものの、ただ単にハイランドに引っ越してきただけのような気分でいた。考えてみれば、いずれはそういうことも考えなければならないのだ。アレクサンダーは領主であるし、跡継ぎは必要だろう。

入り江の海は銀色に輝いている。修道院にいたときは、このような景色があるとは思ったこともなかった。同じように、自分が結婚したり、子供を作ったりするようなことがあると、想像することもなかった。あの灰色の石壁に囲まれた修道院で、心静かに一人で朽《く》ち果てていくのだと思っていた。

(……家族)

それを考えると、なんだか胸が締め付けられるような気持ちになる。それは、自分には永遠に手が届かないと思われた、得がたい宝物だ。もしも、アレクサンダーの血を引く自分の子供ができたら、家族ができたら、それはどんなものだろう。きっと、素晴らしいことは間違いない。だけれども、同時に怖くもあった。シャーロットにとって、それはあまりに縁遠く、ちゃんと家族なるものを構築できるのか全く自信がなかった。

「エリザベス」

名を呼ばれて振り返ると、アレクサンダーがガースに乗ってやってきていた。一通り、回るところは回ったようだ。

「なんだ、ゆっくり休めなかったのか」

シャーロットは浮かない顔をしていたようだ。アレクサンダーはガースから降りると、シャーロットのそばに歩いてきた。

「ううん。たくさん休めたわ。昨日は早く寝ちゃってごめんなさい」

「それは構わないが。なにかあったのか」

「子供をたくさん作れって言われたの」

シャーロットが言うと、アレクサンダーはぴたりと動きを止めた。

「……それは……」

「うん、少し先の話よね。でも、なんだか怖くて……」

「……最初はそういうものらしいな」

「そうなの？　マルビナは小さい頃から兄弟の面倒を見てたりしたから、結婚したときもその延長で、子育ても平気だったって言ってたわ」

「……なんだ、子育ての話か」

「子育てじゃなくて何の話なの？」

「いや……」

「それに、子供を産んで、死んじゃうこともあるでしょう。カイルのお母様もそうだし、キャサ……じゃなくて、わたしの知り合いも出産で亡くなってしまったから」

「そんな簡単には死なない。君は死なない」

アレクサンダーは断言した。

「……でも、あなたは領主なんだから跡継ぎが欲しいでしょう。もしわたしが死んじゃったら困るわ。そのときは、誰か好きな人と一緒になってね」

「どうしてそういう話になるんだ。俺は君の子供しか欲しくない。もし君に子供ができなかったり、なにかあっても、そのときは、カイルが族長になればいい」

「死んだ後、ずっと一人っていうわけにはいかないでしょう。その後の人生も長いのよ」

アレクサンダーは少し考えた。

「逆に俺からも言っておこう。俺が先に死ぬ可能性もある。そのときどうする？」

「え？　そんな……」

「俺としては、その後も君に長生きしてもらいたいし、幸せに過ごしてほしい」

ふとシャーロットは気づいた。当たり前ではあるが、死んでしまえば、もうアレクサンダーと一緒にいることはできない。それは嫌だし、悲しいことだと思った。

（わたし、この人と一緒にいたいんだわ。一緒に、いろんな景色を見たいんだ……）

シャーロットは近くに咲いていた赤いクリンソウの花に目を落とした。この花だって、アレクサンダーと一緒にいなければ見られなかった。まだわずかな時間しか共にしていないが、アレクサンダーとどれだけたくさんの風景を見ただろう。これからも、もっともっと時間を重ねていきたかった。

「そんなこと、言わないでほしい。だってあなたはまだ生きてるもの」

「そういうことだ。俺だって言われたくない。そもそも、大前提として、君は死んでいないし、出産で死ぬこともないし、俺と一緒に長生きするんだ」

何の根拠もなく言い切るアレクサンダーの声は自信に満ちていて、確かに未来はそうあるような気もしてくる。

「何か誤解があるようだから、もう一度言っておく。俺は、君だけでいい」

シャーロットは目の前の夫を見返した。

「……でも、男の人は」

「いろんな女性を渡り歩きたがる男がいることは確かだ。もしかしたら、君の周りに、そういう種類の人間が多かったのかもしれない。だが、俺は違う」

シャーロットは瞬《まばた》きを繰り返した。どう返事をしていいかわからなかった。

「わからないか？　俺がこうしたいのは、君だけだ」

アレクサンダーはそう言うと、シャーロットを抱き寄せてきた。急なことだったので、シャーロットはされるがままに引き寄せられていた。強く抱きしめられて、彼の体の熱が伝わってくる。

「君だけでいい」

彼の手が緩《ゆる》んだ。顔を上げると、アレクサンダーの目が自分を射貫《いぬ》いていた。夜の泉のように黒い瞳。その顔が近づいてきたと思うと、口づけをしていた。いつもとは違う、もっと深いもの。けれども、それは蹂躙《じゅうりん》するものでも征服するものでもなく、寄り添ってくるものだった。それは、言葉よりもずっと確かにアレクサンダーの思いを伝えてきた。アレクサンダーの言うことに嘘はないと。

唇が離れると、こみ上げてくるものがあって、涙がこぼれた。アレクサンダーがじっとこちらを見つめてくるのがわかった。沈黙の後に、彼はぽつりと言った。

「……嫌なのか」

「違う、違うの」

シャーロットは自分でもなぜ涙が出てくるのかわからずに、それだけを言った。長く変化のない暮らしを続け、怒ることも悲しむこともないように抑えてきた。だから、自分の心を探るのは難しかった。わかるのは、今はいいようもなく胸が一杯で、体中が熱いということだ。それが何を意味するのか、気づくには少しばかりの時間が必要だった。

「……嬉しい……」

シャーロットはつぶやいた。

（そう、わたし、嬉しいんだ……）

長く、一人きりでいた。母もキャサリンも亡くなり、うち捨てられるように修道院に入れられ、半ば義務でやってくるアラン以外に、だれも自分に興味を示したりはしなかった。けれども、今、アレクサンダーは自分を見てくれている。自分だけを。ただそれだけのことがこれほど嬉しい。この人は裏切らないだろう。自分を都合のいい駒《こま》のように扱うこともない。そうして、一人の人間として見てくれる。

「……アレクサンダー、わたし……」

だが、その嬉しさが、逆にこれまでの日々の空虚さを照らし出した。人として手に入れていいはずの愛情や、自分の意志で動く自由を奪われてきた日々の寂しさを。これまで感じないように蓋《ふた》をしていたはずのそれは、身も震えるほどの怒りと悲しみとなってシャーロットの中から溢れ出した。シャーロットは、嬉しさと悲しみが渾然《こんぜん》一体となった、わけのわからない涙を流し続けた。

「……エリザベス」

よほどおかしな泣き方をしていたらしい。アレクサンダーはシャーロットを抱き寄せてきた。先ほどの性急さとは違う、子供をあやすような優しい手つきだった。

シャーロットは目を閉じた。アレクサンダーの胸は硬く、広く、温かだった。鼓動の音が聞こえるほどに近く触れ合っていると、安心感が体の中にひたひたと染《し》み渡っていくように感じた。そこはシャーロットがいるべき場所だった。どこにあるかわからなかった安《あん》寧《ねい》の地、知らずに求め続けていたゆるぎのない聖域。

シャーロットは顔を上げてアレクサンダーを見た。日に焼けた精悍《せいかん》な顔に、知性の輝きが見える瞳。尊い、とさえ思えた。この人が愛《いと》しい。シャーロットははっきりと自覚した。

「アレクサンダー……ハー・ガウル・アクーム・ウールスト」

シャーロットの言葉に、アレクサンダーが息を呑むのがわかった。

シャーロットは手を伸ばして、アレクサンダーの顔に触れた。骨格のしっかりした顎《あご》に、少し伸びたひげのざらつきを感じる。左の頰に、見ただけではわからない、筋のような皮膚の薄い盛り上がりがあるのがわかった。それは、彼の顔に触れられる、シャーロットだけが知ることのできる古い傷跡だった。

「……わかったの。あなたが好き。わたし、アレクサンダーが好きなんだわ」

シャーロットはそう囁《ささや》いてアレクサンダーに口づけした。触れ合うだけの、小鳥のついばみのような口づけだったが、アレクサンダーは心底驚いたようにシャーロットを見た。

「エリザベス……」

アレクサンダーの表情は、しかし次第にほころんでいった。

「……そうか。俺もだ」

アレクサンダーの言葉に、シャーロットも笑みがこぼれるのを感じた。二人は抱き合って、もう一度唇を重ねた。二つの吐息《といき》が溶けると、体の中に暖かな火が灯《とも》るのを感じる。泣きたくなるような陶酔感に身を浸《ひた》しながら、シャーロットは理解した。

……これが、幸せというものなのだと。

ローナは、重い気持ちで族長の待つ部屋の扉を押した。

部屋の主《ぬし》ゴードン・メルヴィルは、アリステア・メルヴィルの母親違いの兄であり、現メルヴィル氏族の族長でもある。好戦的だった先代と違い、ゴードンはマケイブとの争いは避ける方針を貫いている。

扉の向こうの薄暗い部屋に、ゴードンは腰掛けていた。部屋の隅でちろちろと揺れる獣脂《じゅうし》のろうそくの光がゴードンを照らし出している。線の細いアリステアとは違い、ゴードンはどっしりとした体格の男である。三十を少し越したばかり、男盛りと言っていい年齢だったが、その表情は陰鬱《いんうつ》だ。ローナは知っている。ゴードンは目の病を患《わずら》っていて、視力が衰《おとろ》えつつある。マケイブとの争いを避けようとするのもそのためだ。

「ローナ。アリステアは相変わらずか。マケイブではイングランドから貴族の娘が嫁に来たというが、様子はどうだ」

「特に、大きな動きはありません……」

ローナは言ったが実際は厄介ごとだらけだった。

アリステアは、相当な変わり者……もっと言えば頭のねじが少し外れてしまった人間として認識されている。ゆえに、身内はそれを隠そうとしている。かつて、前族長は、アリステアを城の外に出さないようにした。しかし、その周りで不審死が続いた。水死したアリステアの母の呪いに違いない……ということで、逆に解放することにし、ローナを目付役としてつけている。しかし、ローナは思う。

（違う。アリステア様はおかしいわけではない……）

　確かに、貧しい農民の娘のような格好をして出歩き、川や池を見つけるとすぐに入り込んで泳ぎだしたりする。それだけを見れば、頭の弱い人間ととらえられても仕方がない。だが、アリステアは高い知性を持った、聡明な人間であることを、ローナは知っている。

（けれど……あの女と出会ってから、アリステア様は変わられてしまった……）

　マケイブにやってきたイングランド人の娘。最初、アリステアは珍獣でも見つけたように面白がって彼女に接していた。状況が変わったのは、あの娘とケルピーの池に行ってからだ。毎日のようにマケイブの領地に入り込み、あの娘と会っている。

「わたしは彼女を愛したんだよ」

　アリステアはうっとりしたように言う。

（愛……！　あのアリステア様が、愛を語るなんて……）

　アリステアが前族長……つまり父親に城から出ないように言われたときに、次々と周囲の者を亡き者にしていったのは、アリステア自身だ。時に人を使い、時に毒を使う。先日も、いつの間にか蓄えてあったゲルセミウムを使い果たしていた。植物最強の毒といわれるゲルセミウムは入手が難しい。しばらくはドクウツギを使うしかないのだろうが、敵と定めた者に情をかけることは決してない。

　そのアリステアが、危険なマケイブの領地に足を運び、イングランド人の娘には優しいまなざしを向けている。

「あの方は、マケイブの族長の妻です。あなたのものになる方ではありません」

見かねたローナが言ったが、アリステアは見たこともない笑みを浮かべて答えた。

「わたしのものにしたいなんて思っていないよ、ローナ。エリザベスが幸せであればいいんだ」

本来ならば喜ぶべきなのだろうか。母親に殺されかけたがゆえに、人として大切な何かを失ってしまったアリステアが、愛を語っているのだから。

「ふん、まあ、そんなところだろうよ。マケイブの族長の妻は、ノエル伯爵の本物の娘の身代わりらしい」

ローナは耳を疑った。

「族長、何をおっしゃっているのですか。もしそれが本当だとしても、どうしてそのようなことをご存じなのですか」

ゴードンは一枚の手紙を取り出した。

「面白い手紙が来たのだ。目を通せばわかる」

ローナはゴードンから手紙を受け取った。薄暗い部屋の中ではひどく読みづらかったが、そこには驚くべきことが記されていた。

「族長、これは……本当のことですか」

「奴らとて、冗談でこのようなことを知らせはしないだろうよ。さて、ローナ。その手紙を読んだ以上は、おまえがやらなければならないことはわかるだろうな？」

「しかし……」

「うつけのアリステアを生かし続けたいならば命《めい》に従え」

ローナは息を呑んだ。前族長は、それでもアリステアの父だった。しかしゴードンは母親違いであるアリステアに対して、露《つゆ》ほどの情け心も持っていない。

（なんてことだろう……）

ローナは腰に佩《は》いた短剣を握りしめた。

第十章　愛の形

夏の間、シャーロットとアレクサンダーはマケイブ中の集落を訪ねて回った。

マケイブはグランピアン山脈の西の端に引っかかった位置にあるがゆえに山がちであるが、城の周辺は比較的平坦である。全体の面積はさほど広くはないが、ハイランドにしては平地が多く、作付けに適した土地と、森が比較的多いという。その言葉通り、シャーロットはマケイブの多彩な風景のあちこちの中を旅することになった。旅と言っても、イングランドからスコットランドに来るまでの旅とは違う。朝、城を出て、目的の集落に行き、一晩か二晩を過ごしてまた帰ってくる、という感じである。領地内の移動であるから、目的地までは遠くても二日かかることはない。

シャーロットは、アレクサンダーとの旅を通して、心が満ち足りることを初めて知った。心から信頼し、愛する人と共に過ごす時間は、充実して飽きることがない。馬を並べて共に進み、どうということのないことを話し、時にまなざしを交わす、ただそれだけのことが嬉しかった。アレクサンダーは、道を進みながらシャーロットにゲール語を教えてくれた。カイルと一緒に過ごした中で、簡単な文法に慣れてきていたのも幸いだった。アレクサンダーの低いが良く通る声が話すゲール語は、どこか歌うような響きがあり、聞いていて心地よい。行く道に見えるあらゆるものの名前、動作を表す言葉、楽しさや悲しさといった感情を表す言葉、それから愛の言葉。シャーロットは刻み込むようにゲール語を覚えていった。そうして覚えるたびに、自分がハイランドの一部になっていくような気がした。

また、アレクサンダーが、シャーロットを誘った意味もわかってきた。アレクサンダーがシャーロットを伴って集落を回ることで、彼女がイングランド人ではあるが、紛《まぎ》れもなく領主の妻としてマケイブに根を下ろすつもりであることを知らしめることになる。人々は最初はいぶかるものの、つたないゲール語で話すシャーロットをやがて受け入れてくれるのだった。

もう一つ、領内を回ることでわかったことがある。どうやらアレクサンダーのバグパイプの演奏は壊滅的に下手《へた》らしい、ということだった。バグパイプは奇妙な音がすると思っていたが、それは楽器の特性ではないようだ。ある集落を回った晩、歓待《かんたい》の意味も込めて、宿を貸してくれた主人がバグパイプを吹いてくれた。それは朗々としながらもの悲しく、甘い音色のメロディで、素晴らしい演奏だった。比べれば、アレクサンダーのバグパイプは牛の遠吠えのような音を出す。まあ、シャーロットはそれはそれで嫌いではなかったが。

　マケイブの各地を二人は回ったが、常に旅をしていたわけではない。アレクサンダーは城に戻ると、各地の現状や問題点をまとめ、その対応について考えるために、残っている男たちと頭を突き合わせたり、もしくは執務室に籠《こ》もって仕事をする。そうして天候などを考慮しながら、また次の集落に向かう、ということを繰り返した。

　城へ帰る道で、あるとき二人は雨に降られた。夏とはいえ、日が遮《さえぎ》られるとハイランドの気温はぐっと下がり寒くなる。二人はアレクサンダーが知っていた、道沿いにある小屋で雨をしのいだ。小屋に備蓄されていた泥炭《でいたん》を燃やした竈《かまど》で暖をとり、雨で濡れたプレードを乾かした。土塊《つちくれ》にしか見えない泥炭が燃えるとき、湿った草が燃えるような匂いと煙が立ち上るが、やがて柔らかく暖かな炎が躍《おど》りだす。薪《まき》のようにはぜることもなく、石炭のような激しさもなく、泥炭の周りに透明な赤い光を纏《まと》って静かに燃え上がるのだ。

「去年の今頃は、スコットランドに来るなんて思ってなかった。こんなところで火に当たってるなんて、変な感じ」

シャーロットは、荒薦《あらごも》を敷いた石床の上に座って炎を眺めた。隣にはアレクサンダーがいる。外は風が強く、雨も大粒だったが、こうしていると、暖かくて幸せな気分だった。

「イングランドの方が良かったか？」

「ううん、こっちの方がいい。いろいろあるけど、生きてるって感じがするもの」

修道院での生活は平穏だったが、もう戻りたいとは思わなかった。

「前に、幸せって何、って聞いたでしょう。今ならわかるの。こういうのが幸せっていうんだわ」

「エリザベス、君は……」

アレクサンダーはシャーロットの言葉に何かを言いかけたようだが、すぐに別のことを話し始めた。

「来年の春になったら、もう一度結婚式を挙げよう」

どういうことかとシャーロットはアレクサンダーを見返した。

「あの結婚式はお互いに急すぎて良くなかった」

「アレクサンダーは、本当はまだ結婚するつもりじゃなかったんでしょう。最初の頃、全然乗り気じゃなかったもの」

「む……。だが、結果的に、君と結婚できたんだからいいじゃないか」

どうやら図星だったらしい。

「それに、領民たちにも、俺と君がきちんと神の下《もと》で結ばれた夫婦だと知らしめた方がいい」

「……二度も結婚式をしていいのかしら」

「白い結婚との区切りになる、正式な結婚をすると考えれば、教会も反対しないだろう」

正式な結婚、という言葉に、シャーロットはふと気持ちが暗くなるのを感じた。シャーロットはエリザベスではない。そういう意味ではこの結婚は偽《いつわ》りだ。それは最初からだが、アレクサンダーと気持ちの確認をし合ってから、その事実を認識するとき、時々苦しくなる。エリザベス、と呼びかけられるたび、自分がアレクサンダーを騙《だま》しているのだ、という事実を突きつけられている気持ちになる。

(アレクサンダーが、わたしの正体を知ったら、どうなるのかしら……)

まっすぐな人であるから、騙されたことにきっと怒るに違いない。それは仕方がない。だけれども、結婚そのものが無効ということになってしまうことも、あるのだろうか。

(……そんなの、いやだ)

シャーロットは恐ろしくなって少し身震いした。

「どうした?」

「……ちょっと、寒くて」

その言葉に、アレクサンダーはシャーロットを後ろからくるむように抱きしめてきた。

いつでもそうだが、アレクサンダーにこうやって抱かれていると、温かさだけではない安心感が内から湧いてきて、うっとりするような気分になる。

「ねえ、アレクサンダー」

「なんだ」

「……こうしてると、天国にいるみたい」

「そうか」

「……ずっとこうしていたい」

「していればいい」

シャーロットはアレクサンダーにもたれたまま、泥炭の火を眺めた。

失いたくない、とシャーロットは思った。長く求め、ようやく手に入れたこの楽園を。


アレクサンダーが城に籠もっている間、シャーロットはアリスとたびたび会った。人々の多くがシーリングに行っているため、アリスも普段より来やすいらしい。

シャーロットとアリスは川沿いを探索し、ブルーベルの咲き匂う森の中で共に歩いた。ブリテン島でもずっと北に位置するハイランドでは、イングランドの春に咲く花が、真夏に満開になる。花冠を作ったり、草笛を吹くような素朴な遊びが無性に楽しかった。時にアリスは、シャーロットにはわからない様々なハーブを収穫して歩いた。二人で見つけたスグリの実は、酸っぱいけれども甘い味がした。

　シャーロットはアリスにはついつい何でも話してしまう。旅の間の細々としたことや、アレクサンダーのバグパイプが壊滅的に下手なことや、海辺で愛を確認したことも。いつしか、シャーロットは、アリスに自分がエリザベスの身代わりで嫁《とつ》いだことすらも話していた。

『幸せはどんな感じがするの』

　アリスが尋《たず》ねてくるのでシャーロットは答える。

「うまく言えないけど、ふわふわして、体が温かくなる感じ。当たり前みたいで、当たり前じゃなくて、楽しい気分なの。アレクサンダーといると、そういう気持ちになる」

『あなたの幸せはいいこと。わたしも嬉しい』

「だから、最近怖いの。わたしがエリザベスじゃないと知ったら、アレクサンダーはどうするんだろうって」

『……』

「エリザベスって呼ばれるたびに、違うって思ってしまう。わたしは本当はシャーロットだから。……エリザベスじゃないわたしのことを、アレクサンダーは好きでいてくれるのかしら……」

　アリスは、シャーロットの手を握った。

『でも、わたしはあなたがすき。シャーロットでも、エリザベスでも』

それは、まるで答えになっていないようで、しかしシャーロットの心に沁《し》みるように響いた。そんなふうに、アレクサンダーが思ってくれればいい。だけれども、彼がその事実をどのように受け取るのかはわからない。虚偽の結婚を受け入れず、マケイブから追放されてもなにも文句は言えない。

（ここから離れたくない）

イングランドでのシャーロットは、周囲に隠されていて、いてもいなくてもいい存在だった。しかし、ここでは違う。カイルや、アリスや、アレクサンダーや、たくさんの人がシャーロットという存在を認めてくれる。初めて一人の人間として生きることができている。

シャーロットにできることは一つだけだった。エリザベスとしてあり続けるしかない。

八月に入り、思いがけないものが届いた。なんと、ノエル伯爵からシャーロットへの手紙である。

シャーロットは少しドキドキした。ノエル伯爵がシャーロットに父親らしい言葉をかけてくれたことはない。それに対しては諦《あきら》めの境地であるが、私的なことを手紙に書いてくるとしたら、少しは期待してもよいのだろうか。

シャーロットは封蠟《ふうろう》をはがすと手紙を読んだ。そして、その事務的な内容に愕然《がくぜん》とした。

――ヘンリー七世のお怒りも解けたから、戻ってきなさい。以前と同じように修道院で過ごすことができるようにする。白い結婚であることは、式に参列した者は皆知っているから問題ない。ついては近く使者を遣《つか》わすので、共に帰ってくるように……。

シャーロットは目の前が真っ暗になる気がした。以前は心の平穏をもたらしてくれた修道院だったが、今では灰色の監獄としか思えない。何よりもマケイブを去り、アレクサンダーと離ればなれになるなんて、考えたくもなかった。

（いや。戻りたくない！　あんな人の都合であちこちに引き回されるのはもういや。ここにいたい。ここで根を張りたい。呼び戻す気はないって、アランも言ってたのに）

帰らないと言い張ったらどうなるだろう。イングランドとスコットランドは、離れている。いくらノエル伯爵がイングランドで力を持っているとはいっても、こんな遠くまでは影響力は及ぼせないだろう。このまま無視してスコットランドで暮らすというのもありなのではないか。

けれども、もしもシャーロットがエリザベスでないとばらされるようなことがあったら、結婚そのものが無効になる。

（でも、それをばらしたら、ノエル伯爵がヘンリー王やジェームズ王を謀《たばか》ったことになるから、むやみに明かすことはないだろうけど……）

シャーロットは頭を抱えた。

（だけど、わたしはアレクサンダーを騙してるんだわ。それが、ノエル伯爵のせいだとしても）

二人の関係は最初から偽りだった。それは仕方のないことだった。帰るあてもないのであれば、偽りの中でもなじんで生きていくしかなかった。でも、本当に心が通い合ったとわかったときから、シャーロットにはその偽りが苦しくて仕方がない。

（どうしたらいいの……）


シャーロットが思い悩む日々を過ごしていると、懐《なつ》かしい人物がやってきた。

エリクがエディンバラから帰参したのである。

大けがから回復したエリクは、以前よりも少し痩《や》せたようで、顔にも大きな傷が残っていた。けれども人なつこい表情は相変わらずで、二人の姿を認めると、嬉しそうに声をかけてくれた。

「やあ、ベス、久しぶり。マケイブにだいぶなじんだみたいだね」

「エリク！　もう体はいいの？」

「うん、体調は上々だよ。エディンバラでは寝てばっかりで、だいぶなまっちゃったけど、王様とも仲良くなれたし、たまにはああいう生活もいいよね」

「王様と……？」

「雲の上の人だと思っていたけど、時々僕のところに来てくれてさ。話が合うっていうか。それより、ベスとアルも随分《ずいぶん》仲良くなったみたいじゃない」

エリクの言葉に、アレクサンダーがゲール語で何か言い返した。普段シャーロットに話しかけてくるようなわかりやすいゲール語ではなく、早口で砕けた口調だったので、何を言っているか聞き取れない。けれども、アレクサンダーが心底嬉しそうにしているのはよくわかった。

「ベスにいい知らせだよ。アルが送ってくれた、マケイブで作ったウシュク・ベーハだけど、王様に紹介したら気に入ってくれたようだよ。希望するならエディンバラで取り扱ってもいいってさ」

「わたしとカイルが作ったお酒をエリクのところに送ったの？」

シャーロットが尋ねると、アレクサンダーは答えた。

「少し前に。王がウシュク・ベーハを気に入っているのは知っていたからな。エディンバラに出荷できれば、現金収入になる」

「まあ、すごいわ！」

「君とカイルが試したおかげだ。これからは量産化できるかが鍵になる」

「エールの備蓄はたくさんあるから、大きめの蒸留器を作る必要があるね。いっそのこと、酒造所を作ってもいいかもしれないよね」

アレクサンダーとエリクは、ゲール語で、真剣ではありながらも楽しそうにウシュク・ベーハの商品化について意見を交わしているようだった。こうしてみると、エリクはアレクサンダーにとってかけがえのない人物であることがわかる。アレクサンダーは、頑固で融通《ゆうずう》がきかないところもあるから、エリクのように立ち回りが柔軟で、小回りがきくタイプが近くにいるのはいろいろと助けられることも多いのだろう。

ふと、エリクが早口でアレクサンダーに囁《ささや》いた。エリザベス、ノエル伯爵、と言ったのがかろうじて聞き取れた。アレクサンダーの表情は特に変わらなかったが、シャーロットは一瞬どきっとした。エリクが笑顔でシャーロットに言った。

「今日は久しぶりにみんなで食事ができるね」

エリクがアレクサンダーの部屋にやってきたのは、エリザベスと別れて少し経《た》ってからのことだった。エリクは、ウシュク・ベーハの話の合間に、ゲール語でアレクサンダーに言ったのだ。エリザベスの身元について調べた。後で伝えたい、と。

「なんだ、まだベスと別々の部屋で暮らしてるの？」

エリクは開口一番そう言った。アレクサンダーは言い返した。

「おまえはそんなことしか頭にないのか」

「まあそうだけどさ。マドックが心配してたよ。ちゃんと跡継ぎを作る気はあるのかって」

「余計なお世話だ。子供ができようができまいがエリザベスと別れる気はない。女はエリザベスだけでいい」

エリクは肩をすくめた。

「一途《いちず》だねえ。マドックにそう言っておくよ。そうそう、いいこと教えておいてあげるよ。イングランドでベスを追いかけてきた従者がいただろう」

アレクサンダーは思わず渋面《じゅうめん》になるのを感じた。

「あれね、ただの主従関係。特に恋愛関係はないよ。おまけに伯爵家の仕事も辞《や》めちゃったんで、もうベスと関わることもないから、安心してね」

「……どうしてそんなことをおまえが知ってるんだ？」

「ベス本人に聞いたんだよ。気になるし、すっきりしないのもよくないだろ。あの感じだと、なんとも思ってないね。ただの僕たちの勘違いだよ」

エリクの言葉に、アレクサンダーは自分でも驚くほど心に安堵《あんど》が広がるのを感じた。

アレクサンダーは椅子から立ち上がるとエリクに向かい合った。

「エリザベスの身元について調べたと言ったな」

「うん。エディンバラなら、マケイブよりはイングランドに近いし、人を使うこともできる。エディンバラで寝てるだけの生活だったから、時間はたっぷりあったしね」

「エリザベスはだいぶゲール語がわかるようになってきた。気をつけた方がいい。さっきも、エリザベスは自分のことを話していると気づいたぞ」

「マケイブになじもうとして頑張ったんだね。あの子はいい子だ。僕は好きだよ。でも、彼女の存在をどう判断していいかはわからない」

エリクは少し考えてから言った。

「……どういうことだ」

「簡単に結果だけ話すよ。彼女は、確かにノエル伯爵の娘だ。ただし、私生児にあたる。本物のエリザベスが可愛くて、スコットランドに送るのが忍びなく、身代わりに彼女を君に差し出したわけだ」

アレクサンダーはエリクを見た。

「私生児……」

そう考えると、彼女がジェームズ王の女好きに過剰《かじょう》な反応を示したのもわからなくもない。王には何人か私生児がいる。自分と重ね合わせたのだろうか。

「名前は、シャーロット・ハワード。ずっと女子修道院にいたらしい。ちなみに、もう亡くなったけど、姉にキャサリン・ハワードっていうのもいたらしい」

アレクサンダーは息を呑んだ。以前、エリザベスが熱を出していたときに寝言で言っていた名前はキャサリンだ。記憶の底を何かがえぐった。キャサリン・ハワード。

「……あのときの」

アレクサンダーは呻《うめ》いた。そうだ。パリからブリテン島に戻ってきた四年前、キャサリン・ハワードと名の刻まれた墓碑《ぼひ》の前に座り込んでいた少女がいた。故郷に帰ることに不安を抱えていたアレクサンダーに、よい領主になれると言ってくれた少女が。

エリクの話と、すべてが一致する。では、彼女が、エリザベスなのだ。いや……。

「シャーロット」

アレクサンダーはつぶやいた。それが彼女の本当の名前なのだ。彼は脱力すると、また椅子に腰を下ろした。胸の奥からこみ上げてくるものがある。座り込んだまま額《ひたい》に手を当てると、小さく喉《のど》の奥で笑った。

運命などという陳腐《ちんぷ》な言葉を信じたことはかつてない。けれども、これが運命でなくてなんなのか。本来ならば巡り会うことすらなかったはずの二人が、こうして夫婦としてあるのだから。

「……アル。大丈夫？　ショックでおかしくなっちゃった？」

笑いだしたアレクサンダーを見て、エリクが怪訝《けげん》そうに声をかけてきた。

「なってたまるか。ただ、あまりにも、意外でな」

エリクは苦笑した。

「アルはベスのことになると調子がおかしくなるね。で、どうするのさ」

「どうする、とは」

「彼女はエリザベスじゃない。つまり、アルはイングランドの有力貴族の弱みを握ったとも言えるし、知らなかったとはいえ、王の命《めい》とは違う女性と結婚したわけだから、弱みを握られている、とも言える。彼女をどう扱うか、ってことだよ」

エリクの言葉に、アレクサンダーはきっぱりと答えた。

「決まっている。彼女を俺の正式な妻として迎え入れる。王にも、いけ好かないイングランドの伯爵にも文句を言われない形でな」


シャーロットは城を出るといつもアリスと落ち合う河原へと向かった。

エリクの言葉が妙に耳に残った。以前のように人なつこい笑顔を見せるエリクだったが、なぜか不穏な予感が心をよぎった。エリクと再会できたのは嬉しい。でも、何をアレクサンダーに言ったのだろう。わざわざゲール語で話すということは、シャーロットに聞かれたくないということなのだろうか。

(大丈夫よ、だって、エリクが何かを知ってるわけがないもの)

そう思いつつも、シャーロットは心のざわつきを抑えることができない。アリスに会って、話を聞いてもらいたかった。アリスが何か解決策を提示してくれるわけではないが、話すことでいつも心が落ち着いた。

河原にたどり着くと、シャーロットはしゃがみ込んだ。アリスとは、特に示し合わせているわけではないので、会えないこともある。それでも、琥珀《こはく》色の水が流れる川を眺めていると、少しずつ気持ちが穏やかになっていくのがわかった。

ふと、近くの木立が小さく揺れた。

「アリス？」

シャーロットは名を呼んだが、現れたのは、アリスではなかった。膝丈《ひざたけ》のチュニックに、革のベルトを巻き、そこに長剣と短剣を下げている。男性の格好だったが、すらりとした体軀は女性のものだ。黒髪は短く切られていて、そばかすの散った顔は二十《はた》歳《ち》を少し越えたあたり、一重《ひとえ》の黒い目は、鋭い光を放っていた。見たことない女性だった。

「……あなた、だれ」

彼女は答えなかった。シャーロットの前まで歩いてくると、ぎこちなく笑みを浮かべた。

「アリスの知り合いです。アリスが呼んでいる。来てください」

「アリスの……？」

それは奇妙なことだった。これまで何度もアリスと会ったが、常に一人であり、知り合いがいるとは思えなかった。

「待って。アリスが呼んでいるってどういうこと？　アリスの知り合いってことは、あなたも森の人なの？」

「……ええ、そう」

「アリスはどうしたの？　ここに来られないのはなにか理由があるの？」

「アリスは来られない。アリスがあなたを呼んでいる。あなたがアリスのもとに行く」

訛《なま》りを含んだイングランド語で女は繰り返した。

（なんだか、おかしい……）

もしかしたら、アリスが病気でもして動けないのだろうか。しかしそれならばシャーロットを呼ぶよりも治療師のところに行くだろうし、女からはそういった緊急性は感じられなかった。シャーロットは女から離れようと後ずさりした。

「わたし……行けないわ。明日アリスに会いに来てって伝えてくれる？」

女はすいと近づいて、シャーロットの腕をつかんだ。その力は信じられないほど強かった。女はゲール語で囁くように言った。

「来い。……したくない」

聞き取れたのはそれだけだ。鋭い眼光で射《い》すくめられてぞっとした。腕をひっぱられて、引きずられるように森の奥へと連れていかれようとする。

「やめて、放して！　あなた、何なの？」

シャーロットは手をふりほどこうともがいた。すると、女はシャーロットの腕をひねり上げて、身を引き寄せてきた。腕をねじられて動きがとれないシャーロットの耳元に、女はイングランド語で言った。

「言うことを聞いて、ついてこい。そうすれば傷つけない」

シャーロットはあまりにもわけのわからない状況に言葉を失った。

（……わたし、もしかして誘拐されようとしているの？　なんで？）

シャーロットが黙り込んだことを、肯定と受け取ったのか、女が手を緩《ゆる》めた。

そのときだ。何か黒いものが目の前をかすめると、すぐ隣の女の額《ひたい》に鈍《にぶ》い音を立てて当たった。女は小さく呻くと、のけぞって後ずさった。額から血がにじんでいる。落ちたのは小さな黒い石だ。

シャーロットは石が飛んできた方向を見た。

走ってくるのは、アレクサンダーだった。

アレクサンダーは走った。

エリクの話を聞いて、エリザベスと今後についてきちんと相談すべきだと思ったのだ。彼女がどこにいるかははっきりとはわからなかったが、いても立ってもいられなかった。

カイルによると、エリザベスは時々河原で外の女と会っているという。他の者からもエリザベスが河原の方によくいるという話は聞いていた。アレクサンダーは河原へと向かった。

川は城から少し離れた森の中にある。歩いていると、エリザベスの声が聞こえた。しかしそれは尋常《じんじょう》な声ではなかった。叫び声に近い。アレクサンダーは走り出していた。

楡《にれ》の木の間に、人影が見えた。一人はブレードを纏《まと》ったエリザベスで、もう一人は見たことのない女だった。あろうことか、その女はエリザベスの腕をひねり上げている。

アレクサンダーは足下の小石を拾うと、女に向けて投擲《とうてき》した。女の額に石が当たり、のけぞってエリザベスから体が離れるのが見えた。

「エリザベス、来い！」

アレクサンダーが声を上げると、エリザベスがはっとしたようにこちらに身を翻《ひるがえ》して走り出した。走ってきたエリザベスの体を受け止めると、彼女を庇《かば》うように背後に移動させる。女は、アレクサンダーの方へと顔を向けた。

「アレクサンダー・マケイブか」

女は低い声で言った。

「そういうおまえはマケイブの民ではないな。メルヴィルの者か」

「だとしたらどうする」

「俺の妻に手を出すとは何を意味するかわかっているな」

「ここで二人ともいなくなれば、誰が犯人かわかるまい」

「させると思うか」

アレクサンダーの言葉を聞かず、女はこちらに近づいていた。長剣を抜き、低い姿勢から横に薙《な》いでくる。狙いは足か。

（速い）

アレクサンダーはかろうじて短剣で剣をはじいた。族長の証《あかし》である剣は大きすぎて普段は持ち歩いていない。今ある得物《えもの》は刃渡り三〇センチほどの短剣と粗皮靴《ブローグ》に仕込んだ小刀だけだ。

女の剣は素早く、また正確だった。一つ一つの斬撃は重くはないが、こちらの急所を狙ってきている。明らかに、訓練された者の動きだ。短剣で防ぐのは容易ではなく、また背後のエリザベスを庇《かば》うと、必然的に動きが制限される。

ならば、守勢に回るよりは攻勢に出るべきだ。

アレクサンダーは前に出た。女の長剣を短剣で払うと、そのまま彼女の懐《ふところ》へと入り込む。女が息を呑むのがわかった。剣がなければ拳を使えばいい。握りしめた拳を女の身に打ち込む。女はかわそうとしたが、すべてを避けることはできず、勢いのままに地面に転がった。女は苦しげに呻いたが、よろめきながらもすぐに立ち上がった。

と、目線がふと自分の後ろへと向けられるのがわかった。

アレクサンダーははっとして叫んだ。

「エリザベス、逃げろ」

エリザベスは、その声に、驚いた様に身を強《こわ》ばらせたが、すぐに駆けだそうとした。

女剣士はすぐに反応した。一歩後ろに下がると、長剣を地面に突き立て、腰の短剣を引き抜く。そうして、エリザベスに向けて投げつけていた。

アレクサンダーは咄嗟《とっさ》に腕を伸ばしていた。鋭い衝撃が右腕に走る。女の投げた短剣は、アレクサンダーの腕をざっくりと切り裂いた。しかし短剣の軌道は変わり、くるくると回転しながら地面に突き刺さった。

アレクサンダーは舌打ちをした。赤い血が腕から流れるのを感じた。エリザベスは守ったが、利《き》き腕をやられた。しかし、このまま引くわけにはいかなかった。

「アレクサンダー!?」

エリザベスが背後で悲鳴のような声を上げた。

アレクサンダーは振り返らずに女に向かって短剣で斬りかかる。長剣と短剣ではリーチの差は歴然だ。であれば、刃《やいば》が届く懐に入り込まなければならない。女が短剣を投げ、長剣を手放している今はチャンスだ。アレクサンダーは剣を一閃させたが、女は辛《から》くもそれをよけた。女はすぐに突き立てた剣を手にすると、アレクサンダーの二撃目を受け止めた。

普段のアレクサンダーならば、力で負けることはなく押し切っただろう。しかし、利き腕の怪我は、最後の一押しを不可能にした。女はアレクサンダーの剣をはねのけた。

女は感情を見せない表情のまま、アレクサンダーの前に立ちはだかった。

「守るものがあると人は弱くなるな」

アレクサンダーは女を睨《にら》みつけた。

女は剣を振り上げた。どう切り返すか、アレクサンダーは頭をめぐらせた。

そのときだ。青い衣《ころも》が翻《ひるがえ》って、アレクサンダーの目の前に立ちふさがった。女剣士がはっと息を呑み、動きを止めたのがわかった。

「アリス⁉」

エリザベスの声が響いた。アレクサンダーは顔を上げた。青い衣を着ているのは、背の高い女のようだった。アレクサンダーを庇うように、両手を広げて、剣の女に立ちはだかっている。女剣士は恐れるように後ずさりすると、脱兎《だっと》のごとく走り去った。

アレクサンダーにはわけがわからなかった。命はないものと思った。それなのに。

（この女は、何なんだ？）

青い衣の女は、振り返るとアレクサンダーをじっと見つめてきた。氷のように整った面《おも》輪《わ》に、榛《はしばみ》色の目がこちらを射る。と、女は、現れたときと同じように唐突に身を翻して去っていった。

「アレクサンダー、アレクサンダー、大丈夫⁉」

エリザベスが走り寄ってくるのがわかった。とりあえず、エリザベスが無事なのは何よりだった。利き腕の痛みが、今更ながらずきずきとよみがえってくるのを感じた。

「ローナ。エリザベスに手を出すとはどういうことだ」

アリスは足下に控えるローナを蹴り飛ばした。マケイブに近い、メルヴィルの領内の森の中である。ローナは地面に転がった。

「も、申し訳ありません。ですが……」

「言い訳はいらない」

アリスはまたローナを蹴りつけた。それから、近場に落ちていた木の枝で打ち据えた。気の済むまで何度も。ローナは声も上げずにそれに耐えたが、腕に、足に、赤い切り傷の線が浮かび上がった。

ローナはそれでもよろよろと立ち上がり、すぐに膝をついた。

アリスはローナを一瞥《いちべつ》すると、親指の爪を噛んだ。

エリザベスは……本当はシャーロットというらしいが……、いつの間にかアリスにとってなくてはならない存在になっていた。

エリザベスは忌憚《きたん》なく語る。それはアリスがしゃべれないと思っているからかもしれないが、日々の不安や喜びや、辛いことや楽しかったこと、すべてを語る。それは、母が亡くなって以来、アリスが知ることのない生《なま》の感情の揺らぎであり、愛の証だった。

（愛……）

アリスは時々わからなくなる。母が与えてくれた愛と、エリザベスが得ようとしているアレクサンダーとの愛。それは、もしかしたら違うものなのではないかと。

エリザベスと共に過ごす時間、それはあてもなく森を散歩するような他愛のないものだ。けれども、彼女の涼やかな声がハイランドへの憧憬《しょうけい》を語り、そのまなざしがアリスをとらえ、微笑みかけてくるとき、温かなものが胸の内に湧いてくる気がする。

アリスはエリザベスが好きだった。彼女が幸せになればいいと思う。

アリスはエリザベスの話を聞く。エリザベスの感じたアレクサンダーへの思慕《しぼ》や焦燥《しょうそう》、愛が形作られていく道程《みちのり》を。それはアリスの中から失われたはずのものであり、真実を取り戻すための手助けとなるはずなのだ……。

「アリステア様。どうか、お聞きください。アレクサンダー・マケイブはもうおしまいです。あの男に未来はありません」

アリスは改めてローナを見下ろした。いつでもアリスに忠誠を誓う彼女がエリザベスに手を出したのには意味があるはずだった。

ローナの襲撃によって、メルヴィルの者がマケイブ領内に入り込んでいることを知られた。そして、シーリングによる一時的な空隙《くうげき》を狙って氏族長夫妻の命を奪おうとしたことも。これはメルヴィルにとっては非常に不利な出来事だ。メルヴィルに攻め入られるきっかけになりうる。そして兄のゴードンは今とても戦場に立てる状況ではないだろう。

メルヴィルがどうなろうとアリスはどうでもよかったが、ローナは違うはずだ。そこまでのリスクを負う意味がローナにはあったというのだろうか。

「どういう意味だい、可愛いローナ。事と場合によっては、この程度のお仕置きでは済まないよ」

アリスの言葉に、ローナは血のにじむ唇を開いた。


シャーロットとアレクサンダーはすぐに城に帰った。シャーロットはどうしていいかわからなかったが、城にいたエリクが、すぐにアレクサンダーの手当てをしてくれた。おおごとにはしたくないというアレクサンダーの意向を受けて、寝室での治療となった。アレクサンダーの傷は、致命傷というほどではなかったが、浅くはなかった。エリクがマリーゴールドのチンキで止血し、傷口を縫う。見ているだけで痛そうだったが、アレクサンダーは表情を変えずにその治療を受け終えた。

「これで大丈夫だと思うけど。いったい何があったのさ。アルが傷を負わされるなんて、ただ事じゃない」

エリクはきびしい表情で言った。アレクサンダーは答えた。

「メルヴィルだ。メルヴィルの女がエリザベスを襲っていたから助けたが、このざまだ」

エリクは顔色を変えた。

「メルヴィルだって!?　最近はおとなしくしていたのに、こんな……」

「エリザベス、あの女に見覚えはあるか」

アレクサンダーに聞かれて、シャーロットは首を左右に振った。泣きそうだった。

「初めて会う人よ。アリスに会いにいったら、突然出てきて、ついてこいって……」

「アリスというのは、俺を庇ったあの青い服の女か」

シャーロットはうなずいた。エリクが口を挟んだ。

「その、アリスとかいうのは、君たちを襲った女とグルなんじゃないの」

「ちがうわ、アリスはそんな人じゃない。わたしの友達だもの！」

「ベス……」

「わたしが一人で寂しくてどうしようもなかったときに、アリスはそばにいてくれたの。それに、アレクサンダーを助けてくれたわ」

言いながらも、シャーロットは女剣士がアリスの名を出していたことを思い出す。どうしてアリスのことを知っていたのだろう。

「……きっと、アリスは利用されたの。あのメルヴィルの人は、わたしとアリスがよく一緒にいるのを見ていたんじゃないかしら。だから、わたしがあの河原に行くのを知ってたんだわ。あそこは人気《ひとけ》がないし、ああいうことをするには都合がいいもの」

言いながら、シャーロットはどんどん気分が沈んでいくのがわかった。

(わたしが、原因を作ってしまったんだ……)

シャーロットがいなければ、アリスはあの女剣士に利用されることもなかっただろうし、アレクサンダーが怪我をすることもなかったはずだ。

「……ごめんなさい。わたしが不用意な行動をしたせいで……」

「気にするな。この程度のことならば、これまでもよくある」

アレクサンダーの言葉に、エリクがぴくりと反応した。

「アル、それはどういうこと。もしかして、マケイブにいる間にも何度か命を狙われるようなことがあったの?」

「……」

アレクサンダーは口を閉ざした。

「そうなんだね? アルが族長なのがそんなに気に食わない輩《やから》がまだいるのか」

「確かに危ないことはあったが、証拠がない。それにまだわからないことが多すぎる」

アレクサンダーはそう言って、寝台に横になった。

「少し休ませてくれ。さすがに今日は疲れた」

その日から数日の間、アレクサンダーは高熱を出して寝込むことになった。エリクの処置がよかったのか、傷の治りは悪くないようだが、やはり大きな怪我というのは体への負担は大きいのだろう。

シャーロットが襲われて、アレクサンダーが傷を負ったということは、エリク以外には知らせなかった。女がシャーロットを連れ去ろうとしたのはわかった。だが、どうしてそのようなことをしたのかが不明だった。私怨《しえん》ではない、とアレクサンダーは断言した。女の動きは明らかに訓練されたものであったし、会話の内容でもそれは明らかだ。だが、メルヴィル氏族が動いたとなると、相当のリスクを負ってマケイブ領内に入ってきたことになる。氏族長の妻の誘拐を企《くわだ》てたとなれば戦争に突入してもおかしくない。また、もう一つ考えられるのは、例の女がメルヴィル氏族を装《よそお》って、両氏族の争いを煽《あお》っている可能性である。いずれにせよ、争いが起きかねない状況であるから、慎重に動くべきだとアレクサンダーは判断したのだ。

シーリングの最中であり、城に人が少なかったのも幸いして、それが明らかになることはなかった。シャーロットはつきっきりでアレクサンダーの看護をした。ひとつは、城に出ないように言われたことがある。例の女は逃げていったが、また来ないとも限らない。城の者に刀傷があることを知られたくないのもあった。けれども、一番は夫が心配で仕方がなかったのである。

よく見れば、アレクサンダーの体にはいくつもの刀傷がある。それに、いつも生傷が絶えなかった。本人はどうということもない様子だが、エリクが看破《かんぱ》したように、この間以外にも命を狙われるようなことがたびたびあったのだろう。

数日経《た》って、ある程度症状が落ち着いた頃、シャーロットはエリクにもらった解熱効果のあるヤナギの樹皮を煎《せん》じたお茶を作った。アレクサンダーは苦笑した。

「子供の頃によく飲んだが、やはりうまくないものだ」

「子供の頃に？」

「俺は小さい頃は体も小さかったし、よく熱を出して寝込んでいたからな。おかげで父を失望させたし、兄にはからかわれたよ」

今のがっしりした体格と、いつも精力的に動き回っている姿からは信じられなかった。

ふと、アレクサンダーが思いついたように言った。

「君が小さかった頃は、どんな子供だった？」

シャーロットは息を呑んだ。本当のことは言えないので、それらしく話を作る。

「……その、小さいときは、アランと一緒に近くの村に遊びに行くこともあったの……。だから、そういうときは外で飛び回っていたわ」

「……あの従者か」

アレクサンダーの声が低くなった。

「わざわざ追いかけてきたぐらいだ、君もまた会いたいだろう？」

「アランと？　……そうね、確かにとてもお世話になったけど……。もう会うことはないと思うの。アランもわたしの顔を見ると辛いだろうし……」

「……君の顔を見ると辛い？」

「……もう亡くなったけれど、アランには好きな人がいたの。わたしといつも一緒にいた侍女だった人で、キャサリンと言って……。わたしの顔を見ると、亡くなったキャサリンを思い出して辛いんだと思う」

シャーロットはひやひやしながらアランとキャサリンのことをそれらしく説明した。とはいえ、キャサリンが侍女という以外は本当のことである。アレクサンダーは、シャーロットの話を聞いて、妙に落ち着いた表情になった。

「そうか、それならいいが」

シャーロットは、話をそらしたくてアレクサンダーに聞いた。

「いつぐらいからそんなに大きくなったの？」

「フランスに行くと決めたぐらいからか。マケイブにいても役に立たないと思ったからな。ところが、そのあと、背が伸びたし、体も丈夫になってきた。正直、遅すぎたと思う」

アレクサンダーは自嘲《じちょう》するように言った。

「そんなことない。あなたは立派にマケイブを治めているもの」

「どうだろうか。父と兄が困難に直面していたときに、俺はそばにいられなかった」

「でも、パリで学んだことは役に立っているでしょう？　大学で学んだ知識があるから、王様とも対等にお話しできて仲良くなれたんだと思うの。それに、外で働いたり体を鍛えたりするだけじゃなくて、あなたはマケイブの財政の立て直しも考えているんでしょう？だから領地も見て回っているわけだし。それは、今日明日で結果が出ることではなくて、きちんと計画を立てて、何年もかけてよくしていくことだわ。誰もができることじゃない。遠回りしたから、できるようになったんだもの」

シャーロットは、アレクサンダーからお茶のカップを受け取った。

「それにね、きっと、お父様もお兄様も、アレクサンダーのことがちょっとうらやましかったんじゃないかしら。あなたがマケイブを愛しているのは誰が見てもわかるもの。パリに行ったのだって、お父様やお兄様にはできない方法でマケイブのためになろうとしたからでしょう。それはそれで頼もしかったと思うわ」

シャーロットの言葉を聞いて、アレクサンダーは少し考えた後に口を開いた。

「……君は今も昔も、俺が一番欲しい言葉をくれるんだな」

シャーロットはよく意味がわからなくて聞き返した。

「今も昔も？」

「……君は……」

アレクサンダーは何かを言いかけたが、黙り込んだ。

「熱が下がってから話したいことがある。今はうまく考えがまとまらない」

アレクサンダーは寝台に横になった。

「……君を愛している。君を妻にできて、俺は幸せだ」

彼はそう言うと、吸い込まれるように眠りに落ちていった。

シャーロットはアレクサンダーを見つめた。熱のせいで、彼の額には汗がにじんでいたが、寝息は穏やかだ。

「……あなたこそ、わたしに欲しい言葉をくれているのよ……」

シャーロットは知らず、つぶやいていた。

彼の言葉が、空っぽな器《うつわ》だった自分に愛を注ぎ込んでくれる。こんな自分でも価値があるのかもしれないと知らせてくれる。

だからこそ、シャーロットの心は後ろめたさに引きずられる。自分はエリザベスではないと。アレクサンダーを騙しているのだと。

（……話そう）

シャーロットは静かに眠るアレクサンダーを見ながら思った。アレクサンダーの傷がよくなって、熱が下がったら、すべてを話そう。アレクサンダーは、シャーロットを命がけで助けてくれて、そうして傷を負ってしまった。これ以上騙し続けたくはなかった。たとえそれで、すべてを失うかもしれないとしても。

（……すべてを……）

アレクサンダーは自分を受け入れてくれないかもしれない。マケイブから追い出されてイングランドに戻っても、エリザベスを騙《かた》っていたことがばれたとなれば、ノエル伯爵はもう面倒を見てくれないだろう。

……それでもいい、とシャーロットは思った。これ以降も騙し続けて、愛の言葉をもらうことは、できることではなかった。

失いたくない。ここにいたかった。アレクサンダーの隣にい続けたかった。それでも、言わなければならないのだ。シャーロットが、シャーロットである限り。

シャーロットは、自室に戻ると長持の中からキャサリンの手紙を取り出した。自分を捨てた姉の手紙を、これまでどうしても読む気持ちにはなれなかった。しかし、今ならキャサリンにもなにか事情があったのかもしれないとわかるし、姉の気持ちを知っておきたかった。

手紙には封蠟が施《ほどこ》されていた。アランも中は見たことがないだろう。

シャーロットが封蠟を外そうとしたとき、窓の外で、こつこつ、という音がした。音のした方を見ると、鳩がいた。足になにか紙が巻き付いている。

シャーロットはとりあえずキャサリンの手紙を懐にしまうと、窓を開けて鳩を招き入れた。鳩の足に巻き付いていた紙は、手紙だった。

「アリス……」

たどたどしいイングランド語は、時々目にしたアリスの筆跡だった。手紙には、会いたい、と書かれていた。そして、日時と場所が書いてあった。

アレクサンダーの看護をするのと、襲撃を恐れて、シャーロットは城から全く出ず、したがって何日もアリスとは会えずにいた。

アリスには聞きたいことがあった。あの女剣士はなぜアリスの名前を知っていたのか。エリクの言っていたように、本当は共謀していたのだろうか。

そんなことは信じたくなかった。アリスの存在は、アレクサンダーやカイルとはまた別の心の支えだった。マケイブとも、イングランドとも全く利害関係のない、ただ一人の友人なのだから。

ヤナギの樹皮のお茶が効果を発揮したのか、翌日にはアレクサンダーの熱は下がった。腕の傷も包帯を巻いてしまえば服の下に隠れるので周りにもわからない。

シャーロットは、昨晩届いた手紙の話をした。アリスと出会った経緯《けいい》や、これまでの交流はすべて話していた。これについて、アレクサンダーの認識は、マケイブの領民ではない森の人とこっそり会っていたことは、領主の妻としてはあまり褒《ほ》められたことではない、というもののようだった。

「わかった。君が友人に会いたい、という気持ちは理解する。ただ、一人で会うのはやめてほしい。こういう時期でもあるし、何かあってはいけない。それに、一応助けてもらった恩もある。俺もついていこう」

「……そうね。アリスに会えば、きっと知りたかったことがわかると思うの」

シャーロットはうなずいた。

「それから、あなたに話さないといけないことがあるの。アリスに会った後でいいから、時間を作ってくれないかしら」

「いいだろう。俺も君に話すことがある」

アリスに会いに行くのに、さらにエリクもついていくことになった。

「怪我人と戦闘能力ゼロのベスじゃ、何かあったとき、どうしようもないよ。他の人には言えないだろうし、僕もついていくよ」

ということだった。

アリスに指定された森の中を行くと、アレクサンダーは渋い顔になった。

「この辺りの森は、マケイブとメルヴィルが帰属を巡って争ってる。ここを勝手に行き来していたのか」

「でも、そういう場所だからこそ、自由に歩き回っていたんじゃないかなあ。まともに人が来ないなら、まつろわぬ民には好都合だよ。もともと根を張って暮らしてるわけじゃないから、帰属が決まればまた移動するだけだろうし」

納得いかない様子のアレクサンダーに、エリクはそんな意見をした。

一方のシャーロットは、二人を連れてきたことが後ろめたかった。森の人であるアリスにしてみれば、マケイブの二人に住処《すみか》を知られたくはないだろう。だからといって、一人でこっそりというのも難しい状況だった。

アリスの指定した場所には、朽《く》ちかけた小屋があった。石造りの壁に、ヒースで葺《ふ》いた屋根が乗っているが、これも崩れかけている。かつては狩猟小屋として使われていたのかもしれないが、長く使われていなかったのか、崩壊寸前、という有様だった。アリスはどこに住んでいるか決して教えてくれなかったが、確かに人を招くにはいろいろ問題がありそうだった。

シャーロットがきしむ扉を押し開けようとしたとき、中からアリスがひょっこりと顔を出した。シャーロットの姿を見ると、嬉しそうに微笑んだ。シャーロットはおずおずと言った。

「アリス。今日はお招きありがとう。でも、どうしても一人じゃ来られなくて……。アレクサンダーと、その遠縁のエリクも一緒なの……」

アリスは驚いたようにアレクサンダーを見たが、すぐに中へと通してくれた。ただし、エリクを家の中に入れるのは拒否した。

「いいよ、僕は外で待ってる。何かあったらすぐわかるだろ」

エリクは肩をすくめた。屋根がついているだけマシ、というレベルの建物なので、エリクの言うことはもっともだった。

小屋の中は、外から見た荒れっぷりから想像するよりは、遥《はる》かに人間の住まいらしい環境といえた。中は一間のみとなっていて、い草を散らした石床に、テーブルと椅子、それから隅の方に寝台を兼ねた長持が置いてある。壁には乾燥させた植物がいくつも吊るしてあり、泥炭の燃える竈の上には鍋が湯気を立てていた。

シャーロットが手土産《てみやげ》のバノックを渡すと、アリスは竈の前でそれを切り分け、スグリのジャムを塗った。

「アリスは言葉をしゃべれないの」

シャーロットはアレクサンダーにささやいた。アレクサンダーは小さくうなずいた。

木をくりぬいて作ったのであろう粗末なマグに、鍋のお湯を注いだアリスは、ジャムを塗ったバノックと一緒にテーブルの上に並べた。

アリスはその美しい榛色の目をじっとアレクサンダーに向けた。一方のアレクサンダーもアリスから視線を外さなかった。

「君はアリスというのか。エリザベスから話は聞いている。まずはこの間、助けに入ってくれたことに感謝をする。君が勝手にこの土地を使っていることも、今日は何も言わない」

アレクサンダーの物言いに、シャーロットはすこしはらはらした。しかし、アリスはどうということもなく小さく首を横に振ると、どうぞ、と言うようにお湯とバノックを差し出した。そうして、アリスはさっさと食べ始めた。シャーロットもバノックを食べた。スグリのジャムは、甘みよりも酸味が強かった。

アリスはぺろりとバノックを食べてしまうと、美味しかった、というようにシャーロットに笑みを見せた。

『きずは、治った？』

「ええ、アレクサンダーの傷は、だいぶ良くなったわ。あなたが庇ってくれたから」

アリスはすいと立ち上がると、後ろに吊るしてある乾燥した葉っぱを一束取り出すと、アレクサンダーに差し出した。指先に水をつけると、テーブルに文字を書く。

『オオバコ　腫《は》れ止め』

「アリス……。薬草をくれるために呼んでくれたの？」

アリスはうなずいた。アレクサンダーは胡乱《うろん》げな表情で薬草を眺めたが、確かにそれがオオバコであることがわかったようで、うなずいて受け取った。

それを見て、シャーロットはなんだかほっとした。シャーロットは二人のことはそれぞれ違う意味で好きだった。しかし、二人の間には見えない緊張感がそこはかとなくある。それが少しでも和《やわ》らいだように思えたのだ。

「アリス。あのね。聞きたいことがあるの」

アリスは先を促《うなが》すように目を合わせてきた。視界の隅で、アレクサンダーがバノックを食べだしたのがわかった。例によってアレクサンダーの食欲はすごい。作った側としては嬉しいが、シャーロットの二倍は食べている。

「この間、わたしがあの女の人に攫《さら》われそうになったときに、言われたの。『アリスが呼んでる』って」

アリスはシャーロットの言葉をじっと聞いている。

「あなたとあの人は知り合いなの？　だとしたら、あの女の人がわたしを攫おうとして、さらにアレクサンダーを切りつけてきたっていうのは……どういうことなの？」

アリスはなんどか瞬《まばた》きをした。それからゆっくりと唇を開いた。

「それはね、アレクサンダー・マケイブはもうおしまいだ、っていうことだよ」

シャーロットは耳を疑った。

「アリス……声が、それに、男の人の声!?　あなた、男なの!?」

「そう、本当はね、しゃべれるんだ。でも、エリザベス……いや、シャーロット、あなたと一緒にいたかったから。わたしが男だと知ったら、ここまで仲良くしてくれたかい？」

シャーロットは驚愕《きょうがく》のあまり立ち上がっていた。

アリスが声を出しているということ。その声が、男性のものであるということ。そして、その話の内容が、恐ろしいものであること。

「アレクサンダーがおしまいって、どういうこと」

「言葉通りだ。アレクサンダーは、対立してはならない人間を敵にしてしまった。これまでも狙われたことがあったんじゃないか。彼は逃げられないだろう」

シャーロットはエディンバラでエリクと一緒に襲われたことを思い出した。

「この間、わたしを襲った女の人は」

「狙いはアレクサンダーだよ。アレクサンダーをおびき出すために、あなたを攫おうとした。ああ、彼女はローナ。わたしの忠実な従者だよ」

「最初から、グルだったの」

「それは誤解だ。今回のことはローナの独断と先走りだ。兄が、ローナにアレクサンダーのことを吹き込んだようだから。わたしが知っていれば、あんな下手は打たない。わたしがローナからアレクサンダーを守ったことも、演技じゃない」

シャーロットはアリスの美しい面《おもて》を見た。

「アレクサンダーが敵に回した相手ってだれなの」

アリスは榛色の瞳を伏せた。

「……ノエル伯爵だ」

シャーロットは息を呑んだ。

「……父が……」

「ノエル伯爵にとって、『エリザベス』がスコットランドに嫁《とつ》ぐのは困ることなんだよ。わかるだろう」

「……わかるわ」

イングランドではヘンリー七世により、かつてなく王権が強くなっている。内戦の影響もあるが、古参の貴族たちの力は様々な方法で力を削《そ》がれつつある。ゆえに、ノエル伯爵はアルヴァーリー公爵家と婚姻関係を結ぶことで力を保とうとしていた。にもかかわらず、当のエリザベスがスコットランドに嫁ぐとなれば、その計画は果たせない。

「だからノエル伯爵は一計を案じた。シャーロット、あなたを『エリザベス』としてスコットランドに嫁がせる。しかも、結婚式場で一年は白い結婚であると公言させて。その上で、アレクサンダーの命を狙った。アレクサンダーが一年以内に亡くなれば、『エリザベス』は清い身のままイングランドに帰ってくることになる。もう一度、本命に嫁がせることに何の支障もない」

だとすれば、エディンバラでアレクサンダーを狙ったのは、ノエル伯爵の手の者だったのだ。確かに、エリクがイングランド人の可能性が高いと言っていた。

では、手紙でシャーロットにイングランドに戻ってくるように伝えてきたのは、本物のエリザベスと、アルヴァーリーの結婚を進めるためでもあり、アレクサンダーの命を奪う算段が整ったということなのか。アレクサンダーがいなくなれば、シャーロットがマケイブにいる必要はないし、修道院に入れてしまえば、シャーロットが替え玉として一時的に結婚していたという事実が漏《も》れる心配もない……。

恐ろしい計画に、シャーロットは耳鳴りがしてくるのを感じた。

「……でも、どうしてあなたがそれを知っているの」

「ノエル伯爵は、アレクサンダーを殺すために、マケイブの宿敵であるメルヴィルの族長に声をかけたのさ。アレクサンダーを殺せ、と。そうすれば、資金援助と武器の供与を約束する、とね。兄は……族長はそれでローナにアレクサンダーの暗殺を命じた。もし失敗して戦争状態に陥《おちい》っても、ノエル伯爵からの援助があれば、勝てる可能性の方が高い。それに、メルヴィルの族長は、マケイブ内にいる反アレクサンダー派にも声をかけていた。気づいていないかもしれないが、アレクサンダーは内にも外にも命を狙われていて、逃げ場がない状態だった。ローナが教えてくれたよ」

「族長が兄、って……」

「そう、まだ言っていたなかったね。わたしはメルヴィルの族長の血族だ。もっとも、これまではほとんど追放されたようなもので、ここで暮らしていたけれど」

（わたしはこの人の何を見てきたの）

しゃべれないと思って、何もかも話してきた。友人だと。けれども、それは勝手な自分の思い込みだったのではないか。

「わたしを、騙して」

「違う。シャーロット。そうじゃない。わたしはあなたを愛している」

アリスは静かに言った。あまりにも場違いな言葉に、シャーロットはめまいを感じた。と、ごとり、という、重たいものが床に落ちたような音がした。シャーロットは振り返った。アレクサンダーが石床の上に倒れ込んでいた。

「アレクサンダー!?」

シャーロットは倒れたアレクサンダーに駆け寄った。倒れたアレクサンダーの意識は完全になくなっていた。

「ああ、効いたね、彼はたくさん食べていたから。ゲルセミウムはハイランドには自生しないから、手に入れるのも難しいがよく効く毒だ」

「毒、ですって……!?」

「あなたも味わっただろう。あのスグリのジャムには致死量の毒が入っている」

シャーロットはぎくりとした。

「あなた、わたしにも……」

「そう。残念ながらわたしが口にしたジャムには入っていないけれど。タネ明かしとしては簡単だ。あなた方が食べるほうにだけ、毒入りのジャムを塗って渡した、ということだよ。わたしはあなたたちを見届ける役割があるからね」

「アリス、あなた、なんてことを、なんで、どうして……」

シャーロットは、言いながら、さらにめまいが激しくなってくるのを感じて、床に手をついた。倒れたアレクサンダーを助けなければならないのに。

「ああ、シャーロット。苦しいね。申し訳ない。だけど、あなたたちが愛を遂げるためには、共に逝《ゆ》くべきだろう？　残された者は、失った者を求めて、この世をさまよわなければならない。わたしは知っている。それは……幸せなことではない」

「アリス……」

シャーロットは呻いた。視界が暗くなる。舌が痺《しび》れ、呼吸が苦しくなる。これが毒の作用。アレクサンダーも、この苦しみを味わったのだろうか。

「シャーロット」

水のように冷たい手がシャーロットを抱き上げるのがわかった。温かなしずくが顔に落ちてくる。これは涙だろうか。

「愛している。これがわたしが与えられる愛の形だ」

第三部

第十一章　欠落の城

気づいたのは闇の中だった。光もなく、音もなく、匂いもない。ただ意識だけが闇の中に囚《とら》われている。できるのは思考することだけだ。

だからシャーロットは考える。ここはどこなのか。いつからここにいるのか。どうしてここにいるのか……。

(ひとり。わたしはひとり……)

以前は違った。愛《いと》しい人がそばにいた。そう……。

「……アレクサンダー」

つぶやいた声は驚くほどかすれていた。重いまぶたを押し上げたが、ぼやけた視界は容易に焦点を結ばなかった。見えたのは、太い木の梁《はり》が交わされ、その上に赤い模様が描かれている、見知らぬ天井だった。

「……なに、どこ」

シャーロットは起き上がろうとしたが、力が全く入らない。かろうじて持ち上げた腕が目に入ってきて、愕然《がくぜん》とした。腕が枯れ枝のように痩《や》せ細っている。さっきまでは普通の腕だったのに……。

そこまで考えて、シャーロットは思い出した。

（そう、わたしとアレクサンダーはアリスに毒を盛られた。アレクサンダーは、アレクサンダーはどうなったの⁉）

シャーロットは必死になって起き上がった。起き上がるだけで息が上がった。寝台から転がるように降りたが、しばらくしゃがみ込んでそのまま立ち上がれなかった。寒かった。その部屋は寝室らしく、小さな部屋に、寝台と長持と椅子が置かれているだけだった。マケイブの城にはない部屋である。

（ここは、マケイブのお城ではないの？）

シャーロットは這《は》うようにして移動したが、長持の前までが限界だった。長持の上には窓があった。南向きではないらしく、日は差していなかったが、昼間であることはわかった。長持の上に座り込むと、窓ガラスに自分の姿が映っていた。

（……これ、わたし……？）

シャーロットはさらに驚いた。痩せていたのは腕だけではない。窓に映る自分の顔もすっかり痩《こ》けていた。何より驚いたのは、生え際《ぎわ》の髪の毛が、生来の赤毛となっていた。一週間や二週間でで伸びた量ではない。

(何ヶ月も、時間が過ぎたということ……!?)

いったい何があったのだろう。どうしてこんなところにいるのだろう。それに、何より

アレクサンダーはどこにいるのか。

ふと、床に倒れたアレクサンダーの姿が脳裏をよぎった。

(大丈夫よ、だって、わたしがいまこうして生きているんだもの、アレクサンダーならわたしよりも体も大きくて丈夫だわ。無事に決まってる)

シャーロットが窓ガラスにすがりついて動けずにいると、扉が開く音がした。

振り向いた先にいたのは、年若い男性だった。すらりとした身体に、プレードを身につけ、腰に小袋《スポーラン》と剣を下げた姿は、ハイランドの若者そのものだ。そして、その美しい顔には見覚えがあった。

「……アリス……」

シャーロットが呻《うめ》くと、アリスは緩《ゆる》やかな笑みを浮かべた。

「ここ一週間、反応が出てきたから、そろそろ起きるんじゃないかと思っていたよ」

「あなた……わたしに毒を飲ませたのよね? それなのにどうしてわたしは生きているの。ここはどこ。いったいどれくらいの時間が過ぎたの」

「聞きたいことが多いのはわかる。ここはメルヴィルの城。今はもう十一月だ」

シャーロットは言葉を失った。十一月。秋を通り越して冬に近い。三ヶ月も眠っていたというのだろうか。それにメルヴィルの城になぜシャーロットがいるのか。

「まだ寝ていた方がいい。長いこと寝たきりで筋肉も衰《おとろ》えているからね」

アリスは座り込んだシャーロットに肩を貸すと、寝台の上へと移動させた。アリスの手をふりほどこうにもその力は出てこなかった。

寝台からアリスを見上げた。中性的な顔立ちは変わらなかったが、こうしてみれば男性にしか見えない。なぜ気づけなかったのか。いや。以前とは表情が違う。以前はあやふやさの漂う、やさしげな表情だったが、今はどこか厳しささえ感じられる表情をしている。

シャーロットは目に涙がにじむのを感じた。しゃべることができないと思い込んで何もかもを話してきた。疑いもしなかった自分はなんと愚かだったのだろう。信頼していたのに。アリスのことが好きだったのに。

「ああ、シャーロット、泣かないで。この三ヶ月というもの、あなたが眠りながらも毒に苦しむ姿をずっと見てきた。覚えていないようなのが幸いだけど」

「あなたがわたしに毒を飲ませた張本人でしょう！」

シャーロットはアリスに向かって叫んだ。つもりだったが、干からびたようなかすれ声が出ただけだった。

「いったいこれまでに何があったの。アレクサンダーはどこにいるの？」

アリスは寂しそうな表情を浮かべた。

「今から話す？　それとも少し休んでからにする？」

「今からよ」

「そう。少し長い話になる。辛《つら》くなったら言って」

アリスは話し始めた。

「あなたが倒れた後、アレクサンダーの連れが飛び込んできた。アレクサンダーにまだ息があるのを見て、ひどく怒ってわたしに襲いかかってきたよ」

エリクならばそうするだろう。

「……アリス、あなたはメルヴィルのために、私たちに毒を盛ったっていうの」

「違う。メルヴィルなんてどうでもよかった。ただ、あなたが……」

アリスはシャーロットから目をそらした。

「アレクサンダーが亡くなれば、あなたは一人取り残されるだろう。それは、あなたにとって辛いはずだ」

「……だから、二人一緒に仲良くあの世に送ろうとしたっていうの」

「そう、と言うしかないだろうね」

シャーロットは目を閉じた。

（なんてこと……）

ありえないことだが、もしもアレクサンダーが先に亡くなったとしたら、シャーロットは悲しみに押しつぶされてしまうだろう。だからといって、まだ起きていない未来の悲劇のために、あらかじめ殺してしまおうなどと……、烏滸《おこ》がましいにもほどがある。

「あなたは、ばかよ」

シャーロットは思わずつぶやいていた。

「……そうだ。わたしは愚かだった」

その声には苦い後悔の響きがあった。

「あのマケイブの若者がアレクサンダーのところに来たときに、わたしはあなたを連れて逃げた。ローナも助けに来てくれたからね」

「わたしだけを……」

「アレクサンダーも一緒に、というのはあの連れがいたから無理だったよ。あなたを連れてきたのは見届けるべきだと思ったからだ。わたしが手を下したのだから」

そう言うアリスの声がわずかに震えた。

「けれど、あなたは生き延びた。ゲルセミウムの猛毒を乗り越えた。泉に飛び込んできた時のように、シャーロット、あなたはいつでもわたしの想像を超えたことをする」

シャーロットは目を開いた。アリスはシャーロットの方を向いてはいたが、その目はもっと遠くを見ているようにも思えた。

「以前、あなたは言った。わたしは自由だと。ある意味ではそうなのかもしれない。わたしは傍観者だったから」

「傍観者……？」

「わたしは水の流れを見るのが好きだった。川の水に翻弄《ほんろう》される木の葉がどこに流されていくのか、岩に当たって消えるのか、水底に沈むのか、それとも水たまりに流れ込んで穏やかに漂うのか。川の外から眺めるのが。安全なところから眺めて楽しんでいた」

　アリスは凍りついたように静かな表情で話し続ける。

「だけど、あなたが何日も目の前で毒にもがき、苦しみ、死の淵《ふち》を彷徨《さまよ》っているのを見ているとき、あなたにいなくなってほしくないと、そう思うようになった。もしもあなたが苦しむことなくすぐに亡くなっていたら、そうは思わなかっただろうね」

　アリスの語ることは恐ろしく、本当にそれが自分の身に起きたことなのか、シャーロットには信じられなかった。

「わたしは、いつの間にか、川の中に足を踏み入れていたんだよ、シャーロット。あなたに手を引かれて。わたしはすでに傍観者ではなく、当事者だった。あなたを助けたいと思った。愚かにも、自分が犯したことの意味がそこでわかった。その瞬間に、わたしはわたしが失っていたものを取り戻し、この世に舞い戻ったんだ」

「アリス……」

シャーロットには、アリスが語ることの半分も理解できなかった。けれども、瀕死《ひんし》の状態に陥《おちい》ったシャーロットがアリスを変えたらしい、ということだけはわかった。

「今日はここまでにしよう。もう少しゆっくり休んでよくなってほしい」

アリスは立ち上がった。

「待って、アリス、肝心《かんじん》なことを教えてもらってないわ。アレクサンダーは、アレクサンダーはどうなったの」

アリスは一瞬逡巡《しゅんじゅん》したが、やがて口を開いた。

「亡くなった」


本当に衝撃が深いとき、人は何もできなくなるのだとシャーロットは悟った。

アレクサンダーが亡くなったなどと、信じられるわけがない。シャーロットはアリスに、それは嘘だと詰め寄ったが、彼は首を振り、すぐに葬儀が行われ、今、マケイブの族長はカイルが継いでいるということだけを告げた。何を聞いても、きびしい表情でそれ以上のことを言わないアリスの姿に、彼が本当のことを語っているのだとシャーロットは突然理解してしまった。

ぷつりと切れた心の糸は、シャーロットから一切の力を奪った。シャーロットは寝台に伏して、そのまま動けなくなった。

アレクサンダーが死んだ。その事実は、インクが布に染《し》みこむように、ゆっくりとシャーロットの心を苦痛で満たしていった。アレクサンダーがもうこの世にいない。シャーロットを力強い腕で抱きしめ、低いがよく通る声で愛を囁《ささや》いてくれたアレクサンダーが。人に言われるままに生きることしか知らなかったシャーロットに、自《みずか》ら動く自由を与え、幸せがどういったものであるかを教えてくれたアレクサンダーが。

それでもシャーロットは生きていた。入り江の村で、たまさかにも売り言葉に買い言葉のように話し合った時に、アレクサンダーが言った言葉を思い出したからだ。自分が先に死んだときは、生き延びろと。だからこそ思う。なぜ生き延びてしまったのだろう。アリスのしたことを肯定したくはなかったが、共に亡くなっていれば、この苦しみは訪れなかったのだ。

アリスは顔を出さなくなった。シャーロットが会いたくないと言ったからだ。これほどのことをされても、アリスのことは嫌いになれなかった。だが、アリスがアレクサンダーの命を奪った人間であることは間違いなく、それはとうてい許せることではない。二つの相反する気持ちを抱《かか》えたまま、アリスに会うことは苦しくてならなかった。その代わりにシャーロットの世話をするためにやってくるようになったのは、ローナという女性だった。以前アレクサンダーに傷を負わせたあの女剣士だ。

ローナは無口であり、必要なこと意外はほとんどしゃべらなかったが、献身的にシャーロットの世話をしてくれた。ローナはろくに動けないシャーロットに食事を与え、清拭《せいしき》し、時には窓の近くまで連れていって外の空気を吸わせてくれた。一度はアレクサンダーの命を狙ってきたローナではあるが、不思議と彼女に憎しみの思いは抱かなかった。ローナは忠実なメルヴィルの臣下であり、その命《めい》に従っただけなのだ。

ローナのおかげか、シャーロットの体は回復をしていった。姿を見せないアリスが届ける、滋養のある食べ物のおかげでもあった。

窓の外はすでに冬枯れの様相を呈していた。メルヴィルの城は石垣に囲まれた斜面に建っており、攻めるのが容易でないのは想像に難《かた》くない。石ころの転がる地面、大地にへばりつく草は茶色く枯れている。その薄寒い景色は、メルヴィルがマケイブよりも数段厳しい土地であることを示していた。

そして、城の中庭では、冬だというのにプレードを身につけ、武器を持った男たちの姿を何人も見かけた。冬の戦争は滅多《めった》に行われないというのに。冬の間は軍への補給が難しいし、また教会が、待降節《たいこうせつ》や四旬節《しじゅんせつ》の戦いを避けるように指導しているからだ。

ある日、ローナが髪を梳《す》いてくれた。抜けた毛を見ると、根元が本来の赤毛の色に戻っているのがわかる。鏡で髪の変化を知ってはいたが、こうして抜け毛を改めて見ると、アレクサンダーに、自分の本当の姿を見せていないのだ、と気づいてしまった。シャーロットは自然と涙がこぼれ落ちるのを感じた。自分は、名前すらアレクサンダーに伝えることができなかったのだ。

静かに涙を流し続けるシャーロットを見て、ローナは低くかすれた声で言った。

「アリステア様のなさったことが人の道に外れたことであることはわかります。けれども、あの方はようやくこちらの世界にお戻りになられたのです。どうか、お許しください」

「こちらの……」

「あなた様もご存じかもしれませんが、アリステア様のお母上は、マケイブの方でした。ですが、メルヴィルの水が合わず、また先代族長が暴力的な方であったがゆえに、精神のバランスを崩されてしまったのです。アリステア様が心の支えではありましたが、メルヴィルの戦士としてマケイブに攻め込むようなことがあってはならないと、女性のように育て、愛《め》でておいででした。ですが……」

ローナは唇を噛んだが、やがて口を開いた。

「ある晩、アリステア様を連れて湖に入られたのです。マケイブに逃げる途中とも言われております。お母上はお亡くなりになられましたが、アリステア様は助かりました。ですが、それ以来、常軌《じょうき》を逸《いっ》する行動をとられるようになり、先代もまたアリステア様を捨て置くようになったのです」

それは、アレクサンダーが話していたことと、また入り江の村で、老婆が話していたこととも重なる。

「アレクサンダーとアリスは従兄弟《いとこ》だったのね……」

「アリステア様は時々言っておられました。お母上は、愛するがゆえに自分を湖に連れて行ったのだと。そう思わなければ、自分を保てなかったのでしょう……」

女性の姿で森を歩くアリスは、この世のあらゆるしがらみから最も離れたところにあった。男でもなく、女でもなく、マケイブの民でもなく、メルヴィルの民でもない。誰の指図も受けず、自分の心の赴《おもむ》くままに過ごすアリスは、何者からも自由だった。けれども、その心は、死んだ母親によって搦《から》め捕られていたのだ……。

「アリステア様は変わられました。あなた様を助けるために、族長に忠誠を改めて誓いました。これまで城にほとんど姿を見せなかったアリステア様が、族長に忠実に仕《つか》える姿は、皆を驚かせましたが、今は受け入れられつつあります。あの方は、ようやくこちらに戻られたのです」

その代償が、アレクサンダーの死であり、シャーロットの生還であるならば、それは大きすぎるものだ。

「マケイブは今どうなっているの？」

シャーロットが尋《たず》ねると、ローナは静かに答えた。

「アレクサンダーの死に伴い、カイル・マケイブが暫定族長となっています。いずれ首領選定制度《タニストリー》で正式に認められるでしょう」

「……そう」

あのカイルが族長になったのだ。本人も望んでいたことだが、大丈夫だろうか。カイルを補佐する者がレアードやファーガスといった好戦的な男たちだとしたら……

「メルヴィルとマケイブの間は大丈夫なの？　アレクサンダーが亡くなったとしたら、混乱していないかしら」

シャーロットがそうつぶやくと、ローナはためらいがちに言った。

「あなた様が毒に倒れてしばらくして、メルヴィルはマケイブに侵攻しました」

「なんですって」

シャーロットは愕然《がくぜん》とした。

「……もしかして、わたしたちが毒に倒れるとわかっていて、準備をしていたの⁉」

「アリステア様がそのように謀《はか》ったわけではありません。アリステア様は、ただ、あなた様のことだけを考えてなさったのです。メルヴィルの族長に報告したのは私です」

ローナは目を伏せたままだ。

「私は第一にアリステア様の騎士ではありますが、同時にメルヴィルの家臣でもあります。族長の指示に従わないわけにはいきません」

「……そうね。あなたはメルヴィルの族長の指示で、アレクサンダーを殺そうとした人だったものね」

ローナは黙って、櫛《くし》を握りこんだ。

「マケイブは負けたの？」

「マケイブに族長の死による混乱があったことは間違いありません。加えてメルヴィルには、ノエル伯爵からの支援がありました。麦の刈り入れまでに戦いを終えなければならないという期限の区切りもありましたから、今まで帰属で揉《も》めていた例の森をメルヴィルのものとするという案で和解が成立しました」

シャーロットは中庭に集まっていた男たちのことを思い出した。もしかして、今も戦いの準備を進めているのだろうか。恐ろしい予感に、シャーロットは目を閉じた。


その晩、シャーロットは、目覚めてから初めて、自分の行く末を思った。

アレクサンダーは死んだ。シャーロットがスコットランドにいる意味はもうない。といって、アレクサンダーの命を奪おうとしたノエル伯爵のもとには戻れるはずもない。そもそもは、ノエル伯爵が自《みずか》らの利権を守ろうという狡《こす》っ辛《から》しい考えからきているのだ。

（キャサリンの手紙）

ふと、思い出したのは、ローナが昼間、シャーロットの持ち物を片付けていたからだ。持ち物といっても、毒を飲まされたときに身につけていた衣装だけだ。しかし、あの日、キャサリンの手紙を懐《ふところ》に入れたままだったのだ。

シャーロットは、長持のもとへと行くと、その中からキャサリンの手紙を探し出した。いつか読もうと長いこと持ち歩いていたその手紙は、封蠟《ふうろう》こそ施《ほどこ》されたままだが、かなりしわが寄っていた。シャーロットは封蠟を外すと、手紙を読みだした。

親愛なるシャーロットへ

わたしは今、お腹《なか》の中の赤ちゃんの存在を感じながら、この手紙を書いています。古来より、出産は女にとって命がけの行為であり、わたしにもまたその悪夢が訪れないとも限りません。でも、この手紙をあなたが読んでいるということは、わたしはこの世にもういないということでしょう。アランには、わたしが亡くなった時にこの手紙を渡すように伝えたのですから。

シャーロット。わたしが突然いなくなったことに、あなたは落胆したのではないでしょうか。でも、わたしには耐えられなかったのです。生きたまま捕らえられ、父親という名の他者に自分の運命を操られることが。

ノエル伯爵。わたしたちの父親であるあの男は、先の内戦でヨーク公側についたこともあり、伯爵として生き延びることに汲々《きゆうきゆう》としています。ヘンリー七世陛下は、王権を確かなものにするために、反抗的な貴族を取りつぶす隙《すき》を見つけ出そうとしているからです。

そのために、ノエル伯爵はわたしをダイナム男爵の妾《めかけ》として差し出すことを画策《かくさく》したのです。ヘンリー七世陛下の信頼厚いダイナム男爵は六十一歳、かつては同じリチャード三世陛下に仕えていたこともあり、ノエル伯爵とは旧知の仲です。彼に間を取り持ってもらおうと考えたのです。わたしはそのための貢《みつ》ぎ物。正式な結婚ですらありません。わたしには耐えられませんでした。何より、わたしには愛した人がいたのです。村で暮らしていたときに愛を誓った人が。彼がわたしを迎えに来たときに、その手を取らないという選択はできなかったのです。

わたしたちは、スコットランドへと逃げました。アランが手助けしてくれたことも伝えておきます。新しい土地での暮らしは、貧しくとも心豊かなものでした。生活の基盤が整い、あなたが望むならば、迎えに行くことも考えていたのです。

けれども、その生活は長く続きませんでした。ノエル伯爵がわたしたちを見つけ出し、わたしを愛する人と引き離したのです。誰もその後を語りませんが、おそらく彼は殺されたのでしょう。

わたしは悲しい。

とても悲しい。

あの人がもうこの世にいないことが悲しい。

でも、後悔はないのです。心から愛する人と巡り会うことは、海岸の百億の砂粒の中から金剛石を拾い上げるに等しく、誰にでも訪れることではありません。その人と一時《いっとき》でも共に在《あ》れたこと、愛を誓い合ったこと、そのすべては、黄金の輝きに勝ります。

シャーロット。ごめんなさい。あなたをおいて行ってしまったこと、そしてもう会えないことを謝ります。あなたもまた、心から愛する人と巡り会える日が来るかもしれません。ノエル伯爵には気をつけて。そして、後悔のないように、精一杯歩んでください。

この手紙ができればあなたに届くことなく、直接伝えることができることを祈って、筆を措《お》きます。あなたの今後に幸《さち》多からんことを。

キャサリン・ハワード

手紙はそこで終わっていた。シャーロットは手紙を置くと、静かに天井を仰いだ。

キャサリンもまた、ノエル伯爵のせいで、この苦しみを味わったのだ。それでもなお、愛する人と巡り会えた奇跡に感謝を捧げ、前を向いて進もうとしていた。結局、すべてが死という形で終わりを迎えたとしても。けれど、それは、決して意味がないわけではない。

(……アレクサンダー)

愛している。それが偽《いつわ》りの結婚という形で始まった、いびつなものであったとしても。

彼に出会えなければ、シャーロットは、修道院の塀の中で生涯を終えていたのだろう。

愛する喜びも、愛される豊かさも、愛を失う苦しみさえも知らずに。

（わたしは、幸せなのかもしれない）

この苦しみさえも、アレクサンダーに出会わなければ知ることがなかった。

まして、共に過ごした時間の暖かな安らぎと、満ち足りた幸福は、何ものにも代えがたいものだ。

（……愛している）

シャーロットはかみしめるように深く思う。

（あなたを。愛している。わたしが生きている限り、この思いが消えることはない）


アリスが顔を出したのは、シャーロットの体調もかなりよくなり、部屋の中を歩けるようになったころだった。

窓からは、男たちが集まり、次々と武器や装備を点検している姿が見受けられた。本当に戦《いくさ》の準備をしているのだ。

（マケイブをたたこうとしているの？）

通常冬に戦争は行われない。天候の不順や、補給の不安があるからだ。不意打ちを食らってはマケイブが危ない。どうにかして伝えることができればよいが……。

久方ぶりに会うアリスからは、以前女性と思い込んでいた時の面影《おもかげ》が消え去ろうとしていた。代わりにあるのは、ハイランドの若者であり、戦士としての面持ちである。

「シャーロット、イングランドのノエル伯爵のもとに戻ったほうがいい、さもなくば……」

「戻らないわ」

シャーロットは言った。すべての元凶であるノエル伯爵。アレクサンダーが死んだのも、そもそもはあの男のせいである。ノエル伯爵のもとに戻ることは考えられなかった。

「わたしは、マケイブに戻りたいの」

短い間ではあったが、アレクサンダーと共にあった、愛すべき土地。あそこがシャーロットのいるべき場所だった。

「マケイブに戻るという選択肢はありえない。あなたは、夫を殺し、メルヴィルを誘い込んだ裏切り者になっている」

シャーロットは背筋が凍りつくのを感じた。アリスは言った。

「シャーロットが、わたし……つまり、メルヴィルの間者《かんじゃ》らしき人間とひっそりと会っていたことは、カイルも知っている。そして、現にあなたはメルヴィルにいるのだからね」

「そんな……」

だが、確かにシャーロットがアレクサンダーをアリスのもとに連れていったのだ。そうして、アレクサンダーは死に、その混乱に乗じて、メルヴィルの侵攻があり、マケイブは土地を奪われた。端《はた》から見れば、裏切り者と思われても仕方がない。

「わたしはそんなつもりは……！」

「そうだ。すべてはわたしのせいだ。わたしだってそういうつもりはなかった。でも、周りはそうは思わない」

アリスの美しい面輪《おもわ》には憂《うれ》いが浮かんでいた。

「イングランドに戻らないのであれば、あなたにはどこにも行く場所がない。マケイブにも、そしてこのままでは、メルヴィルにも。今は兄をわたしが抑えているが、いずれそうも行かなくなる」

「抑えてもらわなくてもいい。わたしは出ていくわ」

「そういうわけにはいかない」

アリスは立ち上がって、懐からシャーロットに紙束を差し出した。イングランド語で書かれたその文字には見覚えがあった。

「ノエル伯爵の……」

シャーロットはその紙束を手に取った。それは、ノエル伯爵からシャーロット宛てに書かれた手紙だった。

……メルヴィルにシャーロットがいることは伝え聞いた。メルヴィルに協力し、その後は、イングランドに戻ってくるように。修道院に戻る準備はできている……。

内容はそういったものだった。以前の手紙の焼き直しだ。だが、手紙はそれだけではなかった。もう一つの手紙は、メルヴィルの族長あてだった。それを読んで、シャーロットは足下が崩れるような気がした。

……シャーロットが戻ろうとしないのであれば、殺してほしい。その上で、「エリザベス」はイングランドに帰ってきたことにする。本物のエリザベスは何事もなくアルヴァーリー公爵家へと嫁《とつ》げるはずだ……。

そのように、手紙には書いてあった。そして、メルヴィルに武器を届ける日にちが記されていた。

（……ノエル伯爵は……）

あくまでもシャーロットを駒《こま》としか思っていないのだ。キャサリンをダイナム男爵に捧げようとしたのと同じように。

ノエル伯爵の目的の達成は目前だ。アレクサンダーは亡くなった。あとは替え玉の「エリザベス」を、世の中から消してしまえばいいのだから。おとなしく修道院に戻れば、褒《ほう》美《び》代わりにその後の面倒を見るし、それを拒否するのであれば、シャーロットを消してしまえばよい。そうすれば秘密が漏れる心配もない……。

もともと、父とは思っていなかった。だが、この目で実際にその指示を見ると、胸をえぐられたように苦しかった。

シャーロットが手紙を手に動けずにいると、アリスが口を開いた。

「このままではあなたは近いうちに殺される」

「滑稽《こっけい》ね」

シャーロットは声を振り絞った。

「わたしを殺そうとしたアリスがそう言うなんて」

「そうだ。でも、今はすべてが違う。あなたに生きてほしい、シャーロット」

アリスはシャーロットの前に跪《ひざまず》いた。

「……シャーロット、わたしの妻になってほしい」

あまりにも唐突な申し込みに、シャーロットは呆然としてアリスを眺めた。そばで控えていたローナが驚いたように顔を上げた。

「あなた、何を言ってるの。わたしは……わたしは、アレクサンダーの妻よ」

かろうじて言葉を紡《つむ》ぎ出したが、声が震えた。

「アレクサンダーが結婚したのは、エリザベスだ。あなたはシャーロットであり、結婚は無効だ」

アリスはそう言ってシャーロットを見上げた。

「シャーロットとしてわたしと結婚すれば、夫の権利としてあなたを守ることができる。エリザベスとしてアレクサンダーと結婚していたとは誰も思わない。ノエル伯爵も納得するはずだ」

「わたしの夫はアレクサンダーだけよ」

シャーロットは繰り返した。

「アレクサンダーは死んだ」

「……アリス、やめて」

「わたしが殺したんだ」

「お願い、やめて！」

シャーロットは叫んだ。冷たい部屋に声はこだました。誰も口を開こうとしなかった。耐えがたい沈黙の中で、シャーロットは視線を窓の外へと移した。

「シャーロット、考えておいてほしい」

アリスはそう言うと、部屋から出ていった。

窓から見える光景は冬景色へと姿を変えていた。枯れ草の丘は薄く雪に覆《おお》われている。

シャーロットはぽつりとつぶやいた。

「……マケイブにも、雪は降ったのかしら……」

「先の戦で、マケイブはかなりのダメージを受けました。若すぎる新族長も苦労しているのでしょう。厳しい冬を迎えているとのことです」

ローナがささやくように言った。

あのカイルが族長。確かにそれは苦労が絶えないことだろう。

「城からは、悪魔の泣き声が時折聞こえるとの噂もあります」

ローナの言葉に、シャーロットははっとした。

（まさか……アレクサンダーのバグパイプ）

あまりに下手《へた》で悪魔の泣き声とまで呼ばれていたあの演奏。他の誰があそこまで下手な演奏ができるというのか。

シャーロットはわずかに胸の中に希望が灯《とも》るのを感じた。

（アレクサンダーは生きているかもしれない……！）

マケイブに戻る。

それがシャーロットの目標になった。先ほど読んだノエル伯爵の手紙の内容を鑑《かんが》みるならば、シャーロットがイングランドに戻る以外でこの部屋を出るのであれば、命の保障はなさそうだった。裕福なイングランドの貴族であるノエル伯爵が、決して豊かとは言えないメルヴィルに与える恩恵を考えれば、シャーロットの命は軽いものに違いない。

それでもマケイブに戻らなければならなかった。マケイブに戻ったとしても、シャーロットが受け入れてもらえる可能性は低い。しかし、冬にもかかわらずメルヴィルが着々と戦の支度《したく》を調《ととの》えていることを伝えなければならない。しかも、ノエル伯爵がメルヴィルに武器と資金を提供しようとしている。あまり時間に余裕はなかった。なにより、アレクサンダーが生きている可能性がある。

シャーロットは部屋に閉じ込められているわけではなかったが、これまでは外に出る気力もなく、ローナが世話に訪れるとき以外は臥《ふ》せっていることが多かった。体力についてはまだ自信がないが、逆に油断されていると思えばチャンスでもある。

アレクサンダーとマケイブを巡ったときに、地図を見せてもらったことがある。メルヴィルはマケイブの北、山がちな土地である。マケイブへと抜けるには、山を下り、途中にある湖を回り込み、件《くだん》の森を越える必要があった。

初めて迎えるハイランドの冬は暗く冷たいものだ。長い夜が一日の大半を占め、石造りの部屋は底冷えする寒さに包まれる。道行きは厳しいものになるだろう。

(後悔のないように精一杯生きる)

キャサリンの手紙に書いてあったように、シャーロットもありたいと思った。今やシャーロットが進む道はどこもかしこも塞《ふさ》がっている。イングランドには戻れない。メルヴィルにいればいずれ殺されるであろうし、といってアリスと結婚しても、そこには虚《むな》しい生があるだけだ。であれば、アレクサンダーが愛し、またシャーロットが生きる意味を見いだしたあの地に戻りたかった。たとえ道半ばで倒れたとしても、ただ座して待つよりはずっといい。

シャーロットは、長持に納めてあったプレードを取り出した。夜になるのを待ち、部屋を抜け出した。夜中だったからか、それとも病《や》み上がりの人間が抜け出すとも思われていなかったのか、あっさりと外に出られた。問題は城を囲む壁を抜けられるかどうかだ。

迷いながら暗い道を歩くと、城門にたどりつく。ここばかりは、真夜中であっても見張りが立っていた。どうしたものかと物陰で躊躇《ちゅうちょ》していると、気配を感じ取られたのか門番がシャーロットの方へと歩いてきた。ぎくりとして体を縮こまらせていると、ふと別の人影が門番の前へと現れた。ローナだった。

ローナは門番にゲール語で何か話しかけた。門番は肩をすくめて城門の方へと戻っていった。門番が城門に行ったのを確かめて、ローナはシャーロットの方へとやってきた。

「こちらへおいでください。いくら何でも正門から出るのは無理があります」

ローナは聞こえるか聞こえないかという小さな声で囁いた。

「ローナ……!?」

「昼間にアリステア様のお話を聞いた後の、あなた様のお顔を見ていてわかりました。マケイブへ行かれるおつもりでしょう」

見抜かれていた。ローナはシャーロットの手を取ると、門番からは見えないように壁際《かべぎわ》に沿って歩き出した。

「そのような格好では途中で倒れてしまうでしょう。旅の支度が必要です」

ローナに手を引かれるまま歩いていくと城壁脇にある扉を開け、そこにある暗い階段を下り始めた。そんなものがあるとは、よそ者のシャーロットにはわからないだろう。

気がつくと城壁の外に出ていた。どうやら隠し通路だったらしい。

「どうぞ。こちらをお持ちください」

ローナはシャーロットに布の包みを渡してきた。

「これは……」

「食料が入っています。それからこちらの毛皮の防寒着と靴にお召し替えください」

シャーロットは信じられない思いでローナを見た。

「ローナ、どうして」

「アリステア様とあなた様がご結婚される様を見たくないからです」

ローナは一重《ひとえ》の細い目の下からしっかりとこちらを見ていた。

「確かにアリステア様のおっしゃるように、ご結婚なされればあなた様の身は守られますでしょうが、ノエル伯爵の要請に背《そむ》くことになります。それはメルヴィルのためにはならない。しかし、あなた様がご自身の判断でメルヴィルを抜け出したのならば、それは我々の責任ではない」

その声に、初めてローナの一人の人間としての……女性としての思いを読み取った気がした。メルヴィルの臣下だからと言っているが、それだけではないものがそこにあった。

（もしかして、悪魔の泣き声のことを言ったのも、これを見越してのこと……？）

シャーロットは、ローナから受け取った包みをぎゅっと抱きしめた。

「……あなた様には感謝しております。アリステア様がこちらの世界にお戻りになれたのはあなた様と一緒におられたからでしょう。ですが、この先は、我々のもの。因習に縛られたメルヴィルを軛《くびき》から解き放つのは、メルヴィルの者でなければなりません」

「ローナ……」

「この先マケイブにたどり着けるかどうかはあなた様次第です。まずは湖を目指してください。道中、お気をつけて」

ローナはそれだけ言うと、くるりときびすを返し、城壁の中へと戻っていった。

シャーロットもまた、城壁に背を向けた。

地面には薄く雪が積もっていた。空にある下弦の月が冷え冷えとした荒野を照らし出している。

シャーロットは、ローナが渡してくれた毛皮の外套《がいとう》を羽織り、毛皮の靴を履《は》くと、南に向かって歩き出した。

シャーロットがいなくなったことをアリスが知ったのは、翌日の正午も過ぎた頃だった。氏族長は、アリスとローナを呼びつけた。シャーロットがいなくなったことの責を問うためだろう。二人は氏族長ゴードンの部屋へと向かっていた。

「……ローナ、逃がしたね」

「……何のことでしょうか。ノエル伯爵のご令嬢が失踪《しっそう》された件については、言い訳のしようもありませんが」

シャーロットがアリスの求婚を受けることはないだろうとわかっていたが、それでも、申し出るしかなかった。アリスはシャーロットに生きていてほしかったからだ。

「そもそもわたしが彼女に毒を盛ったのにね……」

アリスは独りごちた。ゲルセミウムの毒は、量が少なかったのか、なぜかシャーロットを殺さなかった。何度も使った毒であり、何人もの人間を死に追いやり、その死に様を眺めてきた。

そもそもシャーロットに毒を盛ったのは、速《すみ》やかに訪れる安らぎを与えるためであり、苦しめるためではない。だが、その量ゆえに、愛するシャーロットが毒に翻弄《ほんろう》される様を見ることになった。いっそ、苦しみから解放してやるためにとどめを刺すという選択もあったのだろう。

（でも、できなかった……）

マケイブとメルヴィルの境目で過ごした、幻のような日々。話せないふりをするアリスに、シャーロットは屈託なく心を開いた。ハイランドに来てからの戸惑《とまど》いや、その中で次第になじみ、アレクサンダーと愛をはぐくんでいく様子を、事細かに話してくれた。誰のものでもない森の中で、暖かな日差しの中で共に歩き、清らかな水で遊び、素朴な手作りの料理を食べた。どうということもないその一瞬一瞬が、アリスの心に愛を降り注いでくれた。

（……母上の愛は、間違っておられた……）

大切な人間を苦しめることが、愛のはずがない。自分の苦しさから逃れるために、アリスを道連れにしようとした母親の行為は、愛ではなく……利己心でしかない。

母は暴力が横行するメルヴィルを嫌った。そして、そのメルヴィルの血を引くアリスも許せなかったのだろう。アリスにドレスを着せ、女の子のような振る舞いをさせて喜んだ。

アリスは母の喜ぶ顔を見たくて、進んでドレスを着たくらいだ。そして最後には、アリスを道連れに、湖に身を投じた……。

「人の命を自分の思い通りにしようとする……愚かな行為だ」

同じように、勝手なアリスの判断で、シャーロットとアレクサンダーに毒を盛った自分の行為もまた、愚かなことだ。

シャーロットは、自《みずか》らの命をもって、アリスにそれを理解させた。その瞬間、アリスは目の前の曇りが晴れていくのを感じたのだ……。

そうして周囲を見渡せば、メルヴィルの荒廃は深かった。土地の貧しさで言えば、元はマケイブと変わらなかったであろうが、産業もなく、麦の耕作面積も増えないままで、いつの間にか水をあけられている。また、メルヴィルでは慣習的に、諍《いさか》いごとの解決を当事者間で行っているが、本来ならば、族長が諍いごとの裁決を下すべきなのだ。それがないから暴力が横行する。その犠牲者がアリスの母でもあったのだ。

これまでの氏族長は、ゆえに戦いを好んだ。近隣の氏族から物資や土地を略奪する必要もあったし、また氏族の結束を強めるためにも外敵との抗争は必要だった。

そういう意味では、今回のノエル伯爵の申し出は、現氏族長であるゴードンにとっては願ってもないものだったろう……。

ゴードンの部屋の前まで来ると、中から声がした。入れ、ということらしい。

獣脂《じゅうし》のろうそくが燃える匂いが立ちこめるゴードンの部屋は、薄暗かった。兄の目の調子はますますよくないらしい。

「アリステア、最近は調子がいいらしいな。周りが驚いているぞ」

これまで女装してふらふらしていたアリスが突然まともな立ち居振る舞いをするようになったのである。当然と言えば当然である。

「……兄上にはこれまで長くご心配をおかけしました。以後は兄上に忠誠を誓い、メルヴィルのために身を粉にして働くつもりです」

「そう言う割には、例の伯爵令嬢には逃げられたようだな」

「油断しておりました。あのような体でまさか逃亡するとは思わず」

毒に倒れたシャーロットを助けるために、アリスはゴードンに許しを請《こ》うた。まともな状態に戻ったアリスの様子に、ゴードンは驚いたようだったが、ノエル伯爵の庶子《しょし》を連れ帰ったこと、またアレクサンダーを殺害せしめたことを評価して、受け入れたのだった。

「ふん、まあいい」

ゴードンの声には皮肉な響きがあった。

「……追いますか」

ローナの問いに、ゴードンは鼻を鳴らした。

「一晩引き離されたがな。これより追っ手をかける。ろくに言葉も話せんイングランド人では、どこぞで行き倒れるのがオチだろうが。どこに向かっているか知らんが、もし仮にマケイブに着いたとしても、ノエル伯爵の手の者はあそこにもいる。どちらにせよ、あのご令嬢はおしまいだ。今は戦の準備が要だ」

「……ノエル伯爵からの支援はまだ先では」

アリスの問いに、ゴードンは珍しく笑みをうかべた。

「アレクサンダーが亡くなったことで、ノエル伯爵の計画はほぼ完遂されたようなものだ。祝い金が届いている。あとは向こうががたついている間に討つ。マケイブのさらに優良な土地を手に入れる機会をみすみす見逃す手はない」

ゴードンは手を持ち上げると、アリスを指さした。

「アリステア、おまえも今回は出陣せよ。これまでの振る舞いが仮の姿であったことを周囲にも示すチャンスだ」

「お待ちください、族長。アリステア様はこれまで軍事的な訓練をされたことがありません。いきなりの実戦はあまりにも危険です。わたしが……」

「ローナ。族長の命令だ」

ゴードンの言葉に、ローナは言葉を飲み込んだ。アリスはゴードンに頭《こうべ》を垂れた。

「従います。メルヴィルに祝福を」

アリスとローナはゴードンの部屋を辞した。

その後、二人はシャーロットがいた部屋へと移動した。仮の主《あるじ》がいなくなった部屋は、底冷えする寒さに包まれていた。

「アリステア様。族長の命令は……」

これまでふらふらと歩き回っていただけの人間である。ろくに剣も握ったことのないアリスが戦場に出て何ができるわけもない。そんなことはゴードンとてわかっているはずだ。つまり、戦場で亡くなってもよし、生き残ればそれこそ役に立つと認めてもよいということだろう。ゴードンに損はなにもないのだ。

「これまでの酬《むく》いを受けるときがきたんだよ」

「いいえ。いっそのことあなた様が族長になられてもよいのです。あなた様にも資格はある。ここのところのあなた様の働きを、認める者が多くいるのです。それに、天敵であるイングランドの力を借りてまでメルヴィルを率いようとするゴードン様に、反感を抱く者もまたいるのですよ」

アリスは緩やかに微笑んだ。ローナはあろうことか、族長の地位の簒奪《さんだつ》を勧《すす》めている。

(ローナ、大胆だね。君のそういうところが好きだよ。だけど……)

「わたしは兄上の命に従うよ。兄の跡を継ぐなら、マータフ叔父《おじ》あたりが適任だろう。残念ながら、兄は目の衰《おとろ》えゆえに、恐怖を隠すため、周りを粛正しすぎた。マータフ叔父は外戚だけあって、メルヴィルの血族にしては弱腰だが、生き延びることはできたし、知見もある。誤った判断はしないだろう」

「確かにマータフ様も優れた点をお持ちですが、その力が発揮されるのは平和な時でしょう。残念ながら、今族長の跡を継がれるには、混乱を治める力がない」

「わたしならそれができると？」

「メルヴィルの、争いの連鎖を繰り返すのですか」

ローナはなおも言いつのった。

「今ならばわかるのです。マケイブのアレクサンダーが行ってきたことが、人々に恵みをもたらすものであることが。地道に土地を耕し、牛や羊を育て、公正な裁きで人々を導く。マケイブに入り込んでいたときに見た光景は、穏やかなものでした。一方メルヴィルはどうなのですか。今のあなた様ならば、メルヴィルをよい方向に導けるでしょう」

「ローナ。わたしはこれまで過《あやま》ちを犯してきた。人の命を思い通りにしようとする愚かな行為だ。シャーロットがわたしに教えてくれたものを今更反古《ほご》にする気はないよ。兄上とて例外ではない。彼が下劣なイングランド人に魂を売り渡しているとしてもね」

アリスの言葉を黙って聞いていたローナだったが、唇を引き締めてから言った。

「いいえ、アリステア様。それはすべてではありませんね」

ローナは、むしろ挑むようにアリステアを見る。

「わたしはアリステア様だけを見てまいりました。だからこそあなた様よりも、あなた様のことがよくわかるのです。あなた様はメルヴィルの一族。苦しむシャーロット様を見て喜びを感じ取られたのです。だからこそ、シャーロット様を生かされた」

メルヴィルの一族の持つ、唾棄《だき》すべき嗜虐《しぎゃく》性。ローナは、アリスの中に植えつけられたその気質を指摘している。まさに母は、アリスのこの気質を恐れたのだ。

シャーロット。愛《いと》しいシャーロット。いつでもアリスに驚きと気づきを与えてくれたシャーロット。愛する彼女を助けることができず、ただ見守ることしかできなかったことに、アリスの心はどうしようもなく痛み、悲鳴を上げた。その痛みがアリスをこちらの世界に引き戻した。だが同時に、アリスの中のメルヴィルの血は、シャーロットが苦しむ姿を楽しみもしたのだ。

「そして、アレクサンダーを毒殺したことにも負い目を感じておられる。だからこそ、報いを受けるなどともっともなことをおっしゃっている。ですが……」

ローナの言葉は手厳しかった。

「それでご自分に向き合うことからお逃げになるつもりですか」

すべてを見渡せる心を取り戻した今、その醜い欲望に気づかぬふりをして、進みたかったものを……。

アリスはむしろ賛辞のまなざしをローナに向けた。そうして笑いだしていた。

「そうとも、ローナ、さすがだ、よくわかっているよ。わたしは生と死の狭間《はざま》、その苦しみと痛みに喜びを見いだした。今となってはそれがどれだけ歪《ゆが》んでいるかわかるけれどね」

その自分を受け入れなければならない。メルヴィルが誤った道を進んでいるのはわかる。それを正すにはどうすればいいのかも、そのやり方さえも。だが、その前に自分自身が何者であるのか、その汚濁を含めて認めなければならないのだ。

アリスはローナを愛《いと》しく眺めた。

「だからこそわたしは戦場に赴《おもむ》かなければならないのさ。生と死の満ちる場所、そこに何があるか、見なければならない。そうでなければ、わたしは自分が何者であるかもわからず、先に進めないのさ」

ローナはアリスの元に跪いた。

「アリステア様。あなた様は戦場の地獄をまだ知らない。あなた様でさえも死に陥《おとしい》れるかもしれない暴力の嵐を。ローナは全力で守りますが、それでも力及ばなかったとき、それが恐ろしいのです」

戦場の狂気。それはアリスの心に言いしれぬ感情を呼び起こした。

そこに身を浸《ひた》してこそ、新しい道を歩き出せるような気がした。

「可愛いローナ、賭けてみようか。生き残ることができたならば、ローナの望みを叶《かな》えてみせよう」

第十二章　帰還

シャーロットは休み休みであるが夜通し歩いた。病《や》み上がりの体にハイランドの寒さはこたえた。ローナが渡してくれた毛皮の外套《がいとう》と靴がなければ、とても歩き続けることはできなかったに違いない。だが、ハイランドの長い夜はシャーロットの味方だった。月明かりが周囲を照らしているので夜であっても進むことはできた。日が上るのは九時過ぎである。明るくなったところでヒースの藪影《やぶかげ》に入り、ローナが用意してくれたバノックを食べて仮眠をとった。そうして夕方になるとまた道を下るのである。

道のりは遠かった。夜になると道は凍る。滑らないように気をつけながら歩くと余計に疲れた。地面を踏みしめる足の一歩一歩が重く、ともすれば気力は萎《な》えそうになったが、キャサリンの手紙がシャーロットの心を支えた。キャサリンもまた愛する人と引き離され、絶望の中にありながらも、希望を捨てずに生き抜こうとした。後悔せずに生きるように伝えてくれたのだ。また、仮眠をとる昼間も、メルヴィルの追っ手が来るかもしれないと思うと慎重になった。鈍《にび》色に冬枯れしたヒースの藪の下は、潜《もぐ》り込むとじめじめと湿って寝心地は悪かったが、姿を完全に隠してくれた。実際、何度かそれらしき男たちが、シャーロットのいる辺りを探ったりもしたのである。ヒースはシャーロットを助けてくれた。

途中、水面《みなも》に銀色の月を映した、谷間《たにあい》の湖に出た。アリスが母親と共に落ちたという湖に違いなかった。湖を迂回《うかい》し、二日目の夜明け前に、メルヴィルとの境である例の森にたどり着いた。アリスと歩いた懐《なつ》かしい森は、すっかり冬枯れの景色となっていた。ようやく見知った場所に着いたことで、ほっとしたのか、休憩したまま寝てしまい、気がついたときには夕方だった。

ローナからもらった食料も底をつき、川で水だけ飲むと、シャーロットはマケイブの城へと歩き出した。

マケイブの城にたどり着く頃には、真夜中に近かった。

城壁の入り口には門番が二人立っていた。シャーロットは二人のもとに駆け寄った。

「わたしはアレクサンダーの妻です。お願い、中に入れて。伝えないといけないことがあるの」

門番はシャーロットの顔を見るとひどく驚いた表情になった。しかし、すぐに怒りを露《あら》わにした。

「貴様、裏切り者のイングランド人め！」

「裏切り……」

「貴様のせいで族長は亡くなったんだぞ」

門番の言葉はシャーロットの心を打った。

(アレクサンダーはやはり亡くなってしまったの？　本当に？)

門番はなおも続けた。

「メルヴィルの侵攻で、どれだけこちらが被害を被《こうむ》ったか」

「貴様がメルヴィルの間者《かんじゃ》を招き入れたんだろうが！」

「ちがう、違うの、これにはわけが……」

「わけなど知らん！　おめおめと戻ってきて、また裏切る気か」

「お願い、話を聞いて！　大変なの、またメルヴィルが攻めてくるかもしれない、早く知らせないと」

「何を馬鹿なことを。誰が貴様の言葉など聞くか」

門番はシャーロットを押し倒した。シャーロットは地面に倒れ込んだが、なおもすがった。

「本当なの、わたしはメルヴィルから逃げてきたの。この目で見たのよ、取り次いで」

シャーロットは必死だった。ここで追い返されてもどこにも行くところはなかった。何より、マケイブには本当に危機が迫っている。アレクサンダーがいないとしても、彼の愛した土地をこれ以上蹂躙《じゅうりん》されるのは耐えがたかった。

城門で押し問答が続いた。が、騒ぎを聞きつけたのだろう、中から人が出てきた。

「これ、何があった？」

「マドック様」

それは、アレクサンダーとよく一緒にいた初老の男だった。マドックはシャーロットの顔を見ると驚愕《きょうがく》に目を見開いた。

「え、エリザベス様……」

マドックはシャーロットのそばに膝《ひざ》をついた。

「よくご無事で……。メルヴィルに連れ去られたと聞いて、もう命はないものかと……」

「マドック、お願い、伝えたいことがあるの。メルヴィルが攻めてくるわ。ノエル伯爵が裏で手を引いているのよ」

マドックの顔色が変わった。

「まずは中にお入りください。残念ですが、あなたをよく思わない人間も今は多いのです。

これまでの経緯《いきさつ》を考えれば無理のないことですが……」

「マドック、アレクサンダーは本当に亡くなったの？　わたしは……」

マドックは沈痛な面持《おもも》ちで首を横に振った。シャーロットは足下が崩れ落ちるような感覚に襲われた。ローナに聞いた話は、やはり噂に過ぎなかったのか。

だが、シャーロットは顔を上げた。たとえアレクサンダーはもういないとしても、まだやれることがあるはずだった。

「そのままお通しすると、奥様をよく思わない一派に何をされるかわかりませんから、一呼吸置きましょう。話を通してから、族長にお会いした方がよろしい」

マドックは、門番をなだめてシャーロットを城壁の中へと誘導してくれた。ろうそくを手に歩く道すがら、これまでマケイブにあったことを教えてくれた。

アレクサンダーが毒に倒れてすぐには、その事実は伝わらなかった。折しもシーリングの時期である。主《おも》だった者がシーリングの高地から帰還したときには、アレクサンダーは亡くなり、埋葬されたあとだったらしい。

次期族長を誰にするか検討を重ねる予定だったが、その直後にメルヴィルが攻めてきたのである。まるでアレクサンダーの死を予見していたかのようなタイミングだったらしい。しかも、メルヴィルの武装は、一部イングランド製の最新武器を取り入れていた。勝ち目の薄い戦《いくさ》の中で、わざわざ責任をとらされる族長の地位に就《つ》きたがる人間はいない。貧乏くじを引かされるような形で、急遽《きゅうきょ》カイルが族長となることになったが、トップが入れ替わったばかりで、指揮系統の混乱するマケイブは総崩れだった。麦の刈り入れ前までに戦を終わらせなければ、領民が冬を越すのが難しくなる。カイルの決断で停戦がなされ、例の森はメルヴィルに割譲《かつじょう》することで和議が成立したのである。

アレクサンダーの死と共に、エリザベスの姿も消えた。その後使者の話から、エリザベスはメルヴィルにいることが判明した。エリザベスが、時々森でマケイブの者ではない女と会っていたことも目撃されていた。人々はエリザベスがメルヴィルと通じて、マケイブを陥《おとしい》れたのだと理解したのだ……。

毒で寝込んでいた間にそんなことがあったのだ。見当違いの憶測に、怒りさえ覚える。だが、人々がそう思い込むのは無理もないことでもあった。

(でもカイルなら。カイルなら、説明すればきっとわかってくれる)

マドックがシャーロットを通したのは、厨房《ちゅうぼう》横の倉庫だった。ぷんと懐かしい酒精の匂いがする。どうやらシャーロットがいない間にもウシュク・ベーハを作っていたらしい。ウシュク・ベーハをエディンバラに売るという話は、一応進んでいたようだ。ここはその保存庫になっているらしい。棚に樽《たる》や瓶が並んでいる。マドックは壁の台にろうそくを置いた。

「奥様。いや、元奥様、と言うべきですかな」

マドックは振り返った。と、その手には抜き身の短剣が握られていた。

シャーロットは息を呑んだ。

「……マドック……」

「どうして戻られたのか。わたしの手であなたにとどめを刺さなくてはならないとは、まったく嫌な役目だ」

「……あなたはアレクサンダーの片腕だったんじゃないの」

シャーロットはかすれた声で言った。

「アレクサンダー様にももちろん仕《つか》えておりました。というよりも、マケイブのすべての族長に仕えていたのですよ」

マドックは薄く笑みを浮かべた。

「アレクサンダー様は優れたお人でした。しかし、妻がイングランド人というのはよくない」

「あなたは……まさか」

「耐えられなかったのですよ、族長の妻がイングランド人であるということが。イングランド人は我々の敵だ。だからメルヴィルの誘いに乗った」

シャーロットは信じられない思いでマドックを見た。

「……まさか、これまでマケイブの中でアレクサンダーを狙っていたのは……」

マドックは悲しげな表情でうなずいた。

「どうしてアレクサンダーを。わたしを狙えばいいのに」

「言っておられましたよ。女は奥様だけでよいと。実にまっすぐなお方だ。あなたに何かあっても再婚はなさらないともおっしゃっていた。そこまで頑固でなければ、奥様を亡き者にするだけでよかったのに」

「だからって、アレクサンダー様を狙う必要はないわ」

「アレクサンダー様がお亡くなりになれば、あなたもマケイブにいる必要はないはずだ。イングランドに帰るでしょう。一人亡き者にするだけで、二人追い払えるならば、その方がいい」

　あまりな言いぐさに、シャーロットは言葉を失った。

「……そもそも、ダンカン様にお仕えしたかった。ダンカン様がお亡くなりになったのが間違いだったのです。わたしはダンカン様にお仕えして初めてわかりました。あの方がマケイブを率いていれば、このような悲劇は起きなかった。お仕えして初めてわかりましたが、アレクサンダー様はダンカン様に次ぐ器量の持ち主でした。だから余計にアレクサンダー様がマケイブで才量を発揮するたびにわたしは辛《つら》かった。ダンカン様であれば、どうしたであろうか、よりよいことをしたであろうかと」

　シャーロットは心が震えるのを感じた。アレクサンダーはこうやってずっと兄と比べられてきたのだ。兄が死んだ後でさえも。

「亡き人を思って、生きている人を犠牲にするなんて、それは違うわ。アレクサンダーは努力していたのよ。それに、それほどイングランド人が憎いの」

「イングランド人は、我々を人間とは思っていないのですよ。戦で、彼らがスコットランド人に対してどれだけの非道を行ったのか、わたしはよく知っている。イングランド人をマケイブに入れてはならないのです。それがどれだけ善良そうに見えても。奥様、わたしが奥様を好きなのは間違いありません。でもそれとこれとは別です」

「……だから、イングランド人のわたしを妻にしたアレクサンダーを殺そうとしたの。あなたのその狭い了見を通すために」

「結果として、わたしの企《くわだ》ては成功しませんでしたがね。あのメルヴィルの若者が手を下してくれたおかげで」

「エディンバラでエリクとアレクサンダーを狙ったのもあなたなの」

「それはノエル伯爵の手の者です。わたしがメルヴィルの話にのったのは、あなた方がマケイブにやってこられてからですよ。ノエル伯爵とメルヴィルがアレクサンダー様を殺したがっているのはわかった。目的が一緒ならば、それに乗ればいい」

「それだけじゃないでしょう。報酬もあるんじゃないの」

「なかなか鋭いですな。報酬はカイルの身柄の安全ですよ。彼はダンカン様の遺児なのですから」

マドックはそう言ってから一息ついた。

「しかし、今回のことでカイルがなかなかの逸材《いつざい》だということがわかったのは幸いです。確かにあの森を奪われたのは痛いが、あの場で和議まで持ち込めたのは大したものだ」

シャーロットは怒りが心を満たすのを感じた。

自分の欲望を満たすために、他者の運命を左右させることになんの躊躇《ちゅうちょ》もない人間がいる。

(そんなことのためにアレクサンダーは死んだ)

確かにアレクサンダーに毒を飲ませたのはアリスだ。だが、ノエル伯爵が、メルヴィルが、そしてマドックが、知らぬ間にアレクサンダーの逃げ場を塞《ふさ》いでいたのだ。

「さっきも言ったけど、メルヴィルが攻めてくるわ。あなたの大嫌いなイングランド人の支援を受けて。カイルの身の安全という報酬を、あなたはもう受け取ったのだから、今回の攻撃は容赦することはない。あなたは敵を養ったのよ」

「いやいや。奥様が貴重な情報をお教えくださったので、わたしからカイルに進言しますよ。奥様が亡くなった後で」

そう言うと、マドックは短剣を振りかざしてきた。シャーロットはあやうくよけた。だが、長旅に疲れた体は、それだけでふらつくほどだ。

(負けない)

シャーロットはウシュク・ベーハの樽に寄りかかり、それから力を込めて思い切り倒した。樽はごろりと転がり、マドックに当たって大量のウシュク・ベーハが床にぶちまけられた。

思いもよらない反撃だったのだろう。マドックが床に倒れた。そのすきにシャーロットは壁に駆け寄ると、台に置かれたろうそくを手に取った。

「動かないで。火を放つわよ」

マドックがはっとしたように動きを止めた。

ウシュク・ベーハは酒精の量が多い。ろうそくを落とせばあっという間に火の海になる。

「貴様……」

「わたしがカイルに伝える。あなたになんか何も言わせない」

シャーロットは、棚からウシュク・ベーハの瓶を一つ手に取った。ろうそくを持ったまま身を翻《ひるがえ》すと出口に向かい、扉を閉めた。かんぬきまでしっかりかける。

「開けろ、ここから出せ！」

中からマドックが扉をたたく音が聞こえたが、シャーロットはそのまま走り出した。

半地下の厨房を抜け、城の中庭へ。通い慣れた道を、息も絶え絶えに走りながら、シャーロットは、知らず涙を流していることに気づいた。

（悔しい……！）

シャーロットにはなんの力もなかった。だから、大きな力に身をゆだねて流されるままだった。だが、それは、醜い我欲《がよく》をかなえるために、つまらないプライドを保つために、あるいは、今持っている利権を失わないために、どのような汚いこともする人間に力を与えることになった。そんな人間たちのために、自分は利用されてきた。そして、アレクサンダーという、あの気高《けだか》く尊い命は失われたのだ。

(わたしは、弱かった)

何の言い訳もできないほどに、弱かったのだ。だが、キャサリンは違った。同じように何の力も持たずとも、できる限りのことをして、戦い続けた。

(もう、自分の運命を人に委《ゆだ》ねるようなことはしない)

できることをする。たとえそれがどれだけ微々たるものであっても。

シャーロットは中庭に走り出た。夜の中庭は月明かりに照らされて静けさに包まれている。見張りの者が、数人いるのが見えたが、まだシャーロットに気づいている者はいない。カイルに伝えなければならない。メルヴィルがマケイブに攻め込もうとしている。カイルの部屋は知っているが、族長となったということは、場所も変わっているかもしれない。もしそうだった場合、途中で捕まってしまっては伝えることができない。

シャーロットは左右を見渡して、隅に置いてある荷車に気づいた。その上には春に出荷する予定の羊毛が積んである。シャーロットはそれを一束引きずり出すと、中庭の真ん中に放り出した。さらにその上に持ってきたウシュク・ベーハをかける。

「聞いて、みんな起きて！　もうすぐメルヴィルがマケイブに攻めてくるわ。なんとかしないとマケイブが危ない」

見張りの者がシャーロットに気づいたらしい。

シャーロットはもう一度声を張り上げて繰り返した。見張りが近づいてくるのがわかる。城の窓も明かりが灯《とも》り始めた。

シャーロットは羊毛の塊《かたまり》にろうそくを放り投げた。ろうそくの火は、羊毛に染《し》みこんだウシュク・ベーハに引火する。脂《あぶら》を抜いていない羊毛は、瞬《また》く間に燃え上がり、たき火のように辺りを照らし出した。

見張りはシャーロットを見つけると、走り寄ってきた。

「貴様、どこからこんなところに」

「カイルに会わせて！　どうしても話さないといけないことがあるのよ」

捕まえようとする見張りから、シャーロットは逃げた。逃げながらカイルの名を呼んだ。屈強なハイランドの男たちはすぐに迫ってきた。シャーロットは捕まってしまったが、そのとき城の中から人影が飛び出してきた。

「エリザベス！」

羊毛の燃える火の向こうで、少年の姿が浮かび上がった。

「カイル……！」

「エリザベス！」

カイルは走ってきた。そうして、見張りに捕まっているシャーロットを見た。

シャーロットもまたカイルを見た。たった数ヶ月離れていただけで、これほど人は変わるのか、と思うほどに、カイルの面差《おもざ》しは違って見えた。夏前までは、大して背丈《せたけ》も変わらず、子供じみた表情をしていたというのに。今の彼は、背はとうにシャーロットを追い抜き、肩幅も随分《ずいぶん》と広くなっていた。何よりもその顔つきはきびしく引き締まり、まなざしもまたどこか影を湛《たた》えた鋭いものとなっていた。

「前族長の奥方だ。手を放せ」

カイルは見張りの肩を押すと一言言った。声変わりをしたばかりの不安定な声音だった。だが、その芯には、揺るがせない強さが秘められていた。

見張りは何か言いたそうな顔をしたが、シャーロットから離れた。

カイルはシャーロットに手を伸ばした。その指先がシャーロットの頬に触れる。彼の指はわずかに震えていた。

「痩《や》せたな。……メルヴィルは、きびしい土地だったたか」

その言葉は、事実を尋《たず》ねているようでもあり、シャーロットへの労《いたわ》りを感じさせるようでもあった。

「……ええ。アレクサンダーがマケイブを必死にいい方向に導いていたのがよくわかったわ」

シャーロットの答えに、カイルは口元を引き締めた。

「中で話を聞く。入ってくれ」

マケイブの城の大広間には、真夜中にもかかわらず、暖炉に赤々と火が入れられた。寒さの中を歩いてきたシャーロットには、その火は途方もなく眩《まぶ》しいものに思えた。

カイルは、以前はアレクサンダーが座っていた、一段高い族長の椅子に腰掛けた。証《あかし》である長剣はまだ重すぎるのか身につけてはいないが、すぐそばに立てかけてある。

カイルの後ろには、何人もの男たちが集まっていた。脇には、レアードとファーガスの二人も控えていたが、シャーロットを見る目は厳しかった。

シャーロットはカイルの前に膝《ひざ》をついた。

「さっき、メルヴィルがマケイブに攻め込もうとしているって叫んでたな。それは本当か」

カイルの質問に、シャーロットはうなずいた。

「本当です。わたし自身の目で見ました」

「冬の戦争は行われないのが定石《じょうせき》だ。にもかかわらず攻めようとしているのか」

「食料に関しては、イングランドの貴族からの支援が届くから問題ないのでしょう」

「イングランドの？　あのメルヴィルがイングランドと手を組んだのか」

「……ノエル伯爵です。わたしの父が、アレクサンダーを殺害する報酬として、メルヴィルにそれ相応の金品を提供したのです」

カイルの周りの男たちがざわめきだした。

「おまえが前族長を殺す手はずを整えたのか！　あれほど族長によくしてもらいながら」

ファーガスがシャーロットに向けて怒鳴った。

「控えろ、ファーガス！　エリザベスの話をすべて聞いてから結論を下せ！」

カイルが一喝《いっかつ》した。少年の声には、これまでに聞いたことのない凄《すご》みがあった。ファーガスは黙り込んだ。

「……マケイブの人たちがそう思うのも仕方ありません。これからすべてをお話しします。わたしの本当の名は、シャーロット・ハワード。エリザベスの異母姉、ノエル伯爵の私生児です」

シャーロットの言葉に、その場にいた誰もが息を呑むのがわかった。

シャーロットはこれまでのことをすべて話した。

ノエル伯爵に言われて、エリザベスの替え玉として、アレクサンダーに嫁《とつ》いだこと。そうとは知らずに、メルヴィル出身のアリスと出会い、交流を深めたこと。しかしそれによって、アレクサンダー共々毒を飲まされ、メルヴィルに連れ去られたこと。そうして、メルヴィルで何が起こっているのか知ったのだ……と。

「わたしは、父の手のひらの上で転がされていたのです。すべてはノエル伯爵が、本物のエリザベスをイングランドの公爵家へ嫁がせ、自身の足下を固めるための企《くわだ》てです。ノエル伯爵にとっては、アレクサンダーの存在が邪魔で仕方がなかったのだから……」

シャーロットがしゃべり終えると沈黙が場を包んだ。

「その話を信じる根拠は?」

沈黙を破ったのはカイルだった。

「アレクサンダーの死は、マケイブにとって大きな痛手だった。エリザベス……いや、シャーロットか。あんたの話はつじつまが合っていると思う。だが、それを信じるに値《あたい》する根拠がない。あんたが本当はメルヴィルの手先で、でたらめを流しに来たと考えることもできる。何度も言うが、冬の戦《いくさ》は、尋常《じんじょう》なことじゃない。本当なら備えなければいけないが、でたらめだとしたら、こちらの備蓄もいたずらに消費することになる」

カイルの言葉は、数ヶ月前の彼からは想像もできない思慮《しりょ》を含んだものだった。このわずかの間に、彼はどれだけの経験をしたのか。彼は確かにマケイブの族長になっていた。ならざるをえなかった。共にウシュク・ベーハを作り、小さな喜びを分かち合った少年の面影が脳裏をよぎり、シャーロットは唇を嚙んだ。

「確かに、この話が本当かどうか、証を立てる方法はありません。でも、わたしがマケイブを助けたいのは本当です。わたしがエリザベスでないことは、わたしの赤毛が証明してくれます。エリザベスは金髪ですから」

脱色し損ねて伸びてしまった根元の赤毛は、エリザベスではない証だった。

「そして、マケイブを助けたいのが本心であることは、スコットランド王ジェームズ四世陛下の下《もと》に行くことで証明します。わたしがノエル伯爵の企《たくら》みを話しに行きます。アレクサンダーとエリザベスの婚姻は、イングランドのヘンリー七世と、スコットランドのジェームズ四世の肝入《きもい》りのものです。ノエル伯爵は二人の国王を欺《あざむ》いてまで自分の保身を考えたのです。必ず罰が与えられるでしょう。そして、それに荷担《かたん》したメルヴィルにも。わたしが語ったことが本当である以上、マケイブはジェームズ王の庇護《ひご》を得られるはず」

「けど、あんたも罰せられるだろう。あんたもまた、二人の国王を欺いたんだ」

カイルは鋭く切り返した。

「構いません」

シャーロットは即答した。

「おっしゃるとおり、わたしは欺いたのです。国王だけではありません。アレクサンダーも、そしてここにいるあなたたちマケイブの人たちも。それは弁解のしようもない事実です」

ここで過ごしたわずかな日々を思って、シャーロットは胸が熱くなるのを感じた。冷涼な空気に包まれた、きびしくも美しい大地。そして、アレクサンダーが与えてくれた愛。

「わたしは、断るべきだったんです。最初から、ノエル伯爵のくだらない頼みを、断らなければいけなかった。それなのに、わたしの弱さがそれをさせなかった。大きな力に逆らう勇気がなかったんです。そのせいで、マケイブに大きな災いをもたらしてしまった」

ふと、シャーロットは思う。

もしもシャーロットが断っていれば、本物のエリザベスは、アレクサンダーに嫁《とつ》ぎ、存外うまくいったかもしれない。あのいけすかないお嬢様であっても、アレクサンダーの大きな懐《ふところ》と、このスコットランドの雄大な自然の下《もと》で、幸せに暮らす可能性だってあったのだ。何より、アレクサンダーも亡くなることはなかったはずだ。メルヴィルとの争いさえもなかったかもしれない。シャーロットは、修道院で生を終えたかもしれないけれど。

「ジェームズ王には以前エディンバラでエリザベスとしてお会いしました。間違いなくわたしの話を理解してくださるでしょう。わたしは断罪されます。しかし、それでもいい。確かにわたしは間違いを犯したのだから。そして、マケイブが救われるならば。アレクサンダーの愛したこの土地が守られるならば」

シャーロットがそう言い切ると、カイルが立ち上がった。

「聞いたか、みんな。エリザベスは……シャーロットは、自分の身を滅ぼしてもマケイブを救いたいと言った。そういう人間が嘘を言うだろうか。俺はシャーロットを信じる。メルヴィルは攻めてくる。その備えをするぞ」

周囲の男たちの間でどよめきが起きたが、それは、カイルの決断を支持するものだった。

動き出した男たちをよそに、カイルはシャーロットのもとまで歩み寄った。

「……よく戻ってきてくれた。シャーロット。あんたも辛《つら》い目に遭《あ》ったんだな」

「……カイル……」

理解してくれたのが嬉しかった。変わったように見えても、カイルはやはりカイルだった。


病み上がりを押してメルヴィルからマケイブまで強行軍でやってきたシャーロットは、それからまたしばらく臥《ふ》せることになった。懐かしいマルビナがシャーロットの世話をしにやってきては、美味《おい》しい料理を運んでくれたのは嬉しかった。

また、カイルもしょっちゅう会いに来てくれた。城中が騒がしく、戦の支度《したく》が調《ととの》っていくらしいことは、カイルも教えてくれた。カイルによると、マドックは、メルヴィルとの戦が終わるまで、城の地下牢に閉じ込めておくことになったらしい。

「意外だよ。マドックほどの忠臣はいないと思ってたのにな」

人の心はわからないものだ、とカイルはぶつぶつ言う。

「エリクはどうしたの？　見かけないわね」

シャーロットが尋ねると、カイルは寂しげに首を振った。

「アレクサンダーの葬儀が終わってから、見かけていない。あいつこそ、アレクサンダーに心酔してたからな」

葬儀、という言葉に、シャーロットは胸が苦しくなった。

「アレクサンダーは本当に亡くなったの？　本当は、どこかでまだ生きて……」

「俺たちがシーリングから帰ってきた時には、もう埋葬は終わっていた。ゲルセミウムは猛毒だ。死んだ後も体に毒が残る。早く埋葬しなければならなかったらしい。あんたも、生き残ったけど、メルヴィルでだいぶ長く療養したんだろ」

「……覚えていないの」

「その方がいい。エディンバラだって無理に行かなくていいんだぜ。あのときはそう言わないと周りが納得しなさそうだったから聞いたけどさ」

そう言うカイルの様子は、以前の子供らしさを感じさせた。それでも、あの場では、並み居るハイランドの男たちを納得させる威厳のようなものがあった。

カイルを好きなように操るつもりだったレアードやファーガスはあてが外れたに違いない。それでも満足げに見えたのは、カイルのことを族長として認めたからなのだろう。

「いいえ、行くわ。ノエル伯爵を、そのままにしておきたくないの」

シャーロットの言葉を聞いて、カイルは黙って部屋を出ていった。戦の支度があるのだろう。

　その晩、シャーロットが寝ていると、ひどい音が聞こえてきた。牛の遠吠えのような、立て付けの悪い扉から空気が抜けて鳴るような、そんな音である。およそ音楽とは考えられない代物《しろもの》であるが、シャーロットにとっては懐かしい音だった。

「……アレクサンダー？」

　シャーロットは寝台から起き上がった。音は城の外から聞こえていた。シャーロットはプレードをかき寄せると、部屋を飛び出していた。

　アレクサンダーのバグパイプの音だ。あんなひどい音を立てられるのはアレクサンダーしかいない。

「アレクサンダー！」

　シャーロットは城の薄暗い廊下を抜け、冷たい風の吹き抜ける中庭へと出た。あの音が聞こえているようで、実際は夜風が吹き抜けているだけのようにも思えた。シャーロットが耳を澄まして中庭に立ち尽くしていると、中からカイルがやってきた。シャーロットが声を上げながら部屋を飛び出したのを、追いかけてきたのだろう。

「シャーロット、中に入った方がいい」

　カイルは優しく声をかけてくれた。

「ねえ、カイル、聞こえるでしょう。アレクサンダーのバグパイプよ。すごく下手《へた》なの。本当に、音楽とは言えないくらい下手なの。聞き間違えようがないもの。ねえ、聞こえるわよね?」

カイルは首を振った。びゅうびゅうと、風の渡る音だけが聞こえた。

「……シャーロット、明日、アレクサンダーの墓に一緒に行こう」

シャーロットは立ち尽くしたまま星空を見上げた。星の光は痛いぐらいに輝いて見えた。幾億の光がシャーロットを刺した。

「……わたしがスコットランドに来なければ、アリスと知り合わなければ、アレクサンダーは今も元気だったかもしれない。本当のエリザベスと幸せになれてたかもしれない。わたしは……」

「それは違う」

カイルは断言した。

「ノエル伯爵の要望を断れなかったのは、確かにあんたの弱さかもしれない。けど、自分より大きな力を持っている者の前で、何かできる人間はそう多くない。あんたが、前の自分とは違うと認識して、今やっていることに意味があるんじゃないか」

カイルはそう言ってからシャーロットの手を取った。

「何より、アレクサンダーは、あんたに惚《ほ》れたんだ。他の令嬢が嫁に来ても、惚れたかどうかはわからない。まあ、粗末に扱ったりはしないだろうけどな。それに、アリスとかいうのに会わなくても、たぶんあのままだったらアレクサンダーはどこかで罠《わな》にはまって、同じ結末を迎えていた可能性が高い。メルヴィルからも、身内からも狙われていたんだ」

シャーロットはうつむいた。目の奥が熱かった。

「俺はあんたに会えてよかったと思う」

「カイル……」

「みんな俺を大事にしてくれたよ。でも、それは俺がダンカンの息子だからだ。ダンカンを通さずに、俺っていう存在、ただのカイルを見てくれたのは、あんただけだったよ」

カイルは静かに語った。

「確かに、あんたはマケイブを欺いたのかもしれない。それでも、あんたがここに来てくれてよかったと思う。そう思っているのは俺だけじゃないはずだ」

カイルの言葉は優しかった。シャーロットには、その優しさが嬉しくもあり、悲しくも感じられた。


翌日は冬晴れだった。カイルは、忙しいにもかかわらず、夕方にシャーロットを墓地へと案内してくれた。カイルは、巨大な族長の剣を引きずるように背負っている。墓地は、城から少し離れた教会の敷地内にある。マケイブの族長が代々埋葬されるというその墓地には、アレクサンダーの父や兄のものもあった。その隣に、まだ盛った土も新しい墓がある。

「……ここなの？」

シャーロットが尋ねるとカイルはうなずいた。

「そうだ」

シャーロットはしゃがみ込んで新しい墓石を眺めた。今更涙は出なかった。ただ、事実を認めることは辛かった。

以前もこんなことがあったような気がした。そう、キャサリンの葬儀の後だ。こうして墓石を眺めながら、ゆっくりと心が姉の死を受け入れるのを待ったのだ……。

シャーロットがうずくまってぼんやりと墓石を眺めていると、誰かが近づいてくる足音が聞こえてきた。冬の日の長い影が、人の形を作っている。

「気分でも悪いのか」

シャーロットは顔を上げた。

それは、どこまでも慕《した》わしい、よく通る低い声だった。

メルヴィルからマケイブに向かう冬の行軍は、長く寒く、険《けわ》しいものだった。頭数はそろっているが、その多くは族長が金で雇った農閑期《のうかんき》の小作人たちだ。詰め物をした革の鎧《よろい》に、旧式の武器を手にし、中には農具を加工したものまである。本来ならば食料を節約しながら冬を過ごす彼らにしてみれば、十分な報酬をもらえるありがたい仕事といえた。もちろん、生き残ることができたならば、であるが。その点も、今回は嬉しい前例があった。

夏に攻めたマケイブはもろく、多くの者が生きて帰ることができた。確かに冬の戦いはきびしいものだが、あのマケイブを相手にするのであれば、さほど心配はいらないはずだ。

アリスもまた、慣れない革の鎧に、剣を下げて平民たちの中に交じって進んだ。ローナは常にそばにいた。彼女は戦に慣れていた。勝手のわからないアリスに、必要なときに食事を運び、寝床を用意し、行軍の共をしてくれる。ローナがいなければ、行軍は耐えがたく苦痛の多いものになっただろう。

結局、シャーロットは、兄の追っ手から逃れたようだ。どこにいるか、行方はわかっていない。

（このまま、逃げ延びてくれるといいけれど）

アリスは思う。メルヴィルからは逃れたとしても、ノエル伯爵は彼女を追うだろう。秘密を知る彼女が生き延びていることは、ノエル伯爵にとっては危ういことだ。

彼女が一人で生きていけるかはわからない。彼女の運命は、アリスの手から離れた。アリスがかき乱してしまった彼女の運命が、幸《さち》多いことを祈るばかりだった。

「アリステア様がこのような粗末な有様で従軍なさるなど……」

ローナは憤懣《ふんまん》やるかたない表情でつぶやいた。

「仕方ないさ。これまでのことを考えれば。わたしはこれまで軍事については全く関わってこなかったからね。ここからが始まりだ」

アリスは改めてローナを見た。見目のよい女ではない。だが、どのような男たちにも負けない腕を持つ彼女が、剣を手に取り戦うときの姿は、何よりも美しいのを、アリスは知っている。

ローナを鍛えたのは、兄のゴードンだ。身内を失ったローナに潜む、桁違《けたちが》いの戦士としての素質を見抜いていた。

まだ兄が十分に若く、すべてを見通す目があった頃。父はまだ健在だったが、いずれ譲り受けるメルヴィルを率いるためか、ゴードンは幾人もの若者を鍛えたものだ。あの頃のゴードンは、アリスに優しくはなかったが、かといって陰湿にいじめてくるほどではなかった。父が亡くなり、ゴードンの視力が失われるにつれ、メルヴィルは薄暗い袋小路《ふくろこうじ》へと追い詰められていった。

「ローナ。こんなところまでわたしについてくる必要はないんだよ。兄は君をそれなりに評価している。こんな冬の行軍で、わたしの世話をする必要はないはずだ」

「……アリステア様。幼かった頃のことを覚えておいでですか。族長はわたしを鍛えてくださいましたが、それは厳しいものでした。それでも、行く当てのないわたしは耐えるしかありませんでした」

ふと、ローナは話しだした。

「しかし、アリステア様と、そのお母上だけはお優しかった。ときには蜂蜜の入ったお菓子なども下さったりしたのですよ。わたしは、天使はこの世にいるのだと思いました」

こんなふうにローナが自分のことを語るのは珍しいことだ。

「だから、お母上が湖でお亡くなりになり、アリステア様が取り残されたときに、わたしがお守りしようと誓ったのです」

「ローナ。もう昔のことだ」

「いいえ、アリステア様をお守りするためなら、どんなことでもいたします」

その通りなのだろう。兄が、何度も、アリステアを処分しようと考えていたことは知っている。それを押しとどめたのはローナだ。アリステアを助ける条件に無理難題も押しつけていたようだが、ローナはそのたびに解決している。おそらく、マケイブの次期族長であったダンカンの暗殺をやってのけたのもローナだ。

アリステアは兄を見た。

メルヴィルの族長ゴードンは、ノエル伯爵からの援助の品である鈍い光を放つ鎧、毛の前立てをつけた兜《かぶと》、飾り帯まで身につけて、従者に馬を引かせている。ハイランドでは普通にしていれば手に入るものではないがゆえに、権威を示すことにもなるし、また、最近視力の低下が著《いちじる》しいことを隠すこともできる。イングランドではすでに旧式のものであるとはいえ、見事な装備であることは間違いない。しかし、このような山がちな土地で移動の時から身につけていれば、馬も人間も疲れるだけだ。イングランドではともかく、ハイランドに適したものではないことは、素人《しろうと》であるアリスにもわかった。一部には、あからさまにイングランド製の鎧を着ることに嫌悪感を示している者もいる。

一行は湖を越え、件《くだん》の森の近くまでたどり着いた。今はメルヴィルのものとなった森を抜ければ、マケイブの領域である。

慣れ親しんだ森を前に、アリスが感慨にふけっていると、隊列に先行する斥候《せっこう》の口笛が聞こえた。敵に遭遇した合図だ。

末端にいると何が起きているのか詳しくはわからないが、周りの兵たちがざわつき始めた。まだここはメルヴィルの領域である。にもかかわらず、敵に遭遇したとはどういうことだろう。マケイブがメルヴィルの侵攻を予測し、布陣していたということか。であれば、手強《てごわ》い戦いになる。

（まさか、シャーロットがマケイブの隙を突いて攻めた夏の頃の侵攻とはわけが違う。

それはメルヴィルにとって不利に違いないことなのに、アリスの心に広がったのは、安堵感だった。

と、不思議な音が聞こえた。牛の遠吠えのような、あるいは地獄から響く悪魔の泣き声のような、ひどい音である。およそ音楽とは言えない代物だったが、浮き足だった平民の兵士たちは、その音に不安をかき立てられている。

アリスの脳裏によみがえったのは、夏の日にシャーロットと話し合った他愛もない会話の一つだった。

『アレクサンダーはね、バグパイプの演奏が好きなんだけど、あまりうまくないの。牛が鳴くような、変な音しか出せないのよ。でも、わたしは嫌いじゃないんだけど』

シャーロットはそう言って、クスクスと笑っていた。

もしそれが本当だとしたら、この音は……。

（アレクサンダーは生きているのか？）

ゲルセミウムの毒は、植物最強と言われる。あれだけの量を口にしたのであれば、生き残れる可能性などあり得ない。だが、シャーロットは生き延びたではないか。

「……ローナ。マケイブの族長のバグパイプは、うまくないらしいね」

「はい。悪魔の泣き声とも称されます……」

ローナは目を伏せながら答えた。

「ローナ。もしかして、マケイブの族長は、アレクサンダーは生きているのか」

「……わたしは確かな情報は持っていません。ただ、今年の冬に入ってから、マケイブ領内では、時折悪魔の泣き声が聞こえてくるとの噂があります」

「質問を変える。もしかして、あのとき、シャーロットとアレクサンダーに盛った毒は、ゲルセミウムではないのか」

「ドクウツギです」

ドクウツギはもちろん猛毒だ。だが、ゲルセミウムだと思って使えば、致死量的にぎりぎりだった。

「入れ替えたのか」

「ゲルセミウムを使い果たしていたのです。ハイランドには自生しないゲルセミウムを入手するのが難しく、あのときはドクウツギを代用していたのです」

ふいに、アリスは笑い出したいような衝動に駆られた。なんということだ。どれも猛毒だが、わずかな毒性の差が二人を救った。

(そうか……！　だから、アレクサンダーは……！)

アリスは奇妙は喜びが胸に広がるのを感じた。

これは確信だ。どのように偽装したのかはわからないが、アレクサンダーは生きている。

自らの犯した罪を正当化する気は、アリスにはもうない。だからこそ、素直にアレクサンダーが生き延びていたことに、安堵感を覚えるのだ。

「借りができたな、アレクサンダー……」

アリスはひとりつぶやいた。

「殺そうとしたことを、償《つぐな》うのはたやすくはないだろうが……」

メルヴィルとマケイブの争いは必然だ。きっかけはノエル伯爵の私的な欲望からであり、ゴードンの野望からきているかもしれないが、その始まりは父祖の代から続いているものだ。土地は動かない。だからこそ、揉めごとは代を継いで続いていく。その始まりがなんなのか、忘れ去られていても。

バグパイプの音色が変わった。今度はメルヴィルの側のバグパイプだ。戦意を高め、敵を威嚇《いかく》するバグパイプは、戦闘が始まる合図でもある。本当に、あの森にマケイブの連中が潜んでいるらしい。

にわかに民兵たちの間に緊張が走る中、ローナがアリスの手を握ってきた。

「アリステア様、どうぞローナのおそばから離れませんように。わたしが必ずあなた様をお守りいたします」

アリスの手はいつも冷たい。冬に限らず、夏もいつも水の中に浸《つ》かっているように冷たかった。母に湖に連れていかれて以来、その手がぬくもったことはない。だがいま、彼の手を握っているローナの手は暖かだった。その熱が、アリスの手を少しでも温めようとしている。

（こんな身近に、わたしを温める手はあった……）

アリスは微笑んでローナの手を握り返し、それから放した。

バグパイプの音色が辺りを包む。

アリスは剣を抜いた。

風の渡る音の中に、バグパイプの響きが聞こえたように思えて、シャーロットは空を見上げた。塔の上から見下ろしても、戦場の森は遠くて見ることはできない。

マケイブの男たちは、みな武装をして出陣していった。それを率いるのは、族長であるアレクサンダーである。

そう、アレクサンダーは生きていた。

シャーロットは思い返す。

あの日、墓前でしゃがみ込んでいたシャーロットに声をかけてきたのは、アレクサンダーその人だった。

見上げるほどに大きな体躯。骨格のしっかりした顔つき。夜の泉のような黒い瞳。以前よりも痩せてはいたが、その姿は間違いなく、シャーロットの愛する人だった。

「……アレクサンダー……」

名を呼ぶのが精一杯だった。なぜ、どうして、という疑問も湧いたが、それ以上に言葉にならない思いが溢《あふ》れてきて、口を開くことができなかった。アレクサンダーも、何も言わなかった。だが、彼もまた、同じように感じていることがシャーロットにはわかった。

黙ったまま見つめ合う二人を前に、ふと、カイルが皮肉に満ちた笑みを浮かべた。

「なんだ、遅かったじゃねえか。いつまで俺に剣を持たせる気だ？　重くてたまらねえよ」

「悪かったな。もっと長く持っていたいものかと思ったが」

アレクサンダーはカイルに視線を移した。

「所詮《しょせん》借り物だろ。俺は、自分で自分の剣を手に入れる」

アレクサンダーの言葉に、カイルはそう答えた。

と、アレクサンダーの後ろから別の人影がひょっこりと姿を現した。

「……えー。なんで僕抜きで仲良く話が進んでるのさ。僕のこと忘れてない？」

「エリク！」

懐かしい姿に、シャーロットは声を上げた。

「やあ、ベス、久しぶり。えーと、本当はシャーロットだっけ」

「……どうして、あなたたち……。アレクサンダーは……」

シャーロットは声が詰まって、それ以上何も言えない。

三人は顔を見合わせた。悪戯をしている子供のように。

「種明かしをしちゃえば、そんなに難しいことじゃないんだよ」

エリクは語った。

アリスに毒を盛られたアレクサンダーだったが、エリクの必死の治療のおかげで命を取り留めたという。そして、毒で倒れる直前に、アリスが語ったことを聞いて、ノエル伯爵の企みと、自分が命を狙われていることを知ったのだ。ここで助かったとしても、またいずれ狙われるのは間違いない。

折しもシーリングの時期である。人も少ないことを考えて、アレクサンダーは、公《おおやけ》には亡くなったと発表することにしたのだ。葬儀を終えてしまえば疑う者もいない。

エリクはアレクサンダーを城から少し離れた空き家に隠し、献身的に看護した。エリクはまた、カイルに連絡をとり、アレクサンダーが生きていることも伝えたのである。アレクサンダーはエリクを通してカイルに指示を出した。アレクサンダー亡き後に族長になるのはカイルである。アレクサンダーが亡くなったとなれば、おそらくメルヴィルが攻めてくるであろうこと、足下がぐらついてしまうマケイブは勝ち目が薄いこと、であれば早めに和議を結び、アレクサンダーが回復するまで時間を稼げ、と。

「まあ、そういう感じで、現在に至るわけだ。結果として、シャーロットには随分《ずいぶん》気を揉《も》ませる結果になったけど」

と、エリク。

「俺らにしても、あんたがどうなったかわかんねえ中で動くしかなかったし、戻ってきてからも、周りに伏せてる関係上、言えなかったんだ。結果として、アレクサンダーは生きてたわけだから、まあ、勘弁してくれよな」

カイルは背負っていた剣を下ろす。そうして、その大きな剣をアレクサンダーへと差し出した。

「けど、時期が来た。メルヴィルが攻めてくるなら、指揮を執《と》るのは、俺じゃない。アレクサンダーだ」

シャーロットは、アレクサンダーが、カイルから剣を受け取るのを見た。

本当に、この人は生きているのだろうか。エリクとカイルから説明を聞いても、アリスの家で倒れ込んだ姿が思い起こされて、心臓をつかまれたように苦しい。

シャーロットは手を伸ばすと、アレクサンダーの腕に触れた。力強かったあの腕は、随分細くなったようにも思えた。だが、温かだった。

「……生きてるのね」

シャーロットはつぶやいた。アレクサンダーは、彼女の手を取った。

「シャーロット」

アレクサンダーは彼女の名を呼んだ。エリザベスではなく、本当の名を。

「シャーロット、心配をかけた。君に、会いたかった」

そう言うと、彼はシャーロットを抱き寄せてきた。

プレード越しに、アレクサンダーの熱い身体を感じた。懐かしいハーブの匂いが鼻を突いたとき、思い出がシャーロットの脳裏を駆け巡った。一緒に馬に乗ったとき、城の塔からシーリングに向かう人々を眺めたとき、領内の旅路《たびじ》で雨宿りをしたとき、……キスをしたとき。いつでもアレクサンダーはハーブと土の香りを纏《まと》っていた。

シャーロットが感じた匂いは、間違いなくアレクサンダーは生きているのだと伝えていた。

「……アレクサンダー」

シャーロットは、涙がこぼれるのを感じた。それは紛《まぎ》れもなく、喜びの涙だった。

だが、その喜びも、続く戦の準備の前には、すぐに不安へとすり替わっていった。カイルからアレクサンダーへの権限の委譲《いじょう》は速《すみ》やかに行われた。確かにカイルはマケイブを見事に束ねてはいたが、その若さゆえ、実戦経験はない。アレクサンダーは、前族長である父のもとで、いくつかの戦に関わって、戦果を挙げている。また、カイルとアレクサンダーの協力関係が成立している今、レアードやファーガスといった、元ダンカン派の面々も、アレクサンダーの下で戦うことに異議はない。アレクサンダーがマケイブを率いるのはごく自然な流れだった。

メルヴィルの侵攻は、シャーロットが伝えたことである。戦は起こる。当然の帰結である。それでもなお、生きているアレクサンダーの温かさを再び知ってしまったシャーロットは恐ろしくてならない。アレクサンダーを再び失うかもしれないことが。

「……気をつけて」

出陣の朝、シャーロットはアレクサンダーに言った。行ってほしくないとは言えなかった。彼はマケイブを愛する、マケイブの族長なのだから。

「必ず戻る。大丈夫だ」

一軍の将でありながら、アレクサンダーは軽装である。革の鎧に、例の大剣。いつものようにブレードを身につけ、狩りにでも出かけるような軽やかさだ。

シャーロットが不安そうな様子なのを見たからだろう。アレクサンダーは話しだした。

「四年前、俺は奇跡に出会った」

アレクサンダーはシャーロットの手を取った。

「大陸からブリテン島に戻ってきたときのことだ。突然の兄の死に、俺はまだ気が動転していた。故郷に戻って、兄の代わりをつとめられるのか、と。そのとき、教会の前で一人の少女に会った」

何を話し始めたのだろう、とシャーロットはアレクサンダーを見つめた。

「俺は彼女に故郷のことを話した。姉を亡くしたばかりだという彼女は、俺に言ってくれた。いい氏族長になれると」

ふと、記憶の隅で、何かが閃《ひらめ》いた。キャサリンの墓の前で出会った、黒い服の男。

「……まさか、あれは……？」

シャーロットの驚きを見てか、アレクサンダーは微笑んだ。

「その少女が自分の妻になるとは思わなかったが。だが、実際に起きたことだ。だからこそ、奇跡は本当にあるのだと、俺は今なら信じられる」

シャーロットはアレクサンダーを見つめ返した。

四年前のあのときから、アレクサンダーはシャーロットの人生にいたのだ。信じがたいその事実が、シャーロットの胸を震わせた。

「シャーロット。愛している。俺が戻ってくることができたら、そこからが本当の始まりだ。偽りも、隠し事もない、俺たち二人の」

そうして、アレクサンダーは、エリクやカイルと共に出陣していった。

戦場に赴くことのないシャーロットは、戦の行く末がどうなるか、祈ることしかできない。けれども確信があった。

愛と信頼が欠落し、敵と手を組んでまでマケイブを陥れようとしたメルヴィルに、アレクサンダーが負けることはないだろうと。

冬空の向こうから、悪魔の泣き声ともとれるような音が聞こえた気がして、シャーロットは微笑んだ。

☆　☆　☆

その日、森を挟んでマケイブとメルヴィルの両軍がぶつかった。

マケイブを率いたのは、亡くなったと目《もく》されていた族長、アレクサンダーである。

マケイブの士気は高く、一方、思わぬ迎撃を受けたメルヴィルは持ちこたえることができず、多数の死者を出して敗走した。

後《のち》に、これはウォードローの戦いと称されることになる。

☆　☆　☆

敗走というものはいつでも惨《みじ》めなものである。

ゴードンは、いまやイングランド製の鎧をすべて脱ぎ捨てて、一時避難のための洞窟に隠れていた。従者のうちの何人かは敗走の途中で姿を消し、また何人かは助けを求めるために洞窟から出ていった。いま、ゴードンのもとにいるのは、ハミッシュという若者だけだった。

まあいい。戦というのは敗れることもあるが、その後の交渉をいかに行うかが肝要だ。

「……ローナ様」

ハミッシュが声を上げた。人の気配がした。血のにおいがした。目をこらすと、革鎧を身につけた線の細い人影を見ることができた。

「ハミッシュ。族長に話がある。少し外で待っていてもらえるだろうか」

ローナは低い声で囁いた。ハミッシュが外に出ていく気配がした。

ゴードンはふと気づいた。ゴードンの目の前にいるのは、ローナだけではない。

「ローナ。無事だったか。そこにいるのはアリステアか」

「ローナがわたしを守ってくれましたよ、兄上。さすが、兄上が鍛え上げた戦士だ」

「ふん、生き延びたか……」

ゴードンは短く答えた。昔から悩みの種の弟だった。女装をしてふらふらとあちらを彷徨い歩く姿などは、思い出してもおぞましく思う。やっとまともに戻ったところで、思わぬ生命力を見せたものだ。

「そなたがこれまで避けてきた戦場だ。さぞ、意義あるものだったろう」

「ええ、兄上。わたしがこれまで見てきた地獄とはまた違う地獄でした」

「そなたの地獄か」

ゴードンはつぶやいた。正気を失い、生き続けることは、確かに一つの地獄だったのだろう。そして戦場。ゴードンは、氏族の掟《おきて》に従い、いくつもの戦場を渡り歩いた。戦場はアリステアの言うとおり地獄でもあり、善悪が逆転する、あらゆるしがらみを超越した空間でもある。

「アリステア、そなたは戦場で何を見た」

「混沌《こんとん》を。それもとてつもなく醜悪な。……そして多くの愛も見ました」

アリステアは言った。ゴードンは喉の奥で笑った。言うに事欠いて、愛とは。

「戦場にどのような愛があるというのか」

「兄上が一番わかっておいでてでしょう。メルヴィルが兵たちに与える愛ですよ」

アリステアは、一歩、こちらへと近づいてくる。

「汝《なんじ》らが愛する地、メルヴィルのために戦えと。そうして兵たちは命を散らす」

「そなたはそれを楽しんだ。違うか？」

「ええそうです、それがメルヴィルの血を引く者の性《さが》。はるか北方、海の彼方《かなた》から、この島を侵略し、移り住んだ、祖先の暴虐の血ですよ」

アリステアの声に潜む、愉悦《ゆえつ》の響きをゴードンは感じ取った。

「否定しません。わたしは戦場を恐怖し、同時に楽しんだ。だからわかるのですよ。この身に流れるメルヴィルの血が喜んでしまう、戦場というものはあるべきではないと」

「そなたの言葉は矛盾《むじゅん》に満ちているな」

「そうでしょう。わたしの存在そのものが、矛盾なのですよ。敵対し合うメルヴィルとマケイブの血を引き、男でありながら女の姿をし、一度死にながら、再びこの世に戻った。すべてのあわいにいるからわかることもある。族長。あなたの愛は間違っておられる」

アリステアのその言葉がきっかけとなったように、ローナが音もなく剣を引き抜くのがわかった。きらめく刃《やいば》がこちらを狙っていることも。

「……ローナ。そなたがアリステアに入れあげていたのはわかっていたが、そこまで愚かとはな」

ゴードンはため息交じりに答えた。

「我が心は、いつでもアリステア様と共にあります」

「兄上。光を失いつつあるその目で、我らメルヴィルをどこに導こうというのか。よりによって、イングランドの貴族の力まで借りるという所業まで犯して」

アリステアの言葉にゴードンは反論した。

「では、アリステア、そなたはメルヴィルを導けるというのか？　俺がしたことは、敵であろうと、使えるものは使う、それだけのことだ」

「その結果が、あの戦場の混沌か！」

ゴードンは、言い返そうとして、急に疲れを感じて口を閉ざした。

そう、ゴードンは疲れていた。メルヴィルの族長として、あらゆることをしてきたが、光を失いつつある目を抱えて、できないことが増えていく。それゆえに、イングランドの伯爵の力まで借りることになった。

この辺りで休むのも悪くないのかもしれない……。

ゴードンは、そんなことを思いながらローナの剣が閃くのをおぼろに感じ取っていた。

第十三章　ハイランドの花嫁

春の日差しは、窓越しでもしっかりと感じられる。柔らかな寝床の中で微睡《まどろ》んでいると、ハーブの石けんの匂いがした。シャーロットはこの匂いが大好きだった。それは豊かな緑の象徴であり、また愛する夫の匂いだからだ。

「そろそろ起きたらどうだ」

目を開けると、すでに着替えたアレクサンダーが寝台のそばに座ってこちらを眺めているのが見えた。シャーロットは嬉しくなった。

「アレクサンダー……おはよう」

シャーロットはアレクサンダーの顔に手を伸ばした。

「ねえ、触っていい？」

アレクサンダーが首肯《しゅこう》すると、シャーロットは彼の顔に触れる。柔らかな黒髪、骨格のしっかりした顎《あご》に、日焼けして、少しざらざらする肌。

ああ、この人は生きている。夢ではない。そう実感するだけで、涙が出そうに嬉しくなる。

「顔を触られるたびに泣かれたのでは、少々困るな」

「だって、幽霊だったらいやだもの。生きててよかった」

シャーロットの言葉に、アレクサンダーは微笑んだ。

ふと、エリクの声が扉の向こうからした。

「とんとんとん。二人でおくつろぎのところすいませーん」

「なんだ。開いているぞ」

「一応入っていいか確認しないとまずいでしょ。見ちゃいけないところ見ちゃ悪いし」

「おまえはそんなことばかり考えているな、毎回……」

アレクサンダーはぶつくさと呟《つぶや》いた。

「まあ、それはともかくさ、今日は忙しいんだ。そろそろ支度《したく》に入らないと。とくにシャーロット」

エリクはシャーロットを見るとにっこりと笑った。

「今日は君たちの結婚式だろう？」

シャーロットとアレクサンダーの結婚式が、マケイブの城にほど近い教会で行われることになったのは、長い冬も終わり、水仙《すいせん》が黄色い花を咲かせる季節のことである。

ここに至るまでに起こったことは、あまりにめまぐるしかった。シャーロット自身も、身の回りの変化が信じられないほどだ。

冬の間に、メルヴィルとの戦後処理は終わった。また、マケイブ内での、アレクサンダーとカイルの引き継ぎも終わった。マドックはマケイブを追放されることになり、ハイランドから去っていった。

メルヴィルの族長は逃走中に死亡した。そして、停戦の和議に、メルヴィルの代表として現れたのは、アリスだったという。

アレクサンダーは目を疑った。かつて女性の姿で自分に毒を盛ったアリスが、ハイランドのごく一般的な若者の姿をして、目の前に現れたのである。

「まず、マケイブのアレクサンダーが無事に族長に返り咲かれたことをお喜び申し上げたい」

アリスは開口するなり微笑んでそう言った。

「メルヴィルのアリステア。それは、貴殿が俺と妻に毒を盛ったことを理解した上で話しているのか」

「あなたがお怒りになるのもわかる。わたしを罰したいと思う気持ちも。だってわたしはあなたの命を奪おうとしたのだからね。けれども、この場は怒りを収めて、メルヴィルとマケイブの和解に専念してもらいたい。メルヴィルは多大な犠牲を払った。残念ながら、今メルヴィルをまとめうるのが、このわたししかいない有様だからね」

講和では、全面的にマケイブの主張が認められた。森の帰属はマケイブに戻り、十年は互いに不可侵とする条約が結ばれた。

講和の条件に、敗軍の長であるアリスの身柄を預かり、マケイブで処分する、ということも可能だっただろう。なんといっても、アリスは、マケイブの族長夫妻を暗殺しようとしたのだ。だが、アレクサンダーはそれをしなかった。アリスの言う通り、族長がいなくなれば、メルヴィルは無法地帯になる恐れがある。マケイブと違い、メルヴィルは荒々しい古《いにしえ》の掟《おきて》が残る地なのだ。といって、マケイブが山と森を隔《へだ》てたメルヴィルを併合し、治めることは現実的ではない。マケイブとて、秋の戦《いくさ》のダメージが残っているのである。であれば、マケイブに恭順《きょうじゅん》の意を示しているアリスが、暫定《ざんてい》であれトップである方が望ましいという判断である。

けれども、それだけではないのではないか、とシャーロットは思う。あんなことが起きてしまったが、アリスはシャーロットの友人だった。そのアリスを断罪することを、アレクサンダーはためらったのではないか……、と。

事実、シャーロットは、アレクサンダーがアリスを罰しなかったと聞いて、ほっとしたのだった。今でも、アレクサンダーに毒を盛ったということは許しがたく思うが、アリスの気持ちもわかるようになってしまった。それほどに、愛する人を失って生きるとは、辛《つら》いことなのであるから……。

アリスへの思いは単純に一言で表現することはできない。シャーロットが自分らしくある姿を導いてくれもしたし、一緒にいて心安らぐ友人でもあった。川の畔《ほとり》でアリスの姿を見つけるたびに嬉しかったし、アリスと共にいたあの瞬間の一つ一つが喜びに満ちたものであったことも真実なのだ。アリスが好きだった。本当に、心から。だからこそ、シャーロットとアレクサンダーを死の淵《ふち》に追い込んだ裏切りが、苦しく辛く、悲しいのだ。たとえそれが、アリスの誤った真心からきていたのだとしても。

メルヴィルではまだ混乱が続いているという。ローナが語ったように、アリスがこちらの世界に戻ってきた、というならば、領域を侵《おか》し、以前のようにあの森に来ることはもうないだろう。暫定とはいえ、彼はメルヴィルの族長となったのだから。

（アリス……）

けれども、いつかまた巡り会い、許せる日もくるのだろうか……。

戦後処理が落ち着いた頃、エディンバラのジェームズ王のもとに、シャーロットが報告に向かうことが決まった。寒さが緩《ゆる》み、春の気配を感じ始めた頃である。実際に足を運ぶ前に、事の顚末《てんまつ》はジェームズ王に手紙で伝えられていた。アレクサンダーとカイルの二人により、シャーロットの事情について、やむを得ない状況であったこと、また寛大な処置を願う旨《むね》もまた伝えられた。

そうして、シャーロットとアレクサンダー、それにエリクの三人は、春まだ浅い時期にマケイブからエディンバラに向かうことになった。

カイルもエディンバラには行きたそうだったが、エリクが止めた。

「やめといた方がいいよ。カイルならエディンバラに行く機会はまたあるだろうしさ」

エリクはげんなりしながら言った。

「何でだよ。俺だって何かの役に立つかもしれねぇじゃん」

「だってさあ、アルとシャーロットが馬に乗っているのを、後ろからずーっと見てなきゃいけないいんだよ。新婚さんをだよ。かなり疲れるんだよね、精神的に」

「……」

「見てるだけならまだしも、聞きたくなくても、会話は耳に入ってくるしねぇ。道は一本で、逃げ場がないのは、しんどいよ。まあ、一人は荷物持ちがいないといけないだろうから、僕はついていくけどさ」

「……俺、やっぱりやめておくわ」

そういうわけで、カイルは留守番することになった。

どのような処分が下されるのか、シャーロットにはわからなかったが、迷いはなかった。やむを得なかったとはいえ、イングランド、スコットランドの両国王を欺《あざむ》いたのである。場合によっては投獄される可能性すらある。それでも構わないと、シャーロットは思う。

確かに、アレクサンダーとの結婚は偽《いつわ》りのものだった。けれど、シャーロットはその結婚で多くの人に触れあい、様々なことを経験した。そして、何よりアレクサンダーとの愛を知った。それは得がたい宝物だ。

二人は、春が訪れるまでの短い間、時を惜しみ、互いを慈《いつく》しんで過ごした。寒さのつのるマケイブの城で泥炭《でいたん》が燃える炎を見つめて過ごす時間、ゲール語を学ぶ時間、作ったお菓子をほおばる時間、そのすべてが愛《いと》おしく、尊く感じられた。それがどれだけ貴重なものであるか、二人はよくわかっていたからだ。

そうして、いよいよジェームズ王と謁見《えっけん》する日がやってきたのである。

「今日、何があっても、暴れたりしないでね」

シャーロットは少しばかり茶化すように言った。

「大丈夫だ。王には君の事情はきちんと伝えてある。きっと処置は寛大だ」

アレクサンダーはそう言ったが、表情は緩んでいなかった。

（アレクサンダー。わたしの夫……）

シャーロットは心の中で繰り返す。この人と一緒にいた時間を忘れないように。今だけは、シャーロットだけの夫なのだ。

その日の午後、二人はホリールード修道院に向かった。

スコットランド王ジェームズ四世に謁見したのは、さほど広くない一室だった。ごく私的な謁見、ということにしてあるらしい。

ジェームズ四世は二十七歳、まさに男盛りといった美男子である。王はことのほか機嫌良く、二人を迎え入れた。報告の内容に興味を引かれたらしい。シャーロットは、王の前で、すべてのあらましを嘘偽りなく説明した。

「イングランド国王と、陛下に対して、身を偽ったことをお詫び申し上げます。どのような処分も甘んじて受けます。どうぞ、マケイブに対しては寛大な処置を」

「ふむ、なるほどな。そなたの立場であれば、確かに断ることは難しいだろうな」

ジェームズ王は言った。

「そなたのその言葉に、間違いはないと、神の前で誓えるか」

「はい。誓います」

ジェームズ王は唇の端を持ち上げ、指をぱちんと鳴らした。

「と、言っておるぞ、ノエル卿《きょう》。そなたらの説明とは随分《ずいぶん》違うようだが」

シャーロットが目をぱちくりさせていると、扉でつながった隣の部屋から、従士たちに周りを囲まれた小太りの中年男性と、華やかな美しさをもつ娘が現れた。二人とも粗末な衣装を着せられ、顔色は蒼白だ。

シャーロットは呆然とつぶやいた。

「ノエル伯爵……それに、エリザベス」

「ふふ、驚いたか。イングランドのヘンリー王に事情を伝えたところ、ようやくノエル伯爵領を没収できると大喜びだったぞ。せっかくなのでこちらに身柄を引き渡してもらい、この場をもうけたというわけだ。そこのエリザベスはわざわざフランスから来てもらってな。そうそう、スコットランドとフランスは古き盟友同士であるから、引き渡しも楽であった。なかなか面白い趣向だろう」

ジェームズ王はにやりと笑みを浮かべた。

「どうだ、そなたら、なにか申し開きしたいことでもあるか」

「この泥棒猫！」

突然エリザベスがシャーロットに向けて怒鳴った。シャーロットは異母妹の言葉に血の気《け》が引くのを感じた。

「本当はわたしが嫁《とつ》ぐはずだったのに、この私生児が先にスコットランドに行ってしまったんです、この人はわたしの夫を奪ったんだわ！」

「……エリザベス、あなた、よくもそんな……」

シャーロットはそう口にするのが精一杯だ。結婚式の日に、シャーロットに向けて嘲《あざけ》りの笑みを浮かべていたのはエリザベスなのに。

「王様、お聞きください。わたしは本当にスコットランドに行くつもりだったんです。でも、この泥棒猫が、自分が嫁ぐ、修道院にいるのはもうこりごりだと言い張って、わたしの身代わりに勝手になったんです。お父様も、わたしが寒いハイランドに行くのが心配で、ついついこの女の口車に乗ってしまったのよ、ねえ、お父様」

エリザベスがノエル伯爵の体を揺すった。ノエル伯爵はがくがくとうなずいた。

「そ、そうです。わたしたちは決して陛下を欺くつもりなどありませんでした」

「そのせいでわたしはお父様と離ればなれになってフランスに身を隠さないといけないし、本当に辛かったんです。それもこれも、この泥棒猫のせいで」

エリザベスはシャーロットを睨《にら》みつけてきた。

「卑《いや》しい生まれのくせに、スコットランドの領主に嫁ごうなんて、身の程知らずだと思わないの。ずっと修道院にいたくせに、領主の妻の役目を果たせるわけないじゃない。城の切り盛りや、社交など、ちゃんとできていたの？」

よどみなくすらすらと話し続けるエリザベスの弁に、シャーロットは口を開いた。

「確かに、そういうことはまだしていないけど……」

「ほうら、ごらんなさい。わたしの方がよっぽど妻としてふさわしいわ。アレクサンダー様。わたし、今こそあなたに嫁ぎますわ。白い結婚など破棄しても問題ないはずです」

エリザベスの言葉は上品だったが、その裏に必死の思いがあるのはわかった。ノエル伯爵は罪人として裁かれようとしている。後見人である父がいなくなれば、エリザベスの身の上は、寄る辺《べ》のないものとなる。

（だからって、アレクサンダーと結婚したいと言いだすなんて……）

この異母妹は、この一年の間にあったことを何も知らないのだ。あのスコットランドの空気も、父が、アレクサンダーもろとも自分を殺そうとしたことも、何もかも。

そして、今、惨《みじ》めに跪《ひざまず》き、命乞いするようにうなだれているノエル伯爵がいる。

（こんなつまらない人に、わたしたちは振り回されてきたの……）

キャサリンは彼によって追い詰められた。マケイブとメルヴィルの間では、争いさえ起きた。それによって失われた命の数はどれほどあるというのか。

シャーロットの胸に去来したのは、怒りよりもむしろ冷静な憐《あわ》れみだった。憎んだり、恨んだりする価値すらない……。

と、アレクサンダーがシャーロットの手を握ってきた。こちらを励ますような、優しい手だった。シャーロットはアレクサンダーを見たが、彼は手を放し、エリザベスのもとへと歩を進めていた。

「君は、俺と結婚したいというのか」

「ええ、もちろんです」

エリザベスはアレクサンダーに微笑みかけた。

「それではなぜ、あの日、結婚式場でそう言わなかった？」

「え」

「きみはあの式場にいたな。ベールを被《かぶ》っていた。俺とシャーロットが、君の名前で結婚するのを見ていただろう」

シャーロットははっとした。アレクサンダーは、あのときのことを覚えていたのだ。エリザベスは目線を彷徨《さまよ》わせた。

「なんのことか……」

「とぼけるな！」

アレクサンダーは声を荒らげた。エリザベスはびくりと身をこわばらせた。

「あのとき、シャーロットが君を見て殺気を発したのがわかった。あのときはどういうことかわからなかったが、いま君の話を聞いて理解できた。君は、俺とシャーロットが結婚するのを見てせせら笑っていたのだろう」

エリザベスの表情が凍りついた。

「俺の妻はシャーロットだけだ」

アレクサンダーはそう言い切ると、ジェームズ王が楽しげに笑い声を上げた。

「よくぞ言った。余もアレクサンダーと同じ思いだ。さて、ノエル伯爵。ヘンリー王に、そなたの身柄について一存されている」

ノエル伯爵が恐れるようにジェームズ王を見た。

「そなたは、ヘンリー王に背《そむ》いただけでなく、余の臣下でもあるアレクサンダー・マケイブの暗殺を企《くわだ》てたな。二度とそのようなことができぬようエディンバラ城に逗留《とうりゅう》するとよい。地下牢にそなたの居場所を一つ空けよう」

ノエル伯爵はひっ、と声を上げた。

「エリザベス。そなたのような若く美しい女性を父親と同じところに置くのは気が引ける。そなたは女子修道院に入り、世の平穏のために祈りを捧げよ。悪くなかろう？」

「しゅ、修道院ですって……」

エリザベスはそれこそ顔色を変えた。

「いやよ、修道院なんて、絶対に嫌、あんなところに入ったら何の楽しみもないわ、人生おしまいじゃない、修道女になんてならないわ、いやよ！」

しかし、ジェームズ王は意に介さずに手をひらひらと振った。

「ああ、異論は受け入れぬぞ。下がれ下がれ」

ジェームズ王の合図に、再び従者が二人を取り囲んだ。二人は叫びながら引きずられるように隣の部屋に下がっていった。

シャーロットは呆然と二人の去っていった先を見つめた。

「ということで、シャーロット。そなたにも沙汰《さた》を下さねばならんな」

王はアレクサンダーとシャーロットを見た。

「そなたらの婚姻関係は解消とする。もとより白い偽りの結婚、何の問題もあるまい」

今度はシャーロットが顔色を変える番だった。確かに、これは当然の帰結だろう。だが、アレクサンダーとはもう赤の他人になってしまう。もう一緒にはいられないのだ……。

シャーロットは手のひらを握りしめた。

「王！」

アレクサンダーが声を上げた。ラテン語で何かをまくし立てると、ジェームズ王もまたラテン語で返した。その表情はいたずらを企《たくら》んでいるように楽しげだ。

王は手近に置いてあったテーブルの上に置かれた瓶を手に取った。

「ところで、このマケイブ産のウシュク・ベーハはなかなか旨《うま》い。シャーロット、そなたが作り上げたというが」

「ええ、カイルと一緒にですが……」

「とても気に入ったぞ。今は、ウシュク・ベーハの生産は修道院に独占させているが、特別にマケイブでの製造を許そう。いずれスコットランドを代表する酒となろう。そのときはスコッチとでも名付けようか」

ジェームズ王は瓶を戻した。

「というわけで褒美《ほうび》を取らせる。そなたら、改めて結婚式を挙げよ。アレクサンダー・マケイブと、シャーロット・ハワードとしてな」

意味が飲み込めるまで、シャーロットには一瞬の間が必要だった。

だが、隣に立っていたアレクサンダーが抱きついてきたので、それが喜ばしいことであると、ようやく理解できたのだった。

（わたし、この人とこれからも一緒にいられるんだわ……）

二度目の結婚式は、マケイブの城にほど近い教会で行われることになった。

シャーロットが着たのは、新たにエディンバラで仕立てた若葉色のローブで、シャーロットの赤毛がよく映《は》えた。マルビナがきれいに髪を結い上げてくれると、仕上げにプレードを身につけてできあがりだ。

「よう。なかなかきれいにできあがってるじゃねえか」

カイルがひょっこりとシャーロットの控えの間に現れた。マルビナが、入ってはいけないというようなことをゲール語で言ったが、カイルは、用があるのだと言い返した。

今日のカイルは正装をしていた。深緑色の上着を着て、その上にプレードを身に纏っている。

「ありがとう。あなたも似合ってるわ」

カイルは肩をすくめた。

「ねえ、また背が伸びたんじゃない？」

「どうだか。まだまだ周りには追いついてねえし」

ついこの間まで、堂々と族長として振る舞っていたというのに、今目の前にいるカイルは、出会ったときの少年の面影を見せている。一人の人間が見せるいくつもの顔と、成長が起こす変化に、シャーロットは不思議な思いがした。

「変な感じね。カイルがどんどん大人になっていくのを見ると……弟がいたらこんな感じなのかしら、って思うの」

弟、という言葉に、カイルは目を細めた。けれども、それはほんの一瞬だった。

「ところで、ここに来る前に、あんたへの贈り物を預かったよ」

「……え？」

カイルが差し出したのは、ワイルドフラワーを様々とりそろえた花束だった。ユキノシタ、タネツケバナ、ブルーボネット、キンポウゲ……。春の訪れを告げる野の花が、見事に束ねられている。可憐《かれん》に揺れる花びらには、水滴が散っていた。

「この辺の奴らじゃなかった。妙な感じの女二人組だったぜ。一人は背が高かったし、もう一人は剣を持ってた。……シャーロット。わかるか」

カイルの言葉には、含むところがあった。シャーロットはドキリとした。

この辺りの人間ではない、背の高い女性。

まさか、そんなはずはない。アリスとローナの二人はメルヴィルにいるはずで、マケイブに足を踏み入れるのはとても危険だ。来るはずがない。けれども、あの二人ならば……。

「ねえ、何か、なにか言っていなかった？」

「結婚式おめでとう、って言ってたぜ」

カイルは静かに言った。

「あと、謝ってたぜ、ごめんなさい、ってな」

（……アリス……！）

シャーロットは息を呑み、カイルを見た。かつてカイルは、シャーロットがアリスと会っているところを見かけたことがあると言っていた。であれば、カイルは全てを理解した上で語っているのだ。

（アリス、やっぱりアリスなのね？　こんなところまで……！）

今行けば会えるのだろうか。会って何を話すのか。けれども、もう一度会いたかった。我知らず、立ち上がり、歩き出そうとしたとき、控えの間の扉が開いて、エリクが顔をのぞかせた。

「やあ、シャーロット、準備はできた？　そろそろ式が始まるけど」

シャーロットははっとした。手にした花束から、水の雫《しずく》が滴《したた》り落ちた。

「どうしたの？」

シャーロットの表情を見て、エリクが怪訝そうにこちらに声をかけてくる。

シャーロットは、花束を見た。さっき見たときは、ただの綺麗な野草の花束としか思わなかったが、そのいくつかは、アリスと一緒に森を巡った時に摘《つ》んだ野の花だ。あえかに感じる花の香りは、過ぎ去った二人だけの時間を思い起こさせた。無慈悲な毒が、永遠に友情を失わせたとしても、あの幸せな瞬間は、確かにあったのだと。花びらに輝く水滴は、涙のようにも見える。

「シャーロット?」

エリクがもう一度声をかけてきた。シャーロットはしばらく花束を見つめていたが、ようやく口を開いた。

「……エリク、カイル、この花束、式場に持っていってもいいかしら」

カイルがうなずくのがわかった。可憐に束ねられた花束を見て、エリクは微笑んだ。

「もちろん、構わないよ。君によく似合っているからね」

マケイブの教会は、削り出された石を組み上げて作られたものだ。大きくはなくとも、綺麗な薔薇窓《ばらまど》のステンドグラスを備えたゴシック様式の教会で、代々マケイブの一族の生と死を見守ってきた。

重い木の扉の前に立つと、隣に立ったエリクがシャーロットの手を取った。

「僕が父親代わりじゃ変な感じだね」

「そんなことないわ。ノエル伯爵に手を引かれたときよりもずっといい」

エリクはふいにささやくように言った。

「……シャーロット。アルを……アレクサンダーを幸せにしてやってくれ」

シャーロットはエリクを見た。エリクはシャーロットの手を見つめている。

……思えば、彼はアレクサンダーと誰よりも近い。ある意味ではシャーロットよりも。互いに軽口をたたき合いながらも、アレクサンダーがエリクに全幅の信頼をおいているのはよくわかるし、エリクもアレクサンダーのためならば骨身を惜しまずに動く。

アレクサンダーが毒を盛られ、死にかけたときは、どれほど辛かっただろうか。

あのとき、アレクサンダーとカイルとの連絡を、エリクが密に取ることができなければ、全ては終わっていただろう。当時のことをエリクが詳しく語ることはないが、厳しい日々だったことは想像に難くない。

「……一緒に、幸せになるわ」

シャーロットは答えた。エリクがわずかに表情を緩めるのがわかった。

扉が開かれると、身廊《しんろう》の奥にある薔薇窓のステンドグラスが、内部にまばゆく光を投げかけているのが見えた。

内部には、たくさんのマケイブの人たちが座っていた。族長の結婚を祝う人々だった。いつも一緒に厨房《ちゆうぼう》で料理を作るみんながシャーロットを見て微笑んでいる。カイルもいたし、レアードや、ファーガスの姿もあった。

そうして正面を見れば、祭壇の前に人影がある。背も高ければ肩幅も広い。スラッシュの入った紺色の上着に、プレードを身につけ、さらにマントも羽織っていた。マケイブの領主としてふさわしい、見事な正装をしたアレクサンダーである。

シャーロットは歩く。一歩足を踏み出すたびに、夫に近づいていく。それだけのことがただ嬉しい。一年前の結婚式では、知る人もいないノエル伯爵の礼拝堂で、心細く式を迎えたというのに、今は多くの人に祝福されている。なんという違いだろう。

エリクが手を放し、脇の席に下がる。シャーロットは目の前にいる夫の手を取った。

アレクサンダーはシャーロットを見下ろした。

「とても綺麗だ」

「アレクサンダーも素敵よ。一年前は普段着だったのにね」

シャーロットの言葉に、アレクサンダーは小さく笑った。

見つめ合う二人を前に、祭壇に立つ司祭が、軽く咳払《せきばら》いをする。それから、厳《おごそ》かに宣言をした。

「これより、アレクサンダー・マケイブと、シャーロット・ハワードの結婚の儀を執り行います」

……マケイブに残る年代記にはこう記録されている。

一五〇〇年春、アレクサンダー・マケイブと、シャーロット・ハワードの婚姻が成立する。二人の間には二男二女がもうけられ、アレクサンダーの治世の間、マケイブは大いに栄えた、と。

※この作品はフィクションです。実在の人物・団体・事件などにはいっさい関係ありません。

集英社オレンジ文庫をお買い上げいただき、ありがとうございます。
ご意見・ご感想をお待ちしております。

● あて先
〒101-8050　東京都千代田区一ツ橋2-5-10
集英社オレンジ文庫編集部 気付
森　りん先生

ハイランドの花嫁
偽りの令嬢は荒野で愛を抱く

集英社
オレンジ文庫

2023年11月21日　第1刷発行

著　者　森　りん
発行者　今井孝昭
発行所　株式会社集英社
〒101-8050東京都千代田区一ツ橋2-5-10
電話【編集部】03-3230-6352
【読者係】03-3230-6080
【販売部】03-3230-6393（書店専用）
印刷所　TOPPAN株式会社

ISBN 978-4-08-680529-2 C0193

森りん

竜の国の魔導書《グリモワール》

人目を忍んで図書館に勤める令嬢エリカは
魔導書に触れたせいで呪いを受け、
竜化の呪いで角が生えてしまった。
魔導書「オルネア手稿」を求める
伝説の魔法使いミルチャと共に、
呪いをかけた犯人を捜すことになるが…?

好評発売中

【電子書籍版も配信中　詳しくはこちら→http://ebooks.shueisha.co.jp/orange/】